創元ライブラリ

ミステリウム

エリック・マコーマック
増田まもる◆訳

東京創元社

THE MYSTERIUM
1992
Eric McCormack

This book is published in Japan
by TOKYO SOGENSHA Co., Ltd.
by arrangement with Penguin Canada,
a division of Penguin Random House Canada Limited,
through Japan UNI Agency, Inc., Tokyo

ナンシーとマイケルとジョディへ

目次

ミステリウム

第一部

忘却の旅が終わり、形が思い出す地点があるはずだ
——W・S・マーウィン

これを読んでいるあなた、怖がることはない。鼻先がページすれすれになるまで、慎重に顔を近づけていきなさい。息を吸って。もう一度。石炭の煙のにおい、枯れたワラビとヒースのにおい、あるいはどんなものでもいい、この島の北部で三月のある日に北東の風が運んでくるにおいがするだろうか？　それに混じって、なにか奇妙なにおいが、これまで出会ったどんなものともちがうにおいがするだろうか？

する？　よかった。たぶんあなたはまだ安全だ。

しかし、紙と製本のにおい——チーズクロスのかすかなにおい、陶砂(どうさ)、糊(のり)、印刷用インク、表紙の革のにおい、要するに本のにおいしかしなかったあなた。気をつけなさい。もう手遅れかもしれないが。

私自身の場合、はじまりは公式晩餐会と寡黙な警察関係者——南部から来た行政官——にさかのぼる。

その当時、私はまだ学生で、空いた時間は地方新聞ヴォイス紙の見習い記者のような仕事をしていた。私の原稿はすべて経済部の編集長に提出しなければならなかったが、彼のただひとつの公理は、私の記事は報道する出来事に劣らず退屈であるべきだというものであった。それはじつに簡単だった――市議会ばかりでなく、公共施設および郊外下水委員会、行政ビルの絨毯交換委員会のような下部集団も取材したのである（記事では、それぞれ公郊下委、行絨交委と表記した）。

私の見習い期間が奇妙な方向に進みはじめたのは、その年の第二金曜日の真昼のことだった。そのような表現を使ってもかまわないと思う。私はヴォイス紙のデスクについて、しばしばそうするように、窓から通りの向こうに広がるネクロポリス（ここ首都では、共同墓地のことを優雅にそう呼び習わしている）をじっと眺めていた。ヴォイス紙に毎日登場する変化に富んだすばらしい記事が、果たしてそれらの墓石に刻まれた忘れ去られた名前や忘れられがちなメッセージと同じくらい存続するものだろうかと、かなり前から考えるようになっていたのだ。

いずれにしても、その日もそのデスクについていると、電話が鳴った。

「ジェイムズ・マックスウェル？　行政官のブレアだ。数か月前、晩餐会でお目にかかった」

晩餐会のことも――市民受賞晩餐会だった――その人物のことも――背の高い警察関係者で、島の南から来た行政官だった――どちらもよく憶えていた（当時私は自分の記憶力を非常に信頼していた）。彼は企業が雇った演説者の砲火に直接さらされない隅のテーブルに私と並んですわっていた。彼には行政官らしさがまったくなかった。彼らは弱者を説得する能力に自信があることで正体をあらわすのだ。彼はむしろ修道士のほうが似合っていた。うつむき加減の禁欲的な顔、灰色の瞳、短く刈られた白髪まじりの髪。それにぴったりの寡黙な南部訛りの声。しばらくおしゃべりしてから、私が職業をたずねると、彼はこういった。

「世界に正義をもたらし、犯罪者にその罪の償いをさせたくて警官になるものもいる。私のように、謎が好きだから加わるものもいる。私たちをひきつけるのはその挑戦なのだ」

私はなにもいわなかったが、じつはそのような考えに心の底から驚いていた。

「こうも思うのだ」行政官はいった。「犯罪から利益を得ることより、われわれに解くべき謎を提供することに関心のある犯罪者もいるにちがいないと」


いま、こうしてまた彼の声を聞いていると、ブレア行政官の顔をきわめてはっきりと思い浮かべることができて、口の端からぼそぼそとささやくような話し方まで思い出した。奇妙な癖だ――唇でことばのまわりに小さな首吊り縄をつくっているかのようだ。

「提案したいことがあって」彼は電話の向こうでしゃべっていた。「読んでもらいたい文書を送ろうと思うのだが。それを読んだあと――よかったら――こちらで、キャリックで、一週間ほど過ごしてもらえないだろうか」

「キャリック！」

当時でさえ、キャリックはニュースになっていた。というか、ニュースになっていないことがニュースになっていたというべきかもしれない。最初のいくつかの事件のあと、その町とその周辺地域についてまったくニュースが伝わってこないことに、だれもが気づいていた。警察と軍がキャリックを封鎖して、私たちの耳には〝疫病（えきびょう）〟や〝災害〟についてささやかれる噂しか聞こえてこなかった。しかしなにが起きているのかほんとうのところはだれも知らず、（かって私にとって非常に多くのことを意味したことばのひとつである）真実についてはだれも知らなかった。

それがなんであれ、確かにその文書を読むことに同意しますと、私は行政官にいった。

「とてもためになることがわかるだろう」彼の声は穏やかだった。「だが、私が許可するまでは、だれにもその内容を明かさないと約束してもらいたい」

私はその要求にも同意した。キャリックに関する事実を調査する機会のためなら、ほとんどどんなことにも同意していただろう。

彼は最後にこういった。

「あの夜の晩餐会で、ジェイムズ、きみは私がこれまで扱った中でもっとも異常な事件はなにかとたずねたが、これがそれだ」

奇妙なことに、あの夜のことはじつにたくさん憶えているのだが、私の人生を変えてしまったその質問については、まったく憶えていなかった。

ブレア行政官の電話があった午後遅く、彼が約束した文書が軍の急使によって届けられ、私は新聞社のデスクでそれを読んだ。それからもう一度読んだ。

かつて国立博物館の学芸員が、数個の陶器のかけらから古代文明を再現したり、骨の断片や、あるいは鉤爪（かぎづめ）などから、遠い昔に絶滅した怪獣を復元したりすることの困難さについて語るのを聞いたことがある。キャリックからの文書を読んだその日、そのような難しさを理解したと私は思う。
私が受け取ったそっくりそのままの形で、ここにその文書の原本を掲載する。

文書

私の名前はロバート・エーケン。キャリックの薬剤師である。私の父、アレクサンダー・エーケンも、この町の先代の薬剤師だった。

昨日、つまり三月二十日火曜日の午後三時ごろ、私は険しい小道を登って、冷たく濡れたケアン山の肩に立った。同行した兵士は若い男で、ライフルで絶えず私を援護してくれた。おそらく人生で一千回目になろうか、私は眼下の谷間を見つめた。ゆっくりと呼吸している怪物の肺のように、濃い霧がたち込めようとしていた。キャリックに到達するには、霧はうねうねと起伏する丘を越えていかなければならない。それは区域の境界をぬぐい去り、大地と空と海と海岸の線を消し去っていくのだ。

羊飼いたちはそのような日が好きではない。劣化して陰画にもどっていく写真のように羊たちが溶けてなくなるからだ。また、いたるところに沼地や思いがけない深い池が口を開けているので、そのような日は高地の湿原をさすらうよそ者にとっても危険である。

しかし、ケアン山の高みにいると、たとえ冷たくとも、顔にあたる風は私にとって母のキスのようだった。ようやく、一時間か二時間ほど、キャリックの町の苦痛から離れることができたのだ。だから霧が流れていくさまを眺めるのが楽しかった。やがてキャリックの町で目に見えるものは、あの溺れようとしている王の剣のように突き出された教会の尖塔だけになった。手前ならば、墓石のようにまばらな、数本の樹木をいくらか見分けることができた。そして羊飼いの白漆喰塗りの小屋。そしてハリエニシダの隙間から顔をのぞかせる、絡み合ったロープのような小川。

この冬の末期にまだ残された色のかけらもまた、父が私に作り方を教えてくれたエリキシル剤のように、霧の中に蒸発しようとしていた。父は私に赤いルリジサと、黄色いユキノシタと、黒いシベナガムラサキを混ぜて色彩の渦巻きにする方法を教えてくれた。それから父は私にタイムを入れさせてくれた。私たちはそろって、混合物がゆっくりと灰色になっていくのを見つめた――ケアン山のある特定の日のような灰色に。

「そろそろもどる時間だ、エーケン」衛兵がいった。

彼は私のすべての動作を見つめていた。私が最後のおぞましい行為を実行するのではないかと心配しているのは間違いなかった。私がふいに両腕をさしのべて、かすかに走り書きされたような風景を抱きしめようとすると、彼はたじろいだ。心配する必要はなかったのだ。それは別れの抱擁だったのだから。二度とそこに立てないことはよくわかっていた。

今日は木曜日、私は経営するキャリック薬局の上階にある居間の窓辺にすわっている。遅い午後の霧が町に忍び寄ろうとしている。私はかつて植民地人のカークに(人もあろうに、カークに！)、何世紀も昔、ひとつの村がまるごとそのような霧の中に消えて、霧が晴れたあとも姿を現さなかったという伝説を語ったことがある。

　カークは笑わなかった。

　アンナはといえば、いまもし私のそばにすわっていたならば、きっとこの霧の濃さについて私に同意しなかっただろう。彼女はいつも天候をめぐる議論を楽しんでいた。たとえば私が、この窓辺の眺めから判断すると、公園通りの向かいの建物がどうにか固体のままでいることさえ難しそうだとほのめかしたとする。

「それはつまり、この霧がとても濃くなるという意味だけど」といったとする。

「あなたは間違っているわ、ロバート・エーケン」彼女はそう答えて、あの組み合わせ煙突や、この出入り口は、まだ見えていると指摘するだろう。牡鹿亭(おじかてい)の表の看板の文字がはっきり見えることを、私に気づかせようとするだろう。こんなやりとりが私たちのゲームである。

　悲しいことに、アンナと私は二度とそのゲームをすることができない――ほかのどんなゲームもすることができない。ひとつの簡素な、議論の余地のない理由によって。キャリックの建物はまだ存続し、霧にもかかわらず触れることもできるし実体もある。しかしキャリックの人人は、アンナもそのひとりだが、不可逆的な消滅過程にある。

　彼らはみな死んだか、あるいは死にかけているのだ。

　こうやって窓の外を眺めて、闇の大時計がこの三月の一日に時を告げるのを待っていると、キャリックがじきにゴーストタウンになることがわかる。その全盛期と同じように、いまでもこの町にはさまざまな職業に従事するものがいるが、彼らはもはや町の住民ではない――よそ者たちなのだ。

もちろん、私が引き合いに出しているのは、死にゆく者たちを悩ませるために、あるいは私がどうしていまだに生きていて元気そうなのかつきとめようと、ありとあらゆる検査をくりかえすために、昼となく夜となく兵舎から降りてくる医師や看護婦のことであり、首都からやってきて巨大な黒いヒキガエルの形のパトカーで町を巡回している警官たちであり、無人になった建物のドアと窓に角材を打ち付けているカーキ色の軍服を着た兵隊たちである。

兵士の大半は若いが――はっきりいって新兵にすぎず、この地を襲った大惨事を扱うにはまだふさわしくない。一、二週間ほど前、彼らのひとりが私にこういった。

「ご心配なく。ぼくたちがここにいるのは略奪を予防するためです。なにもかも片付くまでね」

私はあえてたずねなかったが、キャリックのようにとても辺鄙(へんぴ)で、とても不運な場所に、わざわざやってくる泥棒がいるだろうか?

彼がこれを口にしてから、兵士たちは私を会話に引き入れようという試みをあきらめた。いまでは彼らは、その目が獲物の赤いオーラしか見ないマムシでも見るように、私を見ているにちがいない。

この反応が驚きではないことを認めなければならない。犯罪に親密なものだけが、犯罪がどこでも同じであることを知り、これらの小さな町に住むものが残りすべてより罪深いわけではないということを知っている。

死刑宣告が必要なのは、個々の人間ではなく、われわれが住んでいるこの世界であると、ときどき思う。

カークだが、カークについてはたくさんのことをいう必要があるのに、彼について語るのはとても難しい。はじめて彼に出会ったときまで、日にちという実体のないロープを両手でたぐり寄せて、記憶をよびさまさなければならない。

それは、一月はじめのことだった。彼は薬局の外の通りに立って、陳列窓に並べられた私たちの商売の伝統的な道具を覗き込んでいた（キャリックには何世紀も前から薬局があった）。間違いなくカークも、ほかの大半の人々と同じように、その展示が興味深いと感じたにちがいない。一方の側には実験器具。乳鉢と乳棒、試験管、あらゆる色の瓶、そしてブンゼンバーナー。反対側には、外科医の不気味な道具一式、鉗子、穿孔器、反射鏡、膿盆（のうぼん）、胃洗浄器、殺菌灯、注射器、両刃メス、綿棒、探針。

私の父、アレクサンダーは、こういった品々のコレクターだった。「われわれは少なくとも、この商売のやさしい部分に属しているのだよ」と父はよくいったものだ。

私は陳列窓と店を仕切るカーテンをめったに閉じない。なぜなら私の父は、私を育成しているあいだずっと、薬局というものは開放性の印象をあたえなければならないといいつづけていたからだ。どんな通行人でも中を覗いてすべてを見ることができなければならないのだ。陳列窓の器具、そのずっと奥、店の様子、そして背の高いカウンターの向こうで、薬品を調合している私たち、エーケン親子、父と息子を。

「私たちが秘儀を執り行なっているところを見られるのを、決して恐れてはならない」と父はよくいったものだ。私たちの秘儀。周囲にだれもいないときには、父は私たちの古い職業をあらわす古いことばを使って、にやっと笑うのだった。


しかし、話をカークにもどそう。問題の一月の当日――十日の水曜日に――私は天気をうかがうために外を眺めた。太陽は雲の彼方にちょうど見えてきて、隠されたランプのように天空を照らしていたが、地上は薄暗いままだった。

さっきもいったように、ちらっと外を眺めたが、人影はなかった。一分後、また外を眺めて、カークがそこに立っていることに気づいた。カークにちがいないことはわかっていた。みんながみんなを知っているような町では、どんなよそ者も人目を引く（昔のことだが、祭りのあいだ、訪問者は演技者と同じくらい珍しい存在だった）。だから、何人かの町の住人から、カークという名前の男――植民地人――が牡鹿亭に投宿したという話は聞いていた。そしていま、彼は私の窓の前にいるのだ。

カークは年齢も体格も私と同じくらいだった。四十代半ばの細く筋肉質な男で、中背、白髪まじりの濃い髪。茶色のコーデュロイのズボンをはき、緑色の厚手のウールセーターを着ていた。右手には釣竿を持ち、黒いブリキの箱が左肩から吊るされていた。

それが窓から眺めたカークの姿だった。その青い眼は少しのあいだ私の眼と絡み合い、それから彼は向きを変えて歩み去った。私には彼に気づいたことを知らせるひまも、微笑を浮かべてみせるひまさえもなかった。

　ほかにもはっきり憶えている細部がある。彼が薬局の陳列窓の前で数秒間立ち止まり、中を覗き、私を見つけ、私が彼を見たことに気づいて、向きを変えて歩み去ったのは、きっかり三時だった。そしてもうひとつの細部。私は彼がどこに行こうとしているのか見守るために窓に近づいたのだが、私のすぐ眼の前、ガラスの片隅に、蠅を見かけたのである。冬の蠅で、蜘蛛の巣につかまって、手足をこすっていた。私は袖で蠅と蜘蛛の巣の両方をぬぐい去った。

　そのような細部が私の心に深く刻み付けられたので、本能的にその瞬間がどれほど意味のあることか理解していたにちがいない。

　そのときまでに、カークは通りを横切り、公園に入っていった。その日、彼は公園にふさわしい身なりをしていた。つまり、一年のある時期、公園はとても格式ばって見えるので、そこを横切るにはネクタイを着用していなければならないという気分になることがあるのだ。しかし、一月には、去年の花の萎れた茎が枯れた草から無数につき出しているので、カークのくだけた服装はまさにぴったりだった。彼は釣りになれていない人間がそうするような持ち方で釣竿を運んでいた――まるで釣竿というよりむしろ、彼をどこかに導こうとしているダウジングの棒であるかのように。彼はその棒に従うようにまばらな木立とベンチの前を通って記念碑に向かい、そこで足をとめて三体の像を見上げた。それから道を横切ってキャリック教会の前を通り過ぎた。

ダウジング棒は彼を引っ張りつづけて牡鹿亭へと向かわせた。そこに着いたとき、彼はドアを少しだけ押し開き、棒を操ってその端を戸口の中に入れ、それから、まるで針にかかったかのように、釣る人というより釣られる魚であるかのように、あとを追って中に入っていった。


私がはじめてカークの姿をちらっと見かけてから数週間、キャリックはいつもとまったく変わりなく、丘陵地帯の静かな町だった。気の抜けたような毎日が過ぎていった。冷たい雨と強い風の混合は、雪の不在の償いをした。もちろん、霧はひっきりなしだった――それらの丘に住む人々は色覚がないとはどういう気分かたやすく理解する。

しばしば午前中に、私は錠剤とさまざまなエリキシル剤をドラムナーとラノックとシールズの薬局の同業者に配達する。これらの町は、曲がりくねった道路によってまとめ上げられ、キャリックとほとんど区別がつかなかった。私の前に父がしていたのとまったく同じように、毎朝の配達をストローヴェンのホテルに昼食のために立ち寄ることで終えてから、キャリックにもどってくるのである。

植民地人のカークについていえば、その週のあいだ、彼は釣竿を持って丘陵地帯にハイキングに出かけていったことはわかっている。つねにあの黒いブリキの箱を携帯していた。地元の釣師の何人かの話によれば、彼は小川でぶらぶらしていたが、釣りのポイントはたったひとつしか訪ねなかったという――村の東四マイルのところにあるセント・ジャイルズ池である。

私がはじめてカークに出会ってから三週間後、金曜日の朝に事態は一変した。

その夜は風が強かった——遠くから東へと吹きつけてきて北の海の上で勢力を増す、あの風だ。それは入り江に砕け散る波を平らにならして海岸の村々や農地を荒らす。それからこれらの高地の丘はまっすぐそれに立ち向かい、櫛で梳くように引き裂いていくので、高地の渓谷は人間の耳のために調音されていないパイプオルガンのパイプにちがいないといいたくなるような騒音を立てる。

その結果、私は二時をはるかに過ぎるまで眠ることができず、たとえ眠りに落ちても、眠りは浅く、悪夢に悩まされた。夢の中で私は家具もドアもない大きな部屋にいた。その部屋には私のほかに白黒のコリーしかいなかった。私はそれを追いかけて、節くれだったステッキでめった打ちにしていたので、犬の頭もステッキも血まみれになってしまった。犬の茶色の瞳はとても悲しげだったので、私はますます力をこめ、一打ごとに全力をこめて打ちつけた。

目覚めたときはほっとした。そのような夜には、眠りは傷であり、目覚めは傷に巻かれた包帯だった。

目覚めてあまりたたないうちに、階下の陳列窓をこんこんと叩く音が聞こえてきた。そして「ロバート！　ロバート・エーケン！」とだれかが叫んだ。私はスリッパを見つけて、ひんやりと肌寒い薬局へと降りていった。私の名前を呼んでいたのはキャメロンだった。彼は闇に立ち向かう潜水マスクのように、両手で顔を囲って窓の向こうから覗き込んでいた。

私はドアを開けた。

「見に来てくれ」キャメロンはいった。彼は茶色の店着を着ていた。彼はキャリックのパン屋で、丸顔のもの静かな男だった。彼は記念碑を指さしていたが、そこには町の住人が集まっていた。小雨が降っていて、霧の兆候はなかった。

「いま何時だ?」

「もう真夜中だ」彼はいった。

私はパジャマの上からオイルスキンコートをはおり、彼につづいて公園に向かった。夜風はおさまっていた。自分の息の音が聞こえて、白い息がトロンボーンのようにのびるのが見えた。記念碑を前に佇む人々は静かだった。何人かが私に顔を向けてうなずいた。フード付の黄色いレインコートを着たミス・バルフォア、黒い厚手のロングコートを着て黒光りする山高帽をかぶったランキン医師。そしてアンナ。彼女はショールを肩にかけ、帽子もなにもかぶっていなかった。保安官のホッグが、大きな尻でズボンをピンと張らせて、記念碑の前にかがみ込んだ。

このキャリックの記念碑は、この手のものの典型だった。大理石の台座に、軍服を着た鉛製の二体の等身大の兵士が銃剣を構えて身を乗り出し、薄いローブをまとった鉛の女性像――自由の女神――を守っている。これら三体の像は頭上のなにかを見つめていた。

キャリックの子どもたちは(キャリックに子どもたちがいたころのことだが)その三体が見

つめているのはなんだろうと思ったものだ。彼らだけに見える敵を見つめているのだろうか？真正面の使われなくなったキャリック教会だろうか？　その彼方の丘だろうか？　遠い昔、私は台座の鋭いへりや人物像のざらざらした冷たい感触に親しんだことがある。ほかのキャリックの少年たちとともに、記念碑によじのぼって、自由の女神の股間やむきだしの乳首をなで、彼女の顔やふたりの衛兵の顔を覗き込んだものだった。

そうやって私たちは謎の答えを見つけた。三体の像の眼は内側に向けて彫られ、自分たち自身を見つめていた。敵は内なる敵だったのだ。

しかし眼の謎はもはやだれをも悩ますことはないだろう。その一月の朝、公園のその場に集まった私たちすべては、三体の像の鉛の顔がむしり取られ、筋のある傷だけが残っているのを目にしたからである。ずっと下のほうの、自由の女神の股間に押し込まれていたのは、衛兵のひとりのライフルから折り取られた銃剣だった。

ホッグ保安官は、いつもそうであるように目蓋（まぶた）をすばやく震えさせながら、保安官らしいやり方で手がかりを探していた。彼がいちばん心配していたのは、戦争で死んだこの町のすべての人の名前が刻まれた金属板があるはずの台座だった。というのも、いまそこに金属板はなく、みだらな空白のスペースが、むき出しの白い肉のようで、そこに赤いペンキで大きな円がスプレーされていたからである。

町の人々は「恥知らずな」とか「ぞっとする」とか「信じられない」といったことばを呟（つぶや）いていた。ミス・バルフォアとランキン医師は私のほうに眼を向けて頭を振った。アンナは記念碑をじっと見つめつづけていた。冷気がオイルスキンにしみ込んできた。足も冷たくなっていた。がたがたと震えはじめているのがわかったので、私は向きを変えて、枯れた草を踏みしめながら薬局にもどっていった。

さきほど植民地人のカークをはじめて見かけてから数週間はなにも異常なことは起きなかったといっただろうか？

必ずしもそうではない。カークとのほんとうの最初の出会いと最初の会話について語ったほうがいいかもしれない。それは薬局の陳列窓の外で彼を見かけたほんの数日後の土曜の夜のことだった。

その土曜日、夕方の六時ごろ、私は白衣を脱いでレインコートを着込み、照明を切って霧の中へと出ていった。東へ向かい、明かりの消えた食料雑貨店とトムソンの紳士服店の前を通った。陳列窓のマネキン人形は週末のために包装紙をかけられただけの全裸だった。

アンナの店はトムソンの店のとなりで、通りと北に走る小道が交差するところにあった。店の入り口はまっすぐ角に向いていた。看板にはゴシック風のレタリングで**骨董屋**（こっとうや）と書かれていた。

通りに面した陳列窓の前を通ったとき、それまでに何度も眼にしてきたものが店内にあることに気づいた。短いO脚の漆塗（うるしぬ）りのテーブルである。その上にあるのが白い犬の剝製（はくせい）で、それもO脚だった。犬の胸には黒い斑点があって、見る角度にもよるが、ハートか、どこかおなじみの大陸の形をしていた。犬の後ろにはでこぼこの痰壺（たんつぼ）やら真鍮の装飾品やらが山と積まれ、かつては帝国であった――その領土はいまでは色あせたピンクになっている――壁の地図をほとんどおおいかくしていた。

重い木の扉を引き開けると、楣（まぐさ）から吊るされた内部に舌のある真鍮の頭蓋骨がジャランと鳴った。私は中に入って扉を閉めた。

アンナは店にいなかったが、上階の彼女の部屋から床板の軋（きし）む音が聞こえてきた。中央の通路を歩いていきながら、その日彼女が店内の品々をどのように配列したか注意深く眺めた。商業に従事する人がその商品をどのように配置するかで、その人の心をきちんと読み取ることができると信じるのが好きだったからだ。とりわけ私が注目したのは、何十もの心をそそる隠し引き出しや隙間のある古い机、宇宙を描いたダイヤルつきの古いラジオ、太古の戦争で使われた細い投げ槍（アセガイ）の束と革製の盾（たて）、悲しげな女性の茶色の肖像画、うずくまるような北方の丘と灰色の湖の絵、遠い昔に死んだ家族のセピア色の写真――ぽっちゃりとした赤ちゃんの写真まである――でいっぱいのアルバム、頭のないマネキンに着せられた色あせた海軍の制服、スパイクを打ちつけた決闘ピストル、ところどころ裂け目の入ったバグパイプ。スコットランドの短剣スキンドゥとハイランダーの短剣ダーク、格子縞の婦人帽、そして無数の本、また本。

いくつかの品物についてはあえて語らなかった、たとえば錦織（にしきおり）の椅子、洗手式の水差しと盥（たらい）、変色した食器類、ティファニーのランプと小さな陶器の象などである。そのような品物がアンナによってそこに置かれているのは、隠された意図をごまかすためにすぎないのではないかと、私はいつも疑っていた。

　ほかならぬこの土曜日には、彼女が巨大な蛾の入ったガラス箱とニスを塗った北の森の落葉のケースを展示したことがわかった。「どういうことなのかしら、ロバート・エーケン、断末魔の苦しみの中で人々が自然を見るのを好むのは？」はじめてそれらの蛾と木の葉を入手したとき、彼女は私にそんな質問をしたものだった。

　また、私の目に見えたのは、簡素に飾られた、二つがいの雉と巨大な鮭の剝製だった。「もし私たちがみな魚と鳥の子孫なら、狩猟と釣りは殺害と食人の許された形にすぎないことを意味するのかしら？」その点について彼女は私の意見を求めたものだ。

　いま私はくたびれた竹の細長いカーペットに沿って進んでいった。それは床を切り裂いて階段の正面の青いカーテンの下に消えていた。ひと山の書類、ひとつづりの領収書、ボールペンと木製の金庫がつねにテーブルの上に置かれていた。アンナの香水のかすかなにおいが店のそのあたりの空気に漂っていた。

　いま階段を降りてくる彼女の足音が聞こえてきた。降りたつと、彼女はほんのひととき足をとどめた。

　カーテンがさっと引かれ、直立したアンナの姿が現れた。金髪で顔は青白い。

　彼女は意味ありげに私を見つめた。私は微笑を浮かべないように気をつけた。彼女はこの登場のような芝居じみたしぐさが大好きだった。緑色の瞳に合わせて、彼女は長い緑色のスカートと緑色のセーターを着ていた。

「あなたなのね、ロバート・エーケン」彼女の声には脆さのようなものがあった。こわれやすさといったほうがいいかもしれない。彼女の声は希少な花瓶のようにこわれやすいのだ。

「じっくり拝見させてもらったよ」私はいった。「今日のテーマがわかったと思う」

彼女も店内を眺めてごくかすかに笑った。めったにないことだが、まるでそれが彼女だけが守っているある種のエチケットに違反するかのように。

「分解だ」私はいった。「テーマは分解だ」

「あなたの鑑定は、ロバート・エーケン、私の展示よりもむしろあなたのことを語っているわ」

「そうかもしれないね。空腹なときはぼくの心はそれほど鋭くないから。牡鹿亭での夕食に招待するために立ち寄ったんだけれど。ご関心は？」

関心はあった。コートを取りに行かなければと彼女はいった。彼女がカーテンの奥にひっ込むと、おなじみの暗い階段をのぼっていく足音が聞こえた。


アンナと私は夕闇の中に出ていった。街灯は霧と夜に立ち向かって弱々しそうに腕をつないでおり、私たちもそうだった。ふつうそうするように公園を横切るかわりに、ぐるりと迂回して教会の前を通った。戦争の終わり以来、そこからはなんの物音もしない。そして図書館の前を通り過ぎ、私たちは牡鹿亭へと入っていった。

ロビーの左側の薄暗いフロントで、巨大な鼠が前かがみになって書類のようなものを齧っていた。鼠は顔を上げ、奇跡のように変身して、帳簿に向かっているオーナーのミッチェルになった。

「ふたりともようこそ」彼はいった。「夕食?」

彼は私たちを、色あせた壁紙と暗い風景画のかかった階段から床がふわふわしている踊り場へと案内した。彼はダイニングルームのドアを開けた。何世代もの死んで久しいキャベツの幽霊が私たちを出迎えた。

ダイニングルームにほかの客の姿はなかった。マホガニーの羽目板と低い位置にぶらさがっているランプだけだ。録音された室内楽が流れていた。六卓のテーブルのうち三卓だけが用意されていた。ミッチェルは私たちのコートを受け取ってドアのそばのコートスタンドにかけてから、私たちを窓側のテーブルに案内した。そこはいつものテーブルで、公園を見晴らすことができた。霧はまだ薄かったので、記念碑と松の木が見えたが、反対側にある薬局やアンナの店はほとんど識別できなかった。キャリックをぐるりと囲む不明瞭な文章のような丘はまったく見えなかった。

私たちはワインを飲んで食事を注文した。いつもとまったく同じだった。牡鹿亭の料理はとても簡素なので、灰色の風景を食べているような気がするかもしれない。事実、私はその同じテーブルについていたとき、アンナがこういったことを憶えている。「私たちは食べるものでできているのと同じように、見るものでもできているんじゃないかしら? 私たちがそれを食べて育ってきた食べ物でできているのと同じように、それとともに育ってきた風景でもできているんじゃないかしら？」

いつものように、私たちはおしゃべりしながら食べた。食事の儀式は今夜もいつものように快適だった。私たちが食事を終えていましも立ち去ろうとしたとき、ダイニングルームのドアがさっと開いて、カークが入ってきた。

彼の灰色の髪はなでつけられ、ツイードのジャケットとシャツとネクタイを着用していた。彼は私たちからもっとも遠い、ドアの近くのテーブルに近づき、ぎこちなく席についた。慣れないハイキングの日々のせいで、脚が棒になっていたのだ。

アンナと私は立ち上がってドアに向かった。牡鹿亭で食事をしたあと、キャベツの幽霊がつきまとっていない階下のバーに移動して、夕食後の酒をたしなむのが私たちの習慣だった。何時間も衣服につきまとって離れないのよとアンナはしばしばいった（「ぼくたちは嗅ぐものでできているかもしれないとは思わない？」と私はよくたずねたものだ）。カークのテーブルの前にさしかかったとき、私は立ちどまった。

「カークさん、でしたね？」そのはじめてのとき、私は穏やかに話しかけた。まるで彼が騒音に腹を立てる男かもしれないとでもいうように。「私たちは階下のバーに行って一杯やるんですが。食事を終えたらごいっしょしませんか？」

青い眼が私を冷静に見つめたので、断わるつもりだろうと思った。だがしかし、彼はうなずいた。

「ええ。もちろん」彼はアンナに眼を向けなかった。「すぐにまいります」

ぎしぎしと軋む階段をくだり、ロビーを通って、アンナと私はバーのカウンターに向かった。フロントの頭上の時計は七時を指していた。

バーは牡鹿亭のほかの部分よりも暗かった。そこにもまたべつの考古学的なにおいの層があった――何十年にもわたるパイプと煙草のにおいである。不透明な窓のためにだれも外からはくたびれた革張りの長椅子や木のテーブルや椅子を覗くことはできなかった。一連の額入りの写真が羽目板の壁に吊るされていた。眺めているうちにそれらは太陽のない惑星で撮影した荒涼たる風景に見えてくるかもしれない。部屋のいちばん奥にある、大きな暖炉の真上の天井は、冬も夏も燃やされる火の煤で黒くなっていた。録音されたピアノが陽気にもてなしてくれる。たとえ客がひとりもいなくても。

私たちは腰をおろした。

「カークをさそったりして気を悪くしていなければいいんだが」私はいった。

「いいえ、ちっとも」彼女はいった。「気分転換になるでしょう」

私はこのことばになにもコメントしなかった。ミッチェルがカウンターの背後のドアをくぐって私たちに飲み物を運んできた。私たちはゆっくりとグラスを口に運びながらゲストを待った。

カークは牡鹿亭特製デザートのブレッドプディングを断わったにちがいない。なぜなら、彼は間もなくやってきて、例によってぎごちなく革張りの長椅子のアンナの横に腰をおろしたからだ。スプリングが沈んでふたりの尻が触れ合ったが、アンナは彼から離れようとはしなかった。私たちは正式に自己紹介した。彼のファーストネームはマーティンだったが、あっさりカークと呼んでほしいと彼はいった。ミッチェルが彼の飲み物を運んできてまたもどっていった。

「休暇中なんですか?」アンナがたずねた。

彼女は彼の顔をじっと眺めていた。

「気晴らしと仕事と両方です。どちらも少しずつですが」私たちはキャリックのがさつな発音に慣れていたので、植民地の鼻にかかった訛りのために、彼のことばは私たちの耳にエキゾチックに響いた。それに彼はとてもゆっくり話した。私たちなら早口でぶちまけるところを、一語一語確かめるように話すのだった。

「先日あなたが釣りからもどってくるのを見かけました」アンナがいった。

「ええ。でも私は釣り人ではありません」彼は彼女に答えていたが、私がひとことも口をきいていないのに私をじっと見つめていた。私は見つめかえしたが、彼の青い瞳はたじろがなかった。そこに親密な感情が宿っているか判断するのは不可能だった。

「お仕事もとおっしゃいましたね?」アンナはたずねた。すべてその場にふさわしい質問だった。

「水関係の仕事です。世界のさまざまな場所の水を研究しています。私は水文学者なんです」専門用語を使うときもすまなそうではなかった。

ようやく彼が持ち歩いている金属の箱の理由がわかった――彼もまた売り物の道具をかついでキャリックにやってくる商売人だったのだ。

「たとえどこに行こうとも、水は水にすぎないのでは？」アンナがたずねた。

「水は私たちと同じくらい多様なんですよ」彼は微笑の気配も見せずに答えた。

そのことばにつづく沈黙はかなり気まずいものだったので、私ははじめて口を開いた。

「キャリックについてひとこと。ここでは決して水が不足することはありません。そうだね、アンナ？」

「そうなんですよ。雨、雨、雨。年によると、毎日降るんですよ」彼女はカークにめったにない微笑を浮かべてみせた。それが彼を勇気づけたようだった。

「するとおふたりとも生まれてこのかたここに住んでいらっしゃるんですね？　キャリックの歴史についてぜひ教えていただきたいことがあるんです。汚染物質を分析しているときに、とても役立つでしょう。たとえば、西側に沿って走る古い防塁です。あれは長い歳月で崩れ去ったのですか？　それとも取り壊されたのでしょうか？　部分的にはまるで意図的に破壊されたように見えるのですが」

彼はこれらの質問を私に向けたので、私はまたしても彼の瞳をまっすぐ見つめざるを得なくなった。その深みに、私が見たものは氷だったかもしれない。私は非常な危惧の念をおぼえた。

「この島を少しでも旅してまわったのであれば」私はいった。「ものを壊すのがここでは何世紀にもわたって娯楽であったことがわかるでしょう。おそらく植民地の人にはそれを理解するのは難しいでしょうが」

「いいえ、難しいことではありません。少しもね」彼はいった。こんどは直接私に話した。「私たちの初期の植民者たちはみなこの島の出身です。彼らは植民地を好みましたが、土壌が十分に肥沃ではないと思いました。だから彼らは先住民の血を肥料にしました。記録は残されなかったので、長期にわたって、それは植民地の大きな謎のひとつでした――すべての先住民はどこに行ってしまったのか」彼の瞳に皮肉の色はまったくなかった。彼は私を見つめつづけていた。「でも、キャリックはどうなんですか？　きっとそれなりの謎があるんでしょうね」

それはどういうことかと私はたずねた。

「たとえば、あの古い炭鉱です」彼はいった。「セント・ジャイルズ池のすぐわきにある炭鉱です。私はあそこでなにがあったか知りたいと思うんです。どうして閉鎖されたのですか？　いつ閉鎖されたのですか？」

彼の瞳の青さがとても澄んでいたので、入り込むことができなかった。私は心に思った。もし彼が完全に無垢な人間でなければ、偽装の達人というしかない――完全な無垢の外観。私はことばを慎重に選ばなければならなかった。

「私は歴史学者ではないので、残念ながら」自分の声が冷静であることを祈った。

またしても沈黙がつづき、それからアンナが口を開いた。彼女は話題を変えて、あまり危険ではないことを話すように気をつけた――カークの仕事のことや、彼が旅した場所のことなどである。彼は少しくつろいだ様子だったが、くつろいだのは私たちのほうだったかもしれない。

彼はとても愉快な語り手になった。私にはそのように見えた。そしてアンナに集中しはじめた。彼は自分の冒険を使って彼女を口説いた。そして彼が儀礼的な駆け引きに非常に長けていることを示したと認めなければならない。

　二杯目のグラスを飲み終えると、彼はゆっくりと立ち上がってそろそろ失礼しなければといった——翌日は早起きだという。

「キャリックにはどのくらい滞在の予定ですか?」アンナがたずねた。

「少なくとも二、三か月です。またお目にかかりたいですね。あなたにも、エーケンさん」バーを出ていくとき、彼の脚はいっそうこわばっていた。

　アンナは彼の背後でドアが閉まるまで見守り、彼がロビーを通り抜けて暗い階段を難儀しながらのぼって客室に向かうのが見えるかのように、見つめつづけていた。

「あなたはなにを考えているの、ロバート・エーケン?」彼女はたずねた。「彼はいい人みたいだわ。親しみやすい人みたい」

　私はカークを懸念していたが、彼女が彼を気に入ったのがわかった。彼女がほかの男に興味を示すといつもそうするように、彼らが大きな双頭の動物、恋人になることができるのだろうかと思った。

「ああ、そうみたいだね」そういって、私は彼女の『みたいの壁』にもうひとつ煉瓦を付け足した。

「いずれわかるだろう」

十時ごろ、私は彼女とともに彼女の店にもどった。雨が降っていた。冷たい雨だった。そして確かに私たちが牡鹿亭に行ったときよりも霧が濃くなっていると思ったので、そういった。そんなことはないと彼女はいった。店のドアの前で、彼女は夕食と酒につき合ってくれたことに感謝したが、ときどきそうするように、部屋に上がっていかないかといってはくれなかった。あまり気にしていなかったと思う。

牡鹿亭でのカークとの会話が行なわれたのは、さっきもいったように、彼を薬局の陳列窓の外で見かけたほんの数日後のことだった。だから記念碑が台無しに（ぴったりのことばだ）されたとき、私はわざわざ保安官事務所まで足を運んで、ホッグ保安官に植民地から来たよそ者に気をつけるべきだと伝えた。どうもいやな予感がすると私はいった。

保安官は心配事は自分にまかせろといってくれた。

記念碑についていえば、修理しようとしたためにすっかり形が変わってしまった。損なわれた顔の穴に詰められた石膏のせいで、その顔は恐ろしいゾンビのようになった。しかしその努力は女性の股間の石膏の三角形によってぶちこわしになった。いまや自由の女神はまるでパンティをはいているように見えるのだった。

修理が行なわれているまさにそのとき、私はアンナにコリーの夢を見たこと、殴りつけたこと、死んでしまったことを話した。アンナと私はそのときカフェにすわっていた。

「ひょっとしたらあなたの中からなにかが出ていく必要があって、あなたはそれを止めようとしているのかも」彼女はいった。「さもなければ、あなたはなにかを追い出そうとしていて、それは出ていこうとしないのかも」

私の夢に関する彼女のコメントは（それを彼女に明かそうと決めるたびに）つねに洞察力が鋭かった。彼女は自分の夢をまったく憶えていなかった。少なくとも、そういっていた。しかし彼女は夢が奇妙なものであることをじつに深く理解していたので、彼女のいうことを本気で信じていいものかどうかわからなかった。

カフェにすわって静かにコーヒーを飲みながら、私は心の大半を占めていたことがらを持ち出した。

「先週のうちにきみとカークはずいぶん親しくなったそうだね」

彼女はきわめて冷静だった。

「ええ、そうよ」

彼女がカークを自分の部屋に上げたかどうか、あるいはすでに牡鹿亭の彼の部屋で夜を過ごしたかどうかはたずねなかった。ミッチェルがそういったことを私に報告してくれたのだ。

「アンナ、ぼくはきみを信頼している。ぼくらはみんな」

「わかっているわ」

そして私たちはそのくらいでやめておいた。

記念碑に対する破壊行為から七日が過ぎて、キャリックではほかに異常なことはなにも起こらなかった。私は薬局のことで忙しかったが、しばしば朝早く、釣竿と箱を手にした植民地人が、記念碑の背後を通って松の群生の中を丘にのぼっていく姿を見かけた。天候はもっぱら寒いか、曇っているか、雨か、霧か、あるいはそのすべてだった。この天候がカークにどのような影響をもたらすだろうかと私は思った。

八日目の朝、日曜日だったが、キャリックがひたりはじめていた安心感は崩壊した。私はまたしても胸騒ぎの夜を過ごし、夜明け前にドアをはげしく打つ音で目覚めた。てっきりベッドの背後の壁を通る水道管の気泡が音を立てているのだと思った。しばらく横になったまま、はっきりとは思い出せない夢の入り口になんとかもぐり込もうとした。しかし刻々とせばまっていく開口部にぎゅうぎゅうともぐり込もうとしたせいで、かえって眼が覚めてしまった。

私は起き上がって骨身に沁みる寒さに立ち向かうためにコーヒーをいれた。それを飲みはじめるやいなや、またしてもドアを乱打する音がしたが、今回は階下からだった。なにものかが陳列窓を叩いているのだ。私は深呼吸してから真っ暗な薬局に降りていった。外には、オイルスキンをまとって懐中電灯を手にした人々の姿が見えて、ホッグ保安官の姿もあった。

私はドアを開けた。雨が降っていてあたりはまだ暗かった。通りは霧の中で油を塗ったようだった。

「ロバート。起きていてくれてよかった」と保安官がいった。「いっしょに来てくれないか？墓地でよくないことが起きているんだ」

私は彼ら全員を眺めわたした。オイルスキンを着て防水帽をかぶっているので、修道士のように没個性だったが、その体形に見覚えのあるものばかりだった――ホーソン、ケネディ、キャメロン、それにトムソン。

「すぐに準備する」

キャリックの西一マイルの海岸道路に面した墓地へと歩いていく途中、ホッグ保安官がよくないこととはどういうことか話してくれた。

「キャメロンが朝のパンを積んで霧の中ラノックからもどる車を走らせていた。彼はあやうく道路の真ん中に転がった岩にぶつかりそうになった。車を降りてそれをどかそうとしたが、それは岩ではなかった」

それ以上話はつづかなかった。車道を踏みしめるブーツのざくざくという音がするだけだった。その音は先夜カークが牡鹿亭でたずねた古い壁の残骸と交差するところにさしかかるといっそう大きくなった。それは実際には巨大な歯茎と折れた歯のような、岩におおわれた土塁にすぎなかった。この地の人々は何千年も前にそれを築き、それはその地方を何マイルも何マイルも取り囲んでいた。それが長持ちするように、処女の生きた体が埋められたといわれている。その壁の目的がなにかを閉じ込めておくためか、あるいは防ぐためだったのか、いまとなってはだれにもわからなかった。

壁を過ぎて、私たちは何世紀もの悪臭のしみついた湿地帯(マーシュランド)を通過した。子どものころ、私たちはその悪臭が墓地から湿地にじくじくとしみ出した死体液のせいだと思い込んでいたものだった。それが私たちの足にまとわりついて、操り人形みたいなぎくしゃくした足取りになるのを愉快がった。私たちは湿地の魔物が私たちを引きずり込もうとしているのだと信じていた。湿地を抜けると、懐中電灯の光が墓地のそばの道路を照らし出した。私たちはキャメロンがいっていた瓦礫を見た。岩ではなく、粉々に砕かれた墓石で、さらにその先には、腕と頭を失った彫像が倒れていた。

私たちは墓地そのものに近づいていった。それも何世紀もむかしからそこにあり、胸までの高さの石壁に囲まれていた。てっぺんには、装飾のほどこされた鉄の鎖が何体ものガーゴイルを数珠つなぎにしていた。私たちのグループは、いまでは用心深く動いているので、あまり奥まで見えず、霧のへりを地面に固定しているような墓石が見えるだけだった。光の限界に、より黒々とした形がうずくまっていた。それらは墓地に身をかがめた化け物だったかもしれないが、茂みにすぎないことがすぐにわかった。

鉄の門が少し開いていた。ホッグ保安官がしずくを垂らしている閂をぐいと押し開き、両手をコートでぬぐってから、中に入っていった。

私たちは彼につづいて墓地の区画と区画のあいだの中央通路を歩いていった。私たちの懐中電灯は墓地の湯気を立てる盛り土や墓石の行列を照らし出した（「出口標識」と私の父、アレクサンダー・エーケンは呼んでいた。「人間の中には、自分のそれを探し求めて人生を費やすものもいる」と父はよくいっていたものだ）。その多くはコンクリートでできていて、それが追悼する死体とあまり変わらない速さで朽ちていった。大理石でできているものもあり、肉に対する石の耐久性を立証していた。

墓地の奥深くに進むにつれて、一日のこの時間の私たちの存在を除いてなにも異常でないように思われた。

そのとき、私の少し前にいたホッグ保安官がなにかにつまずいた。彼の懐中電灯が、鮮やかな赤い唇をした身体のない女性の頭部を照らし出した。彼がそれをブーツでつつくと、血がついておらず、切断された首の血管もないことがわかった。それは彫像の頭部で、唇に口紅が塗りたくられているのだった。

それが破壊のはじまりだった。それから先、私たちがたどっていった通路には、打ち砕かれた墓石、骨壺の破片、折れた十字架や天使の翼が散乱していた。何世代にもわたる石工や彫刻家の作品が瓦礫と化していた。

墓地の中央で、壊され引き抜かれた無数の墓碑が円形に並べられた場所にでくわした。その中央には、一体の石の天使がもう一体の上に重ねられ、それぞれの顔が相手の股間に置かれていた。いちばん上の天使の背中には、スープ皿ほどの大きさの円が鮮やかな赤いペンキでべっとりとスプレーされていた。

「もう十分だ」ホッグ保安官がいった。「夜が明けてからまた来よう」

そこで私たちは残骸につまずいて転ばないように気をつけながら、うちそろって撤退しはじめた。門の近くの脇道沿いに、掘られたばかりのような墓があった。

「ちょっと見ておこう」保安官がいった。

　私たちは気が進まなかったが、彼とともに墓に近づき、懐中電灯で墓穴を照らした。それは部分的に土に満たされていた。近くの湿った土の山に柄の長い墓掘人のシャベルがあって、ホッグ保安官はそれを拾い上げた。彼は身を乗り出して墓穴の中の新しい土を数秒間つつきまわした。

　私たちはみな覗き込んで、自分たちの眼でなにが行なわれたのか見た。いやむしろ、予想できたはずだったのだ。笑ってしかるべきだったのだ——それは子どもたちだけが、そんな夜に、そんなところで起こることを信じるようなことだった。私たちが見守る前で、土は自発的に動きはじめた。まるで地中でなにかが動いていて土を押しのけようとしているかのように。出しぬけに、湿った土をはねのけて、蹄（ひづめ）のある毛むくじゃらの腕がとび出してくると、力がみなぎるようにぶるぶる震えながら、私たちのほうにぬっと突き出てきた。

　まっさきにおじけづいたのがだれなのか憶えていないが、ひとりが走りだし、何人かがそれにつづいた。ホッグ保安官とキャメロンと私だけが逃げ出さなかった。できるだけ早足で彼らのあとにつづいて、門をくぐり、キャリックめざして道路をもどっていったが。私だってできればもっと速く歩きたかったし、キャメロンが同じくらい怖がっていることもわかったが、ホッグ保安官は恐怖をこらえ、私たちの恐怖を寄せつけなかった。

　キャリックに着くと、走って逃げた男たちが保安官事務所の外で私たちを待っていた。公園は霧におおわれ、教会と図書館をのぞいて、ほかの建物はほとんど見えず、その教会と図書館も、はかない世界を維持している巨大な錘のようにそびえたっていた。ホッグ保安官が事務所の鍵を外し、走ったものも走らなかったものも、うちそろって中に入り、夜が明けるのを待った。

その日は一日中、そしてその週の大半、町の住民は墓地を探し回って、墓石と彫像を修復するために、ごく小さなものも含めて、かけらを拾い集めた。それは巨大なジグソーパズルを組み立てるのに似ていた。修復されたとき、墓石の多くはひび割れた卵のような外観を呈した。ほかのものは、爆撃された都市の残骸に佇む崩れかけた建物のようにつぎはぎだらけだった。

町の住人は墓碑銘を復元するのにとくに力を注いだ。というのも、家族の成員が死んだとき、彫りこまれた名前の溝に生き残った縁者たちの血をこすりつけるのが、キャリックの習慣だったからである。私の父の墓石はあまりにも粉々に砕かれていたので、修復しようとしても無駄だった。アンナの両親の墓石に刻まれた文字はそれほどひどく傷つけられていなかったので、私は助力を申し出た。彼女は私に感謝したが、カークがすでに申し出てくれたといった。

私の知るかぎり、墓地の中央の石の輪に手を触れようとするものは皆無だった。二体の天使は互いに相手の股間に顔を押しあてて横たわりつづけ、まるでなにかエロチックな神話の一部のようだった。

あの暗い朝に墓から私たちにさしのべられた蹄(ひづめ)のある手は、昼の光の中で見てみると、死んだ羊の前脚にすぎないことがわかった。いまだに硬直してぬっと突き出されていた。どうしてそんなところにあるのだろうと私たちは首をひねった。自分の目の黒いうちは、いかなる人間もその墓に埋葬されることはないだろうと、墓掘人のキャンベルがいった。彼は羊をそのままにして、残りの土をシャベルでかぶせた。

私は事務所にいる保安官のホッグを必ず訪れるのを忘れなかった。私はまたカークにまつわる疑惑を話した。すべての墓石が等しく破壊されたわけではないと私は指摘した。場合によっては、たとえば私の父のアレクサンダーの場合、その損傷は激しかった。私はまたこういった。どうか天使の背中にペンキで描かれた円にとくに注目してほしいと。

彼は大きな身体をそわそわさせ、短い首を赤く染めた。

「あんたの見たものはみんな見たよ、ロバート。だからもういいだろう。あとは私のやり方でやらせてくれ」彼の木の椅子がやかましく軋んだ。

「協議会を開くべきではないだろうか？」私はたずねた。

彼の眼が、しばしばそうなるように、せわしなくまばたきしはじめた。まるで彼の眼が私を消し去るか、あるいはあまり長く見つめたものを消してしまうかもしれないと畏れているかのように。

「考えておこう」

その週の別の晩、店を閉める直前に、ミス・バルフォアが、彼女はたまたま協議会の一員だったのだが、薬局に入ってきた。彼女はとても高齢で、皮膚がまるで羊皮紙のようだった。彼女は虫刺され薬を買いに来たのだった。（とても多くの住民と同じように）いつもの季節はずれの蜜蜂に刺されたのだ。薬局で彼女に出会うのは珍しいことだったが、私の父のアレクサンダーがまだ生きていたときには、彼女はしょっちゅう店に来たものだった。私が子どものときには私の世話を手伝ってくれた。

「この件についてあなたの考えを聞かせてもらえるとありがたいんだけど、ロバート？」きわめて正確なことばづかいで、彼女は明確に質問した。首の中央のほくろを隠すために、いつもハイネックのセーターを着ている。彼女がしゃべるとそのほくろが意地悪く顔をのぞかせることがあって、いまもそうだった。「どうか、うまく説明して」

「なにについての考えですか？」私はたずねた。

「この恐ろしい所業のことよ」彼女はことばを吟味した。「私たちのだれが、そのような残虐行為をしでかすかしら？　私たち自身の町の住人が過去を冒瀆するはずがないわ」

「ひょっとしたら協議会を開くべきかもしれません」私はいった。「ひょっとしたらなにが起きているか話し合うべきかもしれません」私は彼女に処方薬の包みを渡したが、彼女が売り台の照明の下で代金を数えていると、その指が骨と皮であることに気づいた。

「あなたの考えに賛成よ、ロバート」彼女はいった。「保安官に話しましょう。私は事態が悪化するのを非常に恐れています」

窓越しに、私は彼女が店を出て公園のほうに歩いていくのを見守った。彼女はしばらく暗闇の中で分解していったが、やがて反対側の街灯の光にからめとられてふたたびその存在をとりもどした。

彼女が去ってまもなく、私は戸締まりをしてから（いまやキャリックの住民はみな扉や窓をしっかり戸締まりするようになっていた）夕食のために牡鹿亭に向かった。食堂にもバーにもカークの気配はなかったので、私はひとりで食べてから八時ごろに薬局にもどった。夜は刺すように寒くなっており、町は静かで、たぶんなにかが起こるのを待っていたのだろう。アンナの店の前を通り過ぎるとき、上階の彼女の部屋に明かりが点っているのに気づいた。かつてよくしたように、ノックしようかとも思ったが、いまはためらわれて、そうしないことに決めた。

薬局にもどると、ドアの下に一枚の紙がさし込まれていることに気づいた。それを手に取って窓からさし込む光のところに近づくと、力強い筆跡で書かれた文を読んだ。

ロバート

協議会を開催する。植民地人の件。
明日四時R医師の家で。

ホッグ

翌日の午後、協議会で話し合うために店を出たとき、空は東の丘のへりの黒っぽい巨石だった。ランキン医師の家に向かって歩いていると、私の指は自動的に小道を縁取る痩せた私有地の生垣をかき鳴らした。彼の家は低い二階建ての花崗岩の建物で、前庭は鉄の忍びがえしのついた手すりで小道から保護されていた。蔦(つた)でおおわれた出入り口の赤く塗られた階段は、まるで髭(ひげ)のある口に塗られた口紅のようだった。

呼び鈴に応じて出迎えてくれたメイド服姿の小柄な尼僧のような女性は、私が生まれたときからランキン医師のメイドだった。彼女は私を書斎に案内してくれた。壁は全面マホガニーの書棚におおわれ、ずっしりとした医学書で埋め尽くされていたので、北側にある細長い窓を通して入ってくる光もほとんど吸収してしまうのだった。

長方形のテーブルを囲むようにして協議員が腰をおろした。ホッグ保安官は書類のようなものをいじくっていた。ミス・バルフォアの頭は窓のほうに向けられていたが、首のほくろは私をじっと見つめていた。

私が席に着くとすぐにランキン医師が現れた。彼は七十代の小柄で痩せた人物だったが、足音は重々しく、(彼は一度も太ったことがなかったが) かつては太っていて、その身体が現在の軽さにまだ適応できていないかのようだった。彼は背もたれの高い椅子に腰をおろし、ホッグ保安官に頭をうなずかせて、協議を開始するように合図した。

保安官は咳払いした。ことばは彼を落ち着かなくさせるのだ——まるで小さすぎて彼の大きな身体ではもてあますかのように。彼が話しているのを見ると、いつもはおとなしい野生動物が尻尾で蝿をぴしゃりと打つところを連想せずにはいられなかった。

「ロバートとミス・バルフォアは植民地人のカークに不審を抱いています」そういって、彼はテーブルを眺め回した。どんなハチドリも保安官の目蓋ほどすばやく羽ばたくことはできないだろう。それから彼はまた書類に視線を落とした。まったくランキン医師のためだったが、話題の紹介が終わった。こんどは私の番だった。

「ふたつの事件はカークの到着からあまり間をおかずに起こりました」私はいった。「彼はキャリックに並外れた関心を抱いています。実際のところ、私は彼を信用していません」

「彼は頻繁に図書館を訪れています」とミス・バルフォアがいった。「現れたいちばん最初のときから、彼は私たちの歴史に非常な興味を示しました」いつものように、彼女は話すとき、細心の注意を払ってことばを口にしたので、それらはまるで剃刀(かみそり)の刃のようだった。「彼はとくに戦時中のこの町の状況に関心がありました。もちろん私は適切な本の位置を彼に教えてあげなければならないと思いました。私の行動は不適切だったでしょうか?」彼女のほくろはすばやく上下に動いて、いないいないばあをした。

ホッグ保安官がまた懸命に話しはじめた。

「ミッチェルが彼を監視しています。カークは丘陵にいないときは自分の部屋で多くの時間を過ごすそうです」彼の目は私のほうをちらちらと見つめた。「しばしば上階の彼の部屋で、カークとアンナが」

私は沈黙を守ったが、ふたつの名前が頭の中で投げ槍のように震えているのを感じることができた。私はランキン医師の意見を待った。彼はふつう私たちの決定で最終的な意見を述べるのだ。彼は咳払いをして、ささやきにすぎないような声でようやく話しはじめた。

「あの植民地人はきのう私に会いに来た。彼は私に水位と貯水池の地図を示した。彼は私たちがどこから飲用水を得ているか知りたがった。セント・ジャイルズ池についてたくさんの質問をした」彼は右手の細い指をひらひらと動かした。一瞬、彼の爪が彼を驚かせたようだった。そして彼は爪をじっと見つめた。「とりわけ炭鉱が閉鎖されたいきさつについて知りたがった」彼は指で鼻をこすった。

彼の診察台で仰向けに横たわった子どものとき、私はその反転したアリジゴクのような彼の鼻孔に吸い込まれるのではないかと、恐怖のあまり診察台にしがみついたものだった。彼のように身体の謎を熟知している人間をだますことはできないだろうと信じていたものだった。

「私は彼にあたりさわりのないことしか話さなかったが」彼はいった。「彼は満足していなかった。われわれは徹底的に用心しなければならない」

「わかりました」保安官がうなずいた。「彼について情報を得るために保安本部に連絡しました。彼らは私たち以上に、謎の人物を好みません。われわれはまた彼が丘陵地帯でなにをしているかつきとめなければなりません。賛成ですか?」

私たちは賛成し、いつものように、協議会はすみやかに終了した。ほんのわずかなことばでとても多くのことが語られるのを、私はいつも興味深く思っていた。私たちは順々に外に出ると、背中を丸めて暗くて冷たい霧雨の中に出ていった。ひょっとしたら雪の前兆かもしれない。

公園で、私たちはそれぞれの目的地に散らばった。ミス・バルフォアは夕方の営業のために図書館を開けに、ホッグ保安官は事務所と永遠の書類仕事に、私は薬局で蜂刺されの薬を調合し、それから、一缶のスープと（牡鹿亭に行く気分ではなかった）本と瞑想と睡眠のために。

その会合の翌朝は二月の初日だった。ミッチェルが朝早く保安官事務所を訪れてホッグ保安官にカークが昼食にサンドイッチを求めているといった。それは彼が丸一日丘陵地帯にいることを意味した。するとこんどは、保安官は私に会いに来た。これはカークのあとをつけて彼の行動を監視するいい機会かもしれないと彼はいった。私はそうしようと答えた。

それはめったにない冬の朝だった。晴れていてほんの少ししか寒くない。太陽は輝き、早起きした町の住民は陽光の中でどのように行動するか知っているふりをして、公園の周辺の道路で微笑をかわし合った。よそ者は天候の変化にだまされて、これが一日つづくものと思うかもしれない。しかし、うねうねと重なる高い丘に広がるかすかな霧は、パン生地のようにふくらんで、日没ごろには谷間へと流れ下ってくるかもしれないのだ。

私は長靴をはいて店の窓辺に立ち、コーヒーを口に運びながら見守った。九時ごろ、カークが牡鹿亭から陽光の中に出てくるのが見えた。彼は緑色のハイキングセーターとブーツを身につけており、例の黒いブリキ箱を肩から吊るしていた。しかし彼はもはや釣り人のふりをしていなかった。釣竿を手にしていなかったのだ。

彼がきびきびとした足取りで東のほうに歩きはじめたので、私は双眼鏡をコートのポケットに忍ばせ、窓辺に「本日休業」の札を出して、カークのあとをつけはじめた。太陽を楽しんでいた村人たちは励ましの声をかけてくれた。アンナの店の前を通りかかったとき、窓辺にいる彼女の姿が見えたが、ガラスが陽光を浴びてまぶしかったので、彼女の表情を読むことはできなかった。

道路は東へ半マイルほどなだらかな上り坂で、それから分岐する。そこから先は砂利道と大差なくなる。南にのびる枝道は丘の麓を迂回して数軒のコテージの前を通る。もういっぽうの枝道は、炭鉱へとつづく道だが、いまでは雑草におおわれている。カークがたどったのはそちらだった。それは北東へとのびて、ケアン山の背後に抜ける。それはナックルズと呼ばれる丘にもっとも近い(古いバラッドによれば、キャリックの近くに魔物が埋まっており、これらの丘はその右手のこぶしなのだそうだ)。私は十分に間合いを取って、四分の一マイルほど離れたところから、彼が道路を離れて僻地を歩きはじめたときも、ためらうことなくあとをつけていった。こんな天気の日にこんな丘では、彼を見張るのはじつに簡単だった。それはつまり、彼も私を見つけやすいかもしれないので、気をつけなければならなかった。

まもなく私たちは丘の麓を囲む湿原のごつごつとした斜面に出た。小川に出会うたびに、カークは数分間立ちどまった。あるとき、彼は湿原の鳥を驚かせてしまった。彼らが振り向いて甲高い声を上げると、彼は振り返った。私はワラビの茂みに身を潜め、その土臭いにおいに鼻をうずめた。ふたたび顔を上げると、彼はまた歩きはじめていた。彼はあとをつけられていることに気づいており、だれがあとをつけているかすらわかっていて、私が自分の役を演じているかぎり、彼も自分の役を演じようと決心しているのではないかと私は思った。

　このころまでには、彼がセント・ジャイルズ池と古い炭鉱に向かっていることは確かなものになっていた。そして遠い回り道をしていることも——道路に平行で、ケアン山の背後を通る道だ。私は湿地（マーシュ）を横切る短くて危険な近道をしてまっすぐ北に向かおうと決心した。

　ここは私の父のアレクサンダーが、よく薬草を採りにやってきたところだった。これらの湿地には根の長いハリエニシダが生えていた。父はそれを使って、利尿薬と麻酔薬を作った。ここには希少な黒いヒースの群生もあって、そこから咳止め薬ができた——その芳香はとても長続きするので、その二月の日でもそのにおいを嗅ぐことができた。ここにはまた矮性ワラビも生えていた——催吐性で正しく調製しなければ致命的な薬なのだ。

「良薬は毒になりうる」私の父は私がこの商売を学んでいるときにしばしば口にした。「そして毒は良薬になりうる。おもしろいじゃないか？」父はこのことばを口にするとき、決して笑わなかった。

　十五分間ほど湿地を苦労して進んでから、乾いた土地とモノリスにたどり着いた。それは高さ二十フィートの岩で、古代の地殻変動でそこに取り残されたものだった。歳月と天候によって風化したくぼみがその南側の腹部に刻まれていた。厚い苔の層がくぼみをおおっていたので、私はとても気をつけて登りはじめた。へりをずるりと乗り越えててっぺんのくぼみに入り込むと、ブーツが上を向いた小さな円形の水たまりに刺さった。

　私はできるかぎり快適になるように腰を落ち着かせ、双眼鏡をケアン山の北の湿地に向けた。

はるか遠くで輝いているセント・ジャイルズ池が見えた。そしてその先に、道路の痕跡と古い炭鉱も見えた。しばらくして、カーク本人がケアン山の臀部を迂回して姿を現した。

双眼鏡を使って人間を見つめるのは不思議なほど慣れ親しんだ経験だった。歩きながら、カークが唇を動かしているのが見えた。そしてなにか愉快なことか、気のきいたことでもつぶやいているかのように微笑していた。このような音のない発言のひとつのあと、彼は小川のそばにしゃがみ込んだので、彼が仕事をしているところをはっきり見ることができた。彼は黒い箱を開けて、試験管を取り出し、それで水を汲んだ。瓶から定量の粉末を量り取って試験管に入れると、よく振ってから空にかかげて観察した。そのあと、その水を小川に捨てて試験管をゆすいだ。彼はノートを取り出して手短に記入した。非常に明瞭に見えたので、そのノートをまっすぐ正面に向けてくれたら、書いていたものまで読み取れたかもしれない。

彼は箱を閉め、背筋をのばして立ち上がると、ゆっくりと振り返って、モノリスのほうをじっと見つめた。彼の眼は私の眼をまっすぐに覗き込んでいた。私はへりのかげに身をかがめた。その場に横たわって考えた。あんな遠くから私が見えたはずはないよな？　そして頭をひねった。やつはどのくらい見えるのだろう？

私はしばらく身を潜めていた。ふたたびへりから顔を上げると、カークの背中は私に向けられていて、セント・ジャイルズ池と炭鉱からあまり遠くない平坦な地域に到達していた。彼はそこをゆっくりと迂回し、ワラビの茂みを覗き込んでいた。

そこもまた、私がよく知っている場所だった。少年のとき、ほかの少年たちと同じワラビの茂みを捜索したのだ。私たちの中で、めぼしいものを見つけたのはただひとり、キャメロンだけで、そのとき彼は十二歳ぐらいだった。彼は見知らぬ銘文の刻まれた硬貨を見つけ、それを自宅に持ち帰った。彼の父は彼からそれを取り上げ、私たち全員にそれが存在したことを忘れ去るようにと命じた。

口笛の音が静寂を切り裂いた。気流がその音をまず私に運んできた。私のほうが高い位置にいたからだ。カークは直後に同じ音を聞いて北に目を向けた。それから彼は手を振った。私は双眼鏡の向きを変えて、冬眠しているワラビとヒースを過ぎ、散らばる灰色の羊を過ぎ、二頭のコリー犬の白黒の揺らめきを過ぎた。それから、黒っぽい船長の帽子をかぶった口笛の主の姿をとらえた。その首元には格子柄のスカーフが巻かれていた。

私の心臓は冷たい岩の中に沈み込んだ。口笛の主はアダム・スウェインストンだったのだ。テーブルという広大な平面を横切っている蠅のように、ふたりが出会って握手をしてから、彼とカークが湿原を互いに近づいていくのを、私はじっと見つめた。双眼鏡越しに、ふたりが出会って握手をしてから、ワラビの中に腰をおろすのが見えた。スウェインストンはパイプを引っぱり出して火を点けた。カークはサンドイッチの包みをほどいて食べはじめた。ひとつはっきりしていることがあった。このふたりの男は知り合いなのだ。

見るべきものは見た。気をつけながら岩から降りて、湿地をキャリックに向かって歩きはじめた。町に着くと、数人の町の住人がまだ公園のまわりに立っていた。彼らは問いかけるような目つきで私を見つめたが、私はだれとも口をきかず、まっすぐ保安官事務所に入っていった。

ホッグ保安官と私がそろって保安官事務所から出て店にいるアンナを訪ねたときも、同じ町の住民たちがまだ見つめていた。そして私たちが彼女の店を辞したときも、彼らは見つめていた。それまでには、正午を過ぎて、手配はすっかり整っていた。

その夜、牡鹿亭で、九時三十分ごろ、ミッチェルは私をカークの部屋のとなりの客室に案内してくれた。彼は衣装ダンスを片側に押しやり、目の高さのところにある壁の穴を示した。真下の絨毯はすっかり擦り切れていた。

「今夜はこの部屋を自由に使っていい」そういって、彼は出ていった。

穴を覗くと、格子と造花のチューリップの花瓶の向こうに、カークの部屋の大部分が見えた。そこで私は腰を落ち着けて待った。ひたすら待った。

長い時間が過ぎて、私は夜を無駄遣いしているのかもしれないと思いはじめた。しかし十一時ごろに廊下から声が聞こえてきたので、私は覗き穴に顔を近づけた。ドアが開くのが見えて、カークとアンナが入ってきた。彼はしゃべっていて、アンナは黙っていた。彼は明かりのスイッチを入れて後ろ手にドアを閉め、宇宙の残りすべてを締め出した。彼は彼女の腕を取り、その場に立ったまま、ふたりはキスをした。

「アンナ、アンナ」彼がくりかえしそういうのが聞こえた。

彼女も返事をささやいたが、私の耳には届かなかった。

まだ立ったまま、カークは注意深く彼女のウエストバンドから緑色のセーターを引き上げて頭をぐらせた。彼が彼女のブラの留め金を手探りしはじめると、彼女は「ちょっと待って」といって、手を伸ばすと、明かりを消した。

それについてはがっかりした。私はアンナの裸体を愛するのをやめたことは一度もないのだ。それ少しのあいだ、暗い部屋で衣擦れとささやき声とベッドの軋む音しか聞こえなかった。それからカーテン越しの街灯の光が、机や椅子やドアといったものの形をおぼろげに浮かび上がらせはじめた。やがて、しだいに、ベッドの上の二人の身体も。室内の淀んだ熱気のせいで、ふたりは毛布をかける必要がなかった。彼は彼女に必死に話しかけていた——愛と欲望のことばだろう。たぶん。それからふたつの身体はひとつの悶える動物になった。多くの手足のある白い獣である。悶えは切迫したようにリズミカルになり、狂乱したようなあえぎ声とアンナの聞き覚えのある歓声をともなった。それから獣はふたたびふたつになり、ふたつの部分は静かに横たわった。それからしばらくして、アンナとカークが静かにしゃべりはじめて、ふたつの声が聞こえてきた。

その声に耳を傾けながら、私は嫉妬していた。ふたりの性行為よりもむしろ、ことばのやりとりの親密さに。カークがもっぱらひとりで話し、アンナに鼻を押しつけていた。ときどき、彼の口から「愛」ということばが聞こえたように思ったが、彼女の返事にはなかった。しかし、ある時点で、彼女ならきっとそうするにちがいないと思っていたのだが、彼女は身を起こしてはっきりとした声でいった。

「このことははっきり答えてちょうだい、カーク。すべてはそこにかかっているんだから」彼女は大きく息を吸った。「あの公共物破壊はあなたの仕業なの？」

長い間がつづいた。

「どうしてぼくに？」カークは答えた。うんざりしたような声だった。

アンナはたずねるのをやめようとはしなかった。

「アダム・スウェインストンとはなんの話をしていたの？」

彼女は腕を曲げた膝にのせてすわり、彼の答えを待っていた。通りの明かりが身体をかすかに浮かび上がらせた。彼は起き上がらなかった。

「連中はぼくを見張っていたのか？」

「スウェインストンはあなたになにを話していたの？」彼女はしつこかった。

彼は返事をするまでに長くかかり、それはまたしても質問に対する質問だった。

「アンナ、ずっと以前に、ここキャリックでなにが起きたか知っているかい？」

「それがあなたとなんの関係があるというの？」彼女は彼に懇願していた。「どうしてほうっておけないの？　お願いだから私たちにかまわないで」

「できない」

「それなら、あなたといっしょにいることはできないわ」彼女の声は生気が失せていた。

「どうしてもというなら、しかたがない」彼はいった。

彼がそのことばを口にしたときは真夜中に近かった。私はアンナがベッドから出て、壁伝いにドアのわきのスイッチを手探りするのを見守った。彼女はそれを見つけ、明かりを点けて服を身につけはじめた。だれの目が見ているか気にしていないようだった。

カークもベッドを出た。細身だが強靭そうな身体はアンナの身体より浅黒かった。彼はアンナに家まで送ろうといったが、生まれたときからキャリックに住んでいるので、よそ者の助けを借りなくても道はわかると彼女はいった。彼女が服を身につけるのを助けているふりをしながら、まるで指のあいだから種子をこぼしているかのように彼女の身体に手をすべらせて、彼は彼女を愛撫しようとした。彼女はその手を払いのけ、服を身につけ終えると、ひとこともいわずに出ていった。

彼女が去った後の暗闇の中、カークは窓辺に佇んだ。彼は長いあいだじっと動かなかった。たぶん彼女が公園を横切り、店に入っていくのを見つめていたのだろう。それからゆっくりと、彼はベッドにもどっていった。

真夜中をずいぶん過ぎてから、私は階段を降り、無人の廊下を抜けて通りに出た。天気は冷たい小雨まじりの霧に変わっていた。公園にかかる霧がとても濃いので、向こう側がまったく無になっていた。私は遠回りして街灯のある道を歩いていった。街灯の真下を通過するたびに、私の影が私の足元から飛ぶように逃げてゆき、暗闇の蓋の真下でこそこそと走るのがおもしろかった。

二月六日の火曜日、朝の九時三十分に、私は薬局のカウンターの背後で父の特製のエリキシル剤を調剤していた。電話が鳴った。

「ロバート」それはホッグ保安官だった。「図書館に来てくれ。一大事だ」

窓越しに、すでにアンナが公園を横切ろうとしているのが見えたので、私もコートのボタンを留めて彼女と並んで歩くために急いだ。(東の雲の背後にあるはずの)朝の太陽は、オレンジ色の球体におおい隠されていた。空気は平穏だった。私たちは低い霧の礁湖をかきわけていかなければならなかった。記念碑は沈んだ船の彫刻をほどこした船首像だった。白いかすみの運河が対岸の建物とのあいだを隔てていた。

図書館の入り口で、私たちは心配そうな町の住民たちをかきわけなければならなかった。事情はなにも知らないのだと私たちは彼らにいった。私たちは六段のくたびれた花崗岩の階段を昇って重い木の扉に向かった。アンナのために扉を開けておいてから、私たちは足を踏み入れて、音が反響する階段を踊り場に向かい、それからガラスの扉を抜けて図書館そのものに入っていった。

内部は、なにもかもいつものようにきちんとしているようだった。しかし、私の温かいコートにもかかわらず、建物はひどく冷え切っており、床磨き剤のにおいがいつもよりきつかった。私たちの吐く息は、まるで異質な元素の中にいるかのように、ラッパ形に広がった。読書スペースの奥の、本棚の最後の列の背後から、人声と木の床を踏み鳴らす足音が聞こえてきた。私たちはその方向に向かった。

ホッグ保安官がそこにいた。鼻にハンカチをあてがっている。彼はなにか異様なものを調べていた。滝などあるはずのないところにある小さな滝のようにも見える。それはまさしく滝だった——高いところから白い泡がゆっくりと落下して、床には靄がたち込めていた。滝ではありえないこの滝が、書棚のひとつの正面をすっかりおおっていた。その上部に書かれた「キャリック——書籍と雑誌」という文字がまだかすかに見えていた。

「酸よ！」ミス・バルフォアが叫んだ。彼女は書棚のそばに立って近づいてくる私たちを目にしたのだ。「保安官はそれがある種の酸だと思っているわ」彼女のほくろは縮んで見えなくなっており、羊皮紙のような顔のまんなかの鼻は蒼白だった。彼女が「彼は何者かが私たちの本に酸をぶちまけたと考えているわ」と説明したとき、その声は図書館中にこだました。

なにか刺激的だがにおいのないもののせいで、鼻がひりひりした。本の背表紙にくぼみができていることに気づいた。表題を腐食しているのだ。酸はすでに木製の棚までゆがめはじめていたので、まるでそのうちに、もとの樹木の形をとるのではないかと思われるほどだった。

「もしそれが本酢酸なら」私は保安官にいった。「どれにも触らないほうがいい。きわめて強い酸です」

「あれを見て」ミス・バルフォアがいった、彼女は書棚のつきあたりにある図書館の伝達事項のために使われている黒板を指差した。そこには乳房と股間が強調された、へたくそな女性のスケッチが描かれていた。細長い首のまんなかに、第三の乳首のような強調された点があった。

ホッグ保安官はハンカチで鼻をぬぐっていた。その顔は寒さと酸のせいでげっそりやつれていた。

「これを見てくれ」そういって、彼は書棚の端の、スプレーで赤い輪が描かれたところを示した。それから彼は私にたずねた。「本をなんとかできないだろうか？」

「この酸が自然に中和するのに少なくとも二十四時間かかります」私はいった。「本はもうだめです」

もはや手の打ちようがなかった。私たち四人はしばらく立ちつくし、泡がゆっくりと本を食べつくしていくのを見つめた。それから私たちはその場を離れた。アンナはついにひとことも口をきかなかった。

階段のところに集まった町の住人の数はさらに増えていた。ホーソンもまじっていた。ケネディと彼の妻もいた、トムソン一家の姿もあった。それにヒューソンとキャメロンも。本がだめになったいきさつについてホッグ保安官が簡潔に説明した。静かな朝に彼らは黙って耳を傾けた。もしなにかを見たり聞いたりしたものがいれば捜査の役に立つだろう、自分は丸一日事務所にいるからぜひ話に来てほしいと保安官はいった。アンナが一度か二度顔を上げて、牡鹿亭のカークの部屋の窓を見つめるのに気づいたが、そこからはなんの動きの気配もなかった。

それから保安官とアンナと私は連れだって公園を歩いていった。彼女の店に着くと、彼女はいつもならそうするように、二階に上がってコーヒーでもどうかと誘ってくれなかった。保安官が彼女にそっと話しかけた。

「ところで、アンナ？　私に話しておきたいことがあるんじゃないか？」

まったく表情のない顔で、彼女は彼を見つめ、それから私を見つめた。

「私はカークを避けてきました。あなたが盗み聞きしていた夜から、彼と寝たことも話をしたこともありません」

それ以上なにもいわずに、彼女は店の中に入っていった。

保安官と私は薬局に向かって歩きはじめた。

「彼女にはっきり話す機会をあげたかったんだ」彼はいった。「いつも簡単だとはかぎらないからね」

「保安官」私はいった。「いつけりをつけるつもりですか？」

「いずれ」彼はいった。「時が来れば。私は治安本部からの指示を待っている」冷たい空気の中で、彼の顔は青ざめていた。「事態が手に負えなくならないことを祈るよ」彼は頭をうなずかせて別れを告げ、事務所のほうに歩き去った。


その夜、牡鹿亭のバーで、私が着くとカークは壁際のテーブルについていた。なにもかもとても静かだった。録音された音楽も、建物のほかの場所でドアが閉まる音も聞こえなかった。

「墓場のように静かだ」私に給仕しながらミッチェルがいった。

カークは私の姿を見て、こっちに来ていっしょにすわらないかと合図した。キャリックのことが気になっているのだ——むかしのキャリックのことが。彼は私にいくつかの質問をしたがり、私はそれをやめさせようとしなかった。

「すぐとなりの古い教会はどうなっているんだろう?」彼はたずねた。「まったく使われていないようだが?」

「ずっと昔から閉鎖されているよ――少なくとも、戦争が終わったときからね。ぼくの父のアレクサンダー・エーケンは、われわれにはもう教会は必要ないといった。天空の大いなる死刑執行者が教えるべきことはすべて学んだと」

「きみのお父さんはとても皮肉屋だったにちがいない」彼は微笑しなかったが、まるで捕食者のように質問を浴びせた。「祭りはどうなんだ? どうして廃止になったんだ?」

「老人にきいたほうがいい」私はいった。「彼らが決めたことだ」

「真実を話していると信頼できる人はだれだろう?」彼はたずねた。

ほんとうはその問いに対する答えは期待していないようだと思って、私は反対にたずねた。

「今朝、図書館でなにがあったか知っているだろう?」

「知っている?」彼は警戒した。「私はなにも知らない。だめになった本があるんだな? 酸が使われたという話は聞いている」

「これらの公共物破壊行為は」私はいった。「すべてつながっていると思うか?」

「同じ人間が一連の事件の背後にいるのかという意味なら、そう思う。当然だろう? ひょっとするとキャリックの歴史を消し去りたいと思っている人間かもしれない」それから彼は、おおよそミス・バルフォアが使ったのと同じことばを使った。「まだ終わりではないと思う」

「それはどういう意味だ?」

「べつになにかを意味するとはかぎらないだろう？」彼の瞳は青くて澄んでいて冷たかった。
「なにも意味してはいない。なにひとつ意味してはいない。なにひとつ」

ホッグ保安官がスウェインストンの小屋に行ってカークについておしゃべりしてくると水曜日の午後に私にいった。彼は黒い警察の車で出ていった。午前中はずっと太陽が輝いていたので、多くの町の住民がふたたび公園に姿を見せていた。このような天気が好きだというふりをして、もっと控え目な光の中と同じくらいはっきりと陽光の中でもものが見えると。

私は上階の窓辺に行って双眼鏡で保安官の姿をさがした（かつて、一年前、双眼鏡で公園を眺めまわしていたときに、たまたまケネディ家の窓に行きあたり、彼もまた彼の双眼鏡で私を見つめていることに気づいた。正直いって、私を見つめる価値があると彼が考えたことが驚きだった）。最初、警察の車は視界の外だったが、キャリックの南を数軒の素朴なコテージに向かって走り、それから高地の湿原へとつづく砂利道に着いたところで姿が見えた。それだけ高地にあっても、この町の中と同じような見せかけがつづいていることがわかった。車が小ぶりなトネリコの前を通過したとき、葉っぱがくるくると舞い落ちたのだ。まるでいまは十月にすぎず、真冬などではないかのように。

一マイル走ったところで、車はスウェインストンのコテージにつづく進入路の手前で停止した。私は保安官のあらゆる動作を見守った。

彼は車を離れて冬のヒースのあいだの小道を歩いていった。彼はほぼ二千年前に自称侵入者によってつくられた小さな太鼓橋を渡った。立方体の形をしたコテージに通じる小道を登っていくとき、彼の息遣いは苦しそうになっていた。彼は少し立ち止まって、私からは見えない東の破風をじっくりと見つめた。彼は振り返ってキャリックのほうを見つめた。今日みたいな日は、公園のまわりのすべての建物と、仕事にいそしむ町の人々の小さな姿を、はっきり見ることができるだろう。彼は私が見つめていることを知っていた。

それから彼はスウェインストンのドアに近づいてノックした。二頭のコリー犬が尾を振りながらコテージの裏から現れた。彼は犬たちをぽんぽんと軽く叩き、しばらく待ってから、またノックした。彼はドアの取っ手を引いてみた。ドアはさっと開き、彼は中に入っていった。コリー犬は外で待っていた。

彼が屋内でなにを見ているのか想像するしかなかった。縦仕切りのある窓から陽光が居間に流れ込み、羊皮のラグに降り注いでいる。清潔な、田舎風の台所、たぶんスウェインストンは昼食中だろう。

しかし想像は外れた。スウェインストンが見つからなかったことはすぐにわかった。ものの数秒もしないうちに正面のドアから現れたからだ。彼は後ろ手にドアを閉めると、しばらく立ちつくした。それから、コリーに案内されて、西の破風をゆっくりと迂回してコテージの裏に向かい、ふたたび私の視界から消えた。私が気づいた別の動きといえば、斜面の上のほうで草を食んでいる数頭の羊の動きだけだった。

保安官がふたたび現れたとき、彼はほとんど走らんばかりだった。彼はコテージからのびた小道をどすどすと車にもどっていった。彼は車に乗り込み、バックさせると、結局はキャリックに通じる砂利道に合流する道路を全速力でもどっていった。

私はホッグ保安官がもどってくるときまでに、ともにキャリック消防団の団員であるケネディとホーソンに通報しておいた。私たちは彼を出迎え、彼とともにコテージにもどることに同意した。彼は私たちに愉快ではないぞといったが、私たちは心の準備ができていた。自然に囲まれて人生を送るものは、最良の教師によって不愉快を教え込まれると、私の父、アレクサンダー・エーケンは、しばしばいったものだ。

ケネディが消防団のライトバンを運転し、残るわれわれ、ホーソン、ホッグ保安官、それに私は後部座席にすわった。私たちは口をきかなかった。砂利道を走るライトバンの車輪の騒音のせいであり、また私たちが不安を抱いていたせいでもあった。ケネディがせまい橋の手前で車を急停止させた。

コテージから五十ヤード離れた、その場所からでも、さっき保安官がためらったわけがわかった。直径が三フィートほどの赤い輪が、東の破風に塗りたくられていたのである。

私たちは担架を運んで橋を渡り、小道をのぼっていった。コテージの前で足を止めると、私は小さくて厚いガラスのはまった古風な窓から目を細めて覗き込んだ。室内の敷居に萎れた花のささった花瓶と、こざっぱりとした居間のゆがんでねじれた光景しか見えなかった。

保安官は私たちをコテージの裏の刈り込んでいない芝生に案内した。そこでは羊たちが草を食んでいた。そこに、羊小屋の石壁に背中をもたせかけて、あごを胸にうずめるようにして、アダム・スウェインストンがすわっていた。彼の二頭のコリー犬は、尻尾を振りながら見張り番をしていた。スウェインストンは、あらゆる点で、壁にもたれてうたた寝している男のようだった。眠ったままハミングしている男、太いロープのような髭が鼻から臍(へそ)まである男のようだった。

しかし私たちは知っていた。彼は眠っているわけでも、ハミングしているわけでも、髭を生やしているわけでもないことを。彼は死んでいた。髭のように見えるのは凝固した血の鍾乳石であり、何千匹もの黒蠅がたかっているということを。一年でも黒蠅などいるはずのない季節にもかかわらず。ハミングと聞こえたのは冬のごちそうをむさぼり食っている彼らの感謝の讃美歌だった。

ホッグ保安官がスウェインストンの輪郭を黄色いチョークでなぞり、私たちを死体のまわりに配置した。それぞれに一本ずつ腕か脚が割り当てられた。犬たちは心配そうに見守っていたが、邪魔立てしなかった。私たちが力を合わせてもちあげると、黒蠅も舞い上がった。彼らは協力する気満々だったからである。しかし私たちがスウェインストンを担架に載せると、なにかが蠅のかたまりから転がり出してきてケネディの足に触れた。彼がひどくおびえて飛びさったので、私たちはあやうく死体を取り落としそうになった。

ケネディをおびえさせたものがなんであれ、それは草の上に落ちていた。犬たちがそのにおいを嗅いだ。蠅たちがふたたびそこに集まった。

保安官は犬と蠅を追い払った。草の上に落ちているものはブレスレットのようだった――黒い珊瑚だろうか。彼はかがみ込んだ。

「唇だ」彼はいった。「彼の唇が切り落とされたんだ」ハンカチを取り出して、彼は肉の輪を注意深くつまみ上げ、遺体の上に置いた。私は本来その唇があるべきスウェインストンの顔を見ないように努めた。

そんなこんなで、私たちは羊飼いの遺体のすべてを待っているライトバンまで運んでいった。歩きながら私は、その日が二月十四日の水曜日であることを思い出した。愛の日である。

すべてが急速に頂点に達した。ホッグ保安官はカークを牡鹿亭の彼の部屋に閉じ込めるように命じ、首都から警察官を呼んだ。ふたりの筋骨たくましい男が翌朝到着した。ふたりは礼儀正しく町の人々に質問して記録をとった。アンナと私のところにも来るものと思っていたが、来なかった。彼らと保安官は午後の大部分をカークとともに過ごし、それから同じ日の夕方に首都に帰っていった。
その週の残りの期間、カークはいつも通り丘への探検をつづけた。それから、日曜日になって、雪が降るのは間違いなさそうなひどく寒い日に、ホッグ保安官はメッセージを受け取ったと私にいった。カークは月曜日の朝の列車に乗って首都に向かい、取り調べのために治安本部に出頭することになった。

その日曜の夜、私はバーでカークとごく短い会話を交わした。私が入っていくと、彼は眼の前にスコッチを置いて暖炉の近くにすわり、腕に頭を休めていた。うたた寝しているのかと思ったが、彼は顔を上げた。

「疲れているのか?」私はたずねた。

眼の青い氷が解けたかのようだった。「自分の心を赤子のようにあやすことができたらいいのに」彼はいった。

それは彼のうちに弱さのしるしかもしれないものを見かけた数少ない機会のひとつだった。

「明日首都に行くんだって?」私はたずねた。

その眼がまた凍りついた。「よい噂はすぐに広まる」彼はいった。「心配にはおよばない。夕方にはもどってくるさ」彼はスコッチを飲み干すと立ち上がった。「ひとつだけ確かなことがある。きみたちの厄介事はまだ終わったわけじゃない」そういって、彼は出ていった。

朝の五時三十分は真っ暗で霧も濃かった。そのような朝、この丘陵地帯に住む人々は一種の信仰のようなものに頼って生活する。自分たちはどこかよそにいるのかもしれないが、いまいるところにいると信じているのだ。記念碑のそばに佇んで、私はミッチェルがホテルのドアを開け、カークが通りに出てくるのを確かめるために目を酷使しなければならなかった。彼は鉄道の駅に向かって歩きだした。私は数秒間待ってから、彼のあとを追いはじめた。まだドアのところに立っていたミッチェルが私に向かってうなずいた。

駅まで半マイルの小道を歩いている行程は、寒くて静かだった。カークが私の思考そのものを聞き取るのではないかと恐れて、私はそっと静かに歩いた。

十分間慎重に歩いたあと、駅の照明の光輪がかすかに見えてきた。それからカークの姿がその輝きの中に入り、入り口の掛け金を持ち上げて構内に入るのが見えた。私は十分なゆとりをもって彼が切符売り場で切符を手配するのを見守った。それから彼はじっとりと湿ったベンチに腰をおろした。プラットホームには、いっぽうの端でベンチにすわっている彼と、いまや反対側に立っている私をのぞいて、だれもいなかった。薄暗い駅の照明の中で、砂利の床に敷かれたレールが十分に油を差した武器のようだった。

彼のベンチは南向きで、レールの向こうは、丈の低い民家の生垣と丘まで広がる湿原だった。彼に丘が見えたわけではない。彼はじっとすわって深い霧を見つめていた。私は寒さをこらえるためにコートを引き寄せた。

なんらかの音がするたっぷり一分前には列車の振動が伝わってきた。それから轟音(ごうおん)がはじまってどんどん近づいてきて、それからシューという音がして、金属と金属がこすれる甲高い音が聞こえた。私はプラットホームのへりまで近づいて、黒いかたまりのような機関車が霧を棍棒(こんぼう)で殴りつけるのを目の当(ま)たりにした。

その数秒間に、カークもまたベンチから立ち上がって、私のそばに立つためにプラットホームのへりまで歩いてきたにちがいない。彼は列車の蒸気を見るのに間に合わせようとしたにちがいない。霧よりも白く、火炉の赤い輝きを見るために。

それから私は彼が線路上に手足をのばして寝そべるのを見た。その顔は私に向けられていた。彼は叫んだかもしれない。叫ぶ時間はあった。しかし私にはなにも聞こえなかった――蒸気機関が中身のつまった肉体よりもことばのほうに注意を払うだろうというのではない。カークはそこに横たわっていた。それから彼は金属の壁と火花と閃光と喧騒にかき消された。

私は彼がどうなってしまったかつきとめるために待ったりしなかった。私は向きを変え、騒音から離れるように駅の外に向かい、小道を急ぎ足でもどっていった。まっすぐ前を向いて。静寂と霧を私の心に歓迎しながら。その朝に、キャリックでの、そしてこの世での、カークの最後の朝に。

同じ二人の筋骨たくましい警察官がまたしてもキャリックにもどってきた。またしても彼らは礼儀正しく、私たちも礼儀正しかった。またしても彼らは町でさらに多くの質問をしてまわり、またしても彼らは私とアンナには話しかけなかった。彼らはほとんどの時間をホッグ保安官と過ごした。彼は彼らが複雑でない結論に達するのを助けた。彼らがキャリックに滞在する時間を引き延ばすことのないように。カークはスウェインストンを殺し、それから列車の前に飛び出して自殺したにちがいないと、彼らは判断した。そもそも、これほど単純な話があるだろうか？　それは罰を求める罪悪感の単純明快なケースであった。

結論が出て、彼らは首都に帰っていった。

町の住人の何人かはスウェインストンがいなくなったことを残念に思ったかもしれないが、アンナだけはカークの死を悼んだ。ほとんどにおいて、キャリックは元の生活をとりもどそうとしていた。

「人生をつづけなければ」町の住人はそういった。

はじめてそのことばを聞いたのは、羊飼いのブロムリーの妻からだった。ブロムリーは小柄な男で、その妻は整った猫科のような顔の女性で、それはぶざまな肉のかたまりのような身体と対照的だった。彼女は父の調合したエリキシル剤を求めて薬局にやってきた。ブロムリーが季節外れの蜂に首筋を刺されたのだ。その日、薬局で、彼女は満足げにこういった。「うちの人ったら、人生をつづけなければなんていうのよ」

彼女やほかの人々がそんなに早く警戒を放棄するのは愚かだと思った。しかし私はいった。

「たぶんね。たぶん」

したがって、ウサギに関する最初の報告にも、キャリックの人々はあまり心配しなかった。ウサギが、それも何百というウサギが、ケアン山の麓の湿原で、ばたばたと死にはじめたのである。あまりたくさん死んだので、タカや、水生ネズミや、イタチや、その他の腐敗したウサギの肉の目利きたちが、はるか遠くから集まってきても、得られる供給のほんの一部しかむさぼり食うことができなかった。羊飼いや漁師たちは、あらゆる谷間や丘の中腹で腐っていくウサギの死骸につまずくのが鬱陶(うっとう)しいと文句をいった。ウサギの死の瞬間をはじめて目撃したのは、ヴァーノンという名前のひょろりとした羊飼いで、ケアン山の中腹で羊の群れを飼育していた。

私はふたりの警察官がキャリックを去った翌朝にカフェで彼に会った。彼の話では、村に降りてくる途中、大きな湿原ウサギが彼をめがけてまっすぐに走ってきたという。彼はそれが上方の丘を駆けているのを見て、なにかがおかしいことに気づいた。数ヤードごとに、それはある一定の角度でさっと向きを変えるのだ。まるでいまにも襲いかかろうとしている肉食獣に追われてでもいるかのように。それからウサギはまっすぐヴァーノンのほうに向かってきた。もっともウサギらしくない戦略で向かってくるのである。彼はじっと動かなかった。するとウサギは彼のブーツのそばでぴたっと止まり、うずくまった。ヴァーノンは身をかがめて耳を愛撫し、優しく語りかけた。ウサギは彼の手が触れてもまったく恐怖を示さなかった。そのときになって、ウサギを追いかけていたものがなんであれ、それは外部にあるのではなく、ウサギの内部にあって、もはやウサギは死に捕らえられていることを彼は悟った。ウサギはヴァーノンのブーツの右足に頭をあずけて横たわった。一分もしないうちに、せわしないウサギ特有の息遣いがやんで、目に靄がかかり、ウサギは死んだ。

「いままでそんなものを見たことは?」私がヴァーノンにこのような質問をしたのも、彼が四十年にわたって丘で羊を飼い、ウサギを罠で捕らえてきた男だからである。彼は長い鼻を袖でぬぐった。

「いいや。見たこともない」彼はいった。

しかし、さっきもいったように、キャリックの人々はこの時点では心配しなかった。少なくとも、あまり心配しなかった。ウサギたちが丘で死んでいる？　それも大量に？　だからどうしたというんだ？　しょせん害獣なんだから——いい厄介払いじゃないか。

それから魚の件が起こった。セント・ジャイルズ池で釣りを楽しむ町の住人の何人かが、多くの魚の行動が奇妙だといった。釣針にかかると、じたばたと暴れることなく、池の中でぐるぐると回りはじめ、その半径がしだいに小さくなっていって、しまいに腹を上に向けて水面に浮かんでくるというのである。また、釣り上げても、ぴちぴちと跳ねたりせず、とても静かにワラビの上に横たわっているのだという。

釣り人たちは釣られることを気にしない魚を釣ってもまったく楽しくなかった。しかし、彼らはその問題を雨のせいにした。池に注ぐ小川を増水させる冬の豪雨は、いつでも魚の方向感覚を狂わせるのだと彼らはいった。確かに、今年は狂った魚の数が非常に多く、確かに、釣り人が手を貸さなくてもたくさんの魚が死んでいく——だが、それは自然死だった。

羊飼いのカミングズの二頭のコリー犬が病気になって死んだときでさえ、町の住民のだれひとりとして、それほど心配しなかった。だれもが犬のことを残念に思ったが、しょせん犬は犬じゃないか、そうだろう？　きっと腐りかけのウサギかケアン山の周辺の荒野のあらゆる小川の土手に散乱している魚でも食べたにちがいない。

彼の犬が死んだ翌日、私はカミングズが公園を横切っているのを見かけて話をするために出ていった。彼は無口な男で、灰色の髭で顔を隠し、いつでも足をわずかに引きずっていた。彼からいきさつを聞き出すには長い時間がかかるだろうと思っていたので、まるで用意された演説のように彼がそれを物語りはじめたときには驚いた。

「今朝の六時ごろ」彼はいった。「羊たちを高地の湿原まで連れていく前に、いつものように二頭の犬に餌をやる合図で、ドアのところで口笛を吹いたんだ。あいつらが病気だということはすぐにわかった。犬小屋のある家の横から、腹ばいになってやってきたんだ。二匹とも後ろ脚を引きずっていて、病気になったことでわしが怒り狂うだろうと怖がっていた。わしは二匹をかかえて家に入れ、床に寝かせてやった。二匹はわしをじっと見つめて、眼が合うたびにしっぽを振るんだ。朝の九時頃に、二匹は吠えはじめた。五分ほども吠えていたかな。それから二匹は死んでしまった」

カミングズにとって、これはとても長いおしゃべりだった。あのときには、犬の死を悼む気持ちのせいで舌がゆるんだんだろうと私は思った。

それからまもなく、羊が死にはじめたが、キャリックの人々はそれでも言い訳をした。羊? 羊の話なんかしないでくれと彼らはいった。羊はとてもばかな生き物だと彼らはいった。いつでもばかなことか、別のばかなことをしているか、ばかなことや、別のばかなことのために死んでいるだけだ。羊を飼っている国に住んでいる人間ならだれでも、羊がばかなことぐらい知っていると彼らはいった。

そのように、町の人々は何度もくりかえした。しかし彼らがついに心配しはじめたことを、そして心配していることを、私は知っていた。

正当な理由があった。いまでは、キャリックの住人の最初のひとりが、病気になっていたのである。

それはキャリックの、教室がひとつだけの学校で起こった。鉄道の駅から小道をまっすぐ登りきったところにある煉瓦の建物である。この町の学齢期の子ども六人を教えている、初老の教師ミス・フォーサイスは、職員室の窓から校庭を眺めていて、大惨事の幕開けを目撃することになった。

三人の子どもがフットボールをしていた。体格のがっちりした父親のキャメロンの十歳版ともいうべき、幼いキャメロンがボールめがけて走っていてよろめいた。ミス・フォーサイスはその瞬間の彼の様子がどれほど奇妙だったか気がついた。まるで銃で撃たれたかのようによたとあとずさり、さらに数ヤードよろめいてから、くずれるように倒れたのである。彼はもう一度起き上がろうとしたが、脚がいうことをきかなかった。

彼女は急いで校庭に出てゆき（彼女にとって急ぐのは大変なことだった——とても太っていたのだ）、友人たちが子ども特有の無慈悲な好奇心の目で幼いキャメロンを見おろしているところに駆け寄った。彼は微笑みながら彼らを見上げていた。その顔は真っ青で、ひたいの左側にある星形の母斑が真っ赤になっていたので、まるで磁器の花瓶の上の小さな赤い蜘蛛のようだと思ったことを彼女は憶えていた。

彼女はランキン医師を呼びにやり、彼が到着すると、診察のために少年を家に運ぶようにと命令した。

二月はみずからを吹き飛ばし、精力的な三月にバトンを渡したが、その週のあいだ、幼いキャメロンはパン屋の上階のベッドに横たわっていた。パイやケーキの食欲をそそるにおいも彼をその気にさせなかった。それまで食べ物をいらないといったことなど一度もない少年だったのに。それに彼は決しておしゃべりではなかった。しかしいま、彼は静かにしていようとはしなかった。彼はひたすらしゃべりつづけた。昼も夜も、自分自身に、両親に、聞くものがあればだれにでもしゃべりつづけ、だれでもへとへとにさせ、話す内容でだれでも驚かせた。

たとえば、ある夜、彼は集まった大人たちにこういった。

「あなたが子どもの感情の深さを軽んじるとき、あなたは火遊びをしているのです」両親や、その場にいたすべての親たちは、不愉快そうだった。その同じ夜、あとになって、彼は先生に直接話しかけた。

「ミス・フォーサイス、あなたは子どもの心に決して学問を押し込んではいけません。引っぱるための取っ手しかない心もあるんです」彼は笑ったが、ミス・フォーサイスの丸々とした頰を涙がこぼれた。やさしい女性だ。

私たちはみな幼いキャメロンの洞察に驚愕した。彼は知恵によっても病気によっても打ちのめされたかのようだった。しかしその週の終わり近く、私たちは彼のことばがしだいにしわがれたささやき声になり、彼の笑い声が耳障りな音になりつつあることに気がついた。ある夜、そのような醜い笑い声のあとで、ひたいの小さな蜘蛛がどくんどくんと断続的に脈動し、彼はなにかいいたげで、私たちはみな耳を傾けた。

「子どもほど犯罪の深さを心から理解しているものはいない」彼ははっきりした声でささやいた。彼はこのことばを私に向けていっているようだった。アンナもいっしょだったので、私はなにかいおうとして彼女のほうを向いたが、その瞳の表情を見てなにもいわなかった。


最後の夜、十時ごろに、私たちはもはや幼いキャメロンがなにをいっているのか聞き取ることができなくなっていたが、それでも彼は話すのをやめなかった。彼の両親は交代で耳を彼の口元にあてがい、彼のことばを私たちに伝えなければならなかった。彼はむやみに汗をかきはじめていた。ある時点で、彼の声はもっと聞き取りやすくなった。

「彼らを見て」私たちは彼がいっているのを聞いた。腕で身ぶりをしている。「何千もの彼ら、動いているアリの巣みたいだ」なにを見ているかわからないが、私たちには見えなかった。彼の瞳はきらめいていた。

「彼らとは何者ですか?」だれかが礼儀正しくたずねた。私たちははるか昔に礼儀正しいのが一番だと決めていたのだ。

「ことばです」彼はいった。

この時点で、ランキン医師が、一週間ずっとベッドに近づいたり離れたりしていたのだが、少年を五十マイル北にあるストローヴェンの病院に移送すべきときだといった。

奇妙なことに、私たちが救急車の到着を待っているあいだに、幼いキャメロンは快方に向かった。彼は微笑を浮かべて室内を見回し、助けを借りずに身体を起こし、お腹がすいたといった。少なくとも、私たちはそれが彼のいったことだと思った。しかし彼の母親が彼の好きな食事であるビーンズオントーストをもってくると、彼はそれに手を触れようともしなかった。彼はただすわっておしゃべりしていた。いま私たちはとても明瞭に彼のことばを聞くことができたが、だれひとりとして彼がなにをいっているかよくわからなかった。彼の口から出てくることばはすっきりと明快なのだが、そのことばは私たちのだれひとりとして聞いたことのない外国語か（そのときまでには、私たちはこれぐらいのことでは驚かなくなっていた）、あるいは頭のいかれたたわごとにすぎないのだった。

深夜十二時の二分前、彼は最後の音のほとばしりを発した。「シャックシャトゥル・イク・アプラ・シャタシュ」彼は至福の微笑みを浮かべ、それから横向きに寝そべったが、上向きになった蜘蛛はかろうじて見えるだけだった。深夜十二時に、蜘蛛は幼いキャメロンの命を道連れにして消えてしまった。救急車が到着したのは三十分後だった。

ほかの五人の子どもたちがその病気の症状を示しはじめると、キャリックの人々はなにか致死的なことが私たちのどまんなかにあることを確信するようになった。子どもたちはただちにストローヴェンの病院に運ばれた。そこでは、医師たちが予想される汚染の予防措置としてマスクを着用し、彼らの専門技能の精緻を尽くして子どもたちの治療にあたった。彼らはさまざまな病気の可能性を検査した（と彼らはランキン医師に知らせてきた）。ターナー症候群、クリスマス病、ハートナップ病、ミルロイ病、ニーマン・ピック病、ウェルドニッヒ・ホフマン病、ハンチントン舞踏病、ミルツブランド病、ドリセペラス病、丹毒、ハンセン病、黒熱病、ダムダム熱、チャグラス熱、ヘイヴァリル熱、フランベジア、クワシオルコル（とりわけ条虫性と肺吸虫性）、バンチ症候群、フェルティ症候群などである。

無駄であった。病気は謎のままだった。

主治医はなすすべもなく立ちつくし、子どもたちがひとりまたひとり、あれやらこれやらについておしゃべりしてから、ふいに死んでしまうのを見守ることしかできなかった。どの死もまったく苦痛をともなわなかった、ただ呼吸が停止するだけだった。

これまでのところ、大人はだれひとりこの病気にかかっていなかった。ストローヴェン病院の専門家たちは、子どもだけがかかる病気かもしれないという仮説をたてた。この理論が表明されるや否や、羊飼いのヴァーノン、ブロムリー、それにカミングズが同じ症状を示しはじめた。そして、ひとりまたひとりと、立てつづけに、大人たちも病気になっていった。

キャリックの住民の大量死が進行していた。

既知の治療法がなかったので、専門家たちは万一伝染病が広がるといけないと、病気になったすべての町の住民をストローヴェンに運ばせないことに決めた。彼らには自分たちのベッドに寝かせておいて、死ぬまでべらべらとおしゃべりさせておいたらいいじゃないか。

そういうわけで彼らはキャリックのそれぞれの自宅にとどまった。妻と夫が並んで横たわって死を待つこともしばしばだった。たとえば、ファランス夫婦は、靴屋の上階に並んで病床に臥していた。夫はメランコリー気質の男で、もう何年も妻に話しかけたことがなかった。しかしいま、彼は彼女に愛情込めて果てしなくしゃべっていた。ふたりはまるで若い恋人同士のように睦まじく語り合った。ある気まずい夜などは、ファランスがすっかりよろこんだ妻にのしかかろうとしたので、私は、ほかの訪問者たちとともに、寝室を出ていかなければならなかった。数日後、ふたりはほとんど間をおかずに死んでいった。

町のほかの住人たちも、それまでは惨めな人生を送っていたが、病気になったおかげで間違いなく幸せそうになった。たとえば、墓掘人のキャンベルだ。彼の痩せこけた顔は、彼の職業と、彼の人生に絶えずつきまとってきた不幸を示していた。彼の母は彼を産んだときに死んでしまい、家が全焼したときに彼の妻と娘は焼かれて灰になった。彼自身もここ二十年間、麻痺によってひくひくと痙攣(けいれん)していた。いま彼はあの病気にかかっており、彼の麻痺はまるで病気の埋め合わせのように消えてなくなった。数年ぶりに、彼はすすり泣くことなく自分の妻と娘について語ることができた。自分が死ぬ順番になったら、家族の墓で彼らに加わるのが楽しみだと彼はいった。

いまやキャリックは隔離されていた。交通もキャリックを迂回した。私の窓からガスマスクをつけた兵士を満載したトラックが生活必需品を運んでくるのが見えた。ある日、一分隊の兵士が、町の東はずれの、スウェインストンのコテージにつづく分岐点をちょうど過ぎたところに、かまぼこ形兵舎を建てた。それは兵士と、ひとりかふたりの警官と、首都からやってきた医療チームが寝泊まりするものだった。毎日、緑のふちなし帽と緑の手術着を身につけた医師と看護婦は、病人たちを訪れた。彼らは分析し、聴診し、検査し、相談し、推測した。彼らは私の血液と皮膚と髪の毛のサンプルを採り、その他のまだ感染していない町の住民のサンプルも採った(いずれ、私たちは全員が、例外なく発病すると、彼らは考えていた)。

動物の死から人間の死に移行したために、専門家たちは動物の病気が原因かもしれないと考えた。数名の著名な獣医がその優れた能力を発揮するためにキャリックに招かれた。彼らは炭疽病、脾脱疽、悪性膿疱、大頭症、黒脚症、牛疫、鼻疽、口蹄疫、開嘴虫症、ロコ病、ピップ病、暈倒病、跛行症、恐水症、テキサス熱の兆候を求めて町の住人を検査した。他にはなにも思いつかなかった。

しかし、またしても、無駄だった。病気は謎のままだった。

私はブレア行政官に会った。首都の治安本部の警察関係者だという。ふたりの医療専門家をともなって彼が私の部屋に入ってきたのは昨日の朝のことだった。「地元の植物の毒性についてあなたが熟知しているのは周知の事実です。町の人たちの死因について、なにかお考えがあるのではありませんか」と彼はいった。

彼が話すのを聞いていると、小さな黒い箱を手にして小川にかがみ込んでいたカークのことを思わずにはいられなかった。そこで私はふたりの医療関係者に、キャリックの飲料水は注意深く検査されたかとたずねた。検査されたと彼らはいった。

「もう一度やってください」私はいった。「ちがうものを探していたのかもしれませんよ」彼らにそれ以上なにも話すつもりはなかった。

　彼ら全員が辞去しようと立ち上がったとき、ブレア行政官がもうひとことといった。「別の用件でまたすぐにもどってきます、エーケンさん。さしあたり、あなたが薬局を離れるときは同行するように、護衛に指示しておきました。安全上の理由からです」

　そういうわけで、午後になって私がケアン山の頂上に最後の登山をしたとき、私は護衛されていた。登山からもどってくると、ブレア行政官はアンナとホッグ保安官とミス・バルフォアとランキン医師が病気になったと知らせてくれた。私は行政官に、彼らを訪問できないだろうかとたずねると（これが最後のお別れになるだろうと思ったのだ）、彼は承知してくれた。護衛は私に同行して、ドアの外に立った。そのあいだに私は彼らのひとりひとりとたっぷり話し合った。

　私たちは静かに心を決めた。


いま私はひとり黄昏（たそがれ）どきに、薬局の上階の窓から公園の南側を眺めている。ケネディの店の屋上のカフェのサイン――キャリックでたったひとつのネオンサイン――は、毎日いまごろには点灯しているはずだったが、点いていなかった。ガラスの血管をシューッといいながら流れるはずの光は静止したままで、もはやキャリックの町の住民はだれひとり通りを歩いていなかった。

記念碑の姿がはっきり見えて、ずんぐりとした花崗岩のかたまりのような教会も図書館も（「知識と迷信が手を携えている」と、私の父のアレクサンダーは、よくいったものだ）、牡鹿亭の白漆喰塗りのファサードがさらに西の陰鬱な保安官事務所と肩を並べているのが見えた（「悪徳と正義が並んでいる」父ならそういうだろう。「よく見ておくんだぞ、ロバート」）。

この黄昏に浮かび上がる明かりは、細い絞首台のような柱からぶらさがるぼんやりとした街灯だけだった。

鋲釘（びょうくぎ）を打ったブーツの足音が聞こえた。一分後にはパトロール隊が現れるだろう。ライフルを傾け、通りを行進してくる六人の兵士たち。長い鎖をつけた軍用犬を連れている。小隊はときおり立ち止まり、懐中電灯で門をかけたドアや窓を調べていく。軍用犬はあちこちのにおいを嗅いでいき、やがて馴染みのないにおいにほっそりとした身体をこわばらせる。

兵士たちはキャリックに駐屯するのを嫌がっている。彼らの希望はもっぱらひとつだけ。退去命令を受けることである。遠くの薄暗い丘が、いまは大きな本のページのように見える。丘にかかったリボン状の霧が栞（しおり）のようだ。私自身が、もうすぐキャリックという本の最後のことばになるのかもしれない。

それがエーケンの文書の締めくくりだった。

以下の手紙はその最後のページに添えられていた。

＊　＊　＊

金曜日、午前十時

マックスウェルへ

ブレア行政官はいまこの私の部屋にすわっている。彼は正式に私をスウェインストンとカーク殺害とキャリックの人々の毒殺の罪で告発した。

彼はこの数か月間、この答弁書を読んできた。

「それは期待以上であり、同時に期待外れだった」彼はいう。

「そこにはすべての構成要素が含まれています」と私はいう。

「それで私はそれらをどうしたらいいというんだね？」彼はいう。

「ああ、行政官」私はいう。「私は私の職能を発揮したまでです。あなたはあなたの職能を発揮しなければなりません」

私は彼に提案をする。「明日、この物語を、首都にいる若いお友達に配達してくださ い」(きみのことだよ、マックスウェル)「彼をキャリックに来させてください。私は彼を導いて謎をくぐり抜けてみせます」

行政官は私の提案を受け入れた。

きみは受け入れてくれるか、マックスウェル?

私たちはきみの決断を待っている。

ロバート・エーケン

あなたはこのすべてをどう思うだろう? このロバート・エーケンなる人物の最後のメッセージが——直接私宛になっている——私自身に非常に大きなショックをあたえたといったら控え目な表現になるだろう。大量殺人で告発されている人物が私の名前を知っていたという事実そのものがぞっとする。しかし——まるで一篇の作り話のような——語りそのものについて、その背後の謎について、思いめぐらせずにはいられないことを認めなければならない。エーケンとはどんな男だったのか? どうしてこのようなことを書いたのか? 彼が言及したほかの人々はどういう人々だったのか? そしてキャリックだが、そこはいったいどんなところだろう?

はじめにいったように、初期の出来事のいくらかは広く報道された。たとえば、羊飼いのスウェインストンの殺害と死体損壊である。私はすでに新聞でその記事を読んでいた。それに私は植民地人のカークの疑わしい自殺のことも聞いていた。それに動物たちの大量死――家畜伝染病と、彼らは呼んでいた。動物の疫病だと。

しかし、疫病ですら、噂ほど早くは広まることができなかった。秘密主義、隔離の厳しさ、警察の調査隊の関与、軍の兵舎の設置、医療専門家チームの到着――これらすべてはただの動物伝染病とは桁違い（けたちが）いのことが起きていることを示していた。

そしていま、私はそれがなんであるか知っていた。キャリックを大量死に追いやったのは、疫病ではなく、恐ろしい犯罪だった。エーケンが、私の名前を知っていた、このロバート・エーケンが、町の人々の皆殺しの罪で告発されていた。

私はその事実を理解したが、この手記にはそのほかにもとてもたくさんの仄（ほの）めかしや曖昧（あいまい）なヒントがあった。私はそれをもう一度読む必要があった。だから私はそれを三度目にまた読みなおし、それからブレア行政官に電話して、ただちに本題に入った。

「この薬剤師のロバート・エーケンはほんとうに彼ら全員を毒殺したのですか？」

「彼はその件で告発されたんだよ、ジェイムズ」

「彼が書いたこれ――この文書ですが――供述書とみなされているのですか？」

「私は彼にまさに同じ質問をしたよ。彼はその答えをあたえるのはきみだけだといった」

「具体的に、私になにをさせたいのでしょう？　私もそれはぜひ知りたいです」

「私のせいだ。彼は私になにも話そうとはしなかったが、新聞記者になら話してもいいような気がしないでもないといった。そのとき私はきみの名前を口にしたのだ。彼もきみなら信頼するだろうと思ったんだよ、ジェイムズ」行政官の穏やかな声は説得力があった。「きみはキャリックに立ち入りを許されるたったひとりのジャーナリストになる。きみの仕事を学ぶ絶好の機会になると思うんだが。きみがキャリックにいるあいだは、どんな記事も送るのを認めるわけにいかないが、エーケンやその他の人々と直接会話することができる。それに首都にもどったらすぐに、そっくり記事にしたってかまわない」

「編集者と話す必要があります」

「もうすでに話してある。すべてきみ次第だそうだ」

私は深呼吸した。

「いつキャリックに発つんですか？」私はたずねた。

その一瞬に、私は決心した。私は学生であることにうんざりしていた――人生の大半を読書しながら寝るのに費やすのはもうたくさんだと感じていたのだ。私は気分転換になにかをしたかった。同時に、間違いなくこう考えていた。なんてすごいチャンスだろう！ ひょっとしたら、有名になれるかもしれないぞ！

いま、いかなる決定もそこまで単純だろうかと考えている。私たちがなにかをするほんとうの理由を、私たちはわかっているのだろうかと私は自問する。それこそが、私がキャリックで学ぶことになる教訓のひとつだった。

第二部

私は謎に没頭し、
精神の高揚の極みまで
理性を追求するのを好む
——サー・トーマス・ブラウン
『医師の信仰（レリギオ・メディキ）』、ロンドン、一六四三年

三月二十五日の日曜日、午後一時に、迷彩軍用ジープが（迷彩のせいでかえって目立っていた）首都まで私を迎えに来て、南のキャリックへと連れていってくれた。手荷物は着替えとテープレコーダー、テープとノート、そしてエーケンの手記とひと瓶のウィスキーの入った小さな鞄だった。酒飲みとしては初心者なので、ウィスキーは非常時専用だった。その日ははじめのうちはじつによい天気だったが、丘陵地帯をのぼっていくにつれて、空の色はしだいに鉛色になっていった。二時間後、私たちはキャリックの外縁部に到着し、軍の検問所を通過するために速度を落とさなければならなかった。運転手が武装した衛兵に用件を告げると、彼らは手を振って私たちを通してくれた。

ジープは町中へと入っていき、私はキャリックの公園とその周囲の建物をはじめて目にすることになった。兵士たちがあちこちに配置されていた。ふたりの兵士がエーケン薬局という看板のかかった店の前に立っているのに気づいた。ジープは町をあっさり通り抜けて、一マイルかそこら東に向かって走りつづけた。穴だらけの舗装されていない道を走らなければならなかった。やがて、丘陵地帯の麓の兵営に近づいた。

私はかまぼこ兵舎の割り当てられた部屋で荷物をほどいた。それから食堂に行ってチーズサンドイッチを受け取り、部屋に持ち帰った。手持無沙汰で、これからなにをすることになるのだろうと、いささか不安になっていた。四時ごろ、ドアをノックする音がした。

「こんにちは、ジェイムズ」ブレア行政官が外に立っていた。いつも以上に修道士のように見えた。灰色の髪は記憶よりも短く刈られていた。その禁欲的な風貌は午後の寒い薄暗さによく似合っていた。「また会えてうれしい」彼の唇は例によって奇妙な動きをして、まるで自分のことばにあまり遠くまでさまよい出してほしくないかのように、ことばを投げ縄でたぐり寄せた。

「お入りください」

「いや、結構だ」彼はいった。「コートを着て、いっしょに町まで行ってみないか？　テープレコーダーを忘れずに。キャリックでなにが起きているか、自分の眼で確かめることができるだろう。きみがここに来た目的はそれじゃなかったのか、ジェイムズ？」その唇のねじれのせいで、すべてが皮肉に聞こえた。私の名前を口にするときも、キャリックということばを口にするときも。

キャリックに向かって歩いていきながら、私たちはいろいろ話した――ここに滞在しているあいだにするべきことについて。それは生涯にわたる友情のはじまりだった。たとえそのときまでブレア行政官を修道士のようだと思っていたとしても、彼が宗教になんらかの関心を示したからではなかった。それどころか、その週の何回かの会話のあいだ、宗教的な事柄にはほとんど興味がないと彼ははっきり表明した。ある日私は彼にいった。彼の仕事に対する態度は、あの古代のカバラ信奉者に似ていると。

「とんでもない」彼はいった。「この職業に従事する者は——わけのわからない宗教などでなく——謎に関心があるのだ」彼は私のことばにいささか憤慨したのかもしれない。彼の気分を判断するのはつねに困難だったが——そもそも気分があるのかさえ、わからなかったが。

また、私は思うのだが、彼は夢を宗教と同じカテゴリーに入れているようだった。最初、私はよくキャリックが、あるいはキャリックに住むことが、私の内にもたらしているように思える奇妙な夢について彼に話そうとしたが、彼は忍耐強く聞いてくれるが、私の夢になんの興味もないことははっきりわかった。

「私自身は」彼はとうとう私にいった。「決して夢を見ないように努める。それでもやはり夢を見てしまったならば、それを忘れるために最善を尽くす」

私は彼がこれをいうのを聞いて驚いた。私はつねづね夢というものが、たとえ見かけがどれほど不可解であろうとも、深い意味をもつと信じていたからである。私が彼にそういうと、彼は頭を振った。

「それどころか」彼はいった。「私に関する限り、夢は知性のごみにすぎない。夢は知性をゆがめ、めちゃめちゃにしてしまう。夢からなんらかの意味を推察することは不可能だ」

いまでは私は、ある事柄に関するこの厳しいまでの熱中は、彼の子ども時代の経験に由来することを知っている——彼が私の考えに同意しないことは間違いないが（「あまりに単純な解決法は避けたまえ」彼がそういうのが目に浮かぶ。「もっといい考えがあるはずだ、ジェイムズ」)。

実をいうと、彼はほんとうに困難な幼年時代を過ごしたのだった。私に話してくれたところによると、戦時中、彼がまだ十歳だったとき、彼が住んでいた南部の工業都市が夜間に空襲に見舞われた。彼の両親は彼と彼の妹を連れて地元の防空壕に避難した。しかし彼の妹は泣きはじめた。「ルーシー！ ルーシー！ ルーシーがいないわ」そして彼らは飼い猫のルーシーを置き去りにしてきたことに気づいた。そこで彼の両親は彼に妹の世話をするようにいってから、猫をさがすために急いで家にもどった。彼らが玄関のドアから家に入ったまさにそのとき、爆弾が家を直撃した。サイレンが空襲の終了を告げたとき、捜索隊は猫の鳴き声を聞きつけて、梁(はり)の下にいるルーシーを見つけたが、くすぶる家屋の残骸の中で生きていたのは猫だけだった。

この島で当時は孤児にとってつらい時代だった。ふたりの子どもは（ブレア行政官の妹は七歳だった）、親戚がだれもいなかったので、引き離されて平時でもきわめて質素なことで知られる公立孤児院に収容された。終戦まで、またその後の歳月、ブレア行政官が孤児院でどのような生活を送っていたのか、私は知らない。彼が口にしたのは、孤児院から出ることができる年齢に達すると、よろこんで出ていったということだけだった。

だから、両親を失ったことや国の保護下での人格形成期によって、感傷的でない人生観とそれに似つかわしい禁欲的な風貌が生まれたのだと思う。もちろん、彼自身は人を外見で判断することに慎重であり、私にもそうしないように警告した。

「いいか、ジェイムズ。この職業に就いてから、もっとも邪悪な犯罪者でさえもが富と成功によって魅力的なオーラを身につけることを学んだ」彼はいった。「そして同時に、彼らの犠牲者は、しばしば苦しみによって醜くなることも。皮肉なことだが。醜い人々はあまり同情されないのだ」

それについてはきっと彼が正しいのだろう。


彼がここ北部に住んで働いている南部の人間であることを気にしているのはよくわかる。結局のところ、私たちの歴史上ほとんどの時代において、北部と南部は互いに無慈悲な戦争をくりかえしてきた。私たちが同盟者になってはじめて、とりわけ最近の戦争のときに、私たちは互いに依存するようになった。だから古い敵意がすっかり消えたわけではなかった。たとえば、ことばを例にとってみよう。北部と南部は同じことばを話すが、そのアクセントは互いに奇妙に聞こえる。彼らのことばは柔らかくて耳に心地よく（女っぽいと、私たちはいう）、私たちのことばは荒々しくて力強い。そしてそれを変えようとは思わない。

だからどうしてブレア行政官のような南部の人間が、島の北部までやってきて、この職業に就くことになったのだろうと不思議に思う。

「最初、それは偶然ではなかった。私は研修のためにこちらの学校に送られた」彼はいった。

「しかし私は北部が好きになった。なかなかうまくいえないのだが、北部のほうが南部よりも複雑なのだ。こちらではなにひとつ一筋縄ではいかない。人は隠し事をする。ごく些細なことでさえ。しかもその理由ははっきりしない——ひょっとしたら天性の秘密好みにすぎないのかもしれない。北部ではほんとうの謎がさらに謎めいたものになるのだ」

彼はとても若いときに法律学校に入学し、よい成績をおさめた。彼は警察官のさまざまな階級を猛スピードで駆け上がり、特別捜査省の一部門の長として、最年少の行政官となった。

彼の成功の秘密？　ある夜彼にたずねると、直接的には答えてくれなかったが、注目すべきだと思われることばを口にした。

「それは道徳によって、あるいは自分自身の良識によって目が見えなくなるのを決して許してはならないということだ」彼はいった。「良識ある人間の道徳的偏見ほど、捜査の進展を妨げるものはない」

明らかに、なんらかの道徳基準を遵守するのが修道士に必要な特性だとすれば、ブレア行政官はいかなる意味においても修道士ではなかった。しかし私はそのイメージを完全に捨て去ることができない。ひょっとしたら、もし彼が修道士ならば、それは結局のところ、彼が謎について熟考するのを好むという意味においてだけなのかもしれない。その追求に（そしてただそれだけに、すでに書いたかもしれないが）、彼は人生を捧げていたのである。

キャリックの最初の夕べ、ブレア行政官と私は、ふたりいっしょに町へと歩いていった。私たちはジープに乗らなかった。兵士たちやそのほかのすべてのスタッフはできるかぎり歩くようにと命令されていた。キャリックにおいてあれやこれやの検査がまだ行なわれているあいだ、汚染物質をなるべく減らすためである。

「車両は非常時しか使わないのだ」歩きながら、行政官がいった。

「非常時ですか?」私は驚いた。「でもここのすべてが非常時ではないんですか?　この地域全体が非常時なのではないですか?」

「来たばかりの人間はそう思うかもしれない」彼はいった。

それはどういうことかとたずねたが、彼はこの発言についてそれ以上話そうとはしなかった。なにが起きているか自分の目で見て、キャリックで起きていることについて自分で判断してほしいのだと彼はいった。彼の口調がとても真剣だったので、私はこの件については深入りしないことにした。

私たちはあれこれおしゃべりしながら、黄昏どきに町へと歩いていった。東の空はすっかり暗くなっていたが、西の空のはるか彼方では、集結した夜と赤い地平線のあいだでスローモーションのような戦闘がくりひろげられていた。

「なんという空だろう」私はいった。「美しい」

「それはキャリックではめったに耳にすることのないことばだ」と彼はいった。

私たちはおよそ二十分後に町に着き、公園で左に曲がった。私は北に目を向けて、衛兵がまだドアのところに立っている薬局のほうをちらちらと見ずにはいられなかった。上階の部屋では明かりが点いていた。

「薬局の二階の窓にはだれかいるんですか?」

「おそらく」ブレア行政官はそういったが、目を向けようとはしなかった。

灯の消えたカフェのネオンのある建物に着くと、行政官がドアを押して、私たちは店内に入った。そこは無人だった。テーブルトップには椅子の脚が林立し、グラスの並んだカウンターはむなしくきらめいていた。部屋の中央の壁には暗い風景と低い丘の絵が描かれていた——ひょっとしたら兵営に向かう途中に見かけたのと同じ丘かもしれない。カフェには長いあいだ閉鎖されていた食堂特有の饐(す)えたにおいが漂っていた。

そしてそこには別のにおいもあった。正体のはっきりしないかすかなにおいだった。

行政官が部屋の奥の階段に向かった。

「こっちだ。ここをのぼってケネディに会う。ひとついっておくが、毒のせいで彼の話はおかしなことになっている。いま彼はあべこべにしゃべっている。たとえなにをいっているかわからなくても、わかったふりをするんだ」それから、私たちがまさに階段をのぼろうとしたときに、彼はつけくわえた。「もうひとつ。われわれは数分間しかとどまらない。彼の妻は二日前に死んだが、彼の命もそう長くはない」

私はその口調が気に入らなかったが、ここまで来てしまったからには、彼につづいて階段をのぼるよりほかになにができただろう?　のぼりきると、そこは快適な部屋で、ふたりの男が試験管でいっぱいのテーブルに前かがみになっていた。まったく同じ白衣と手術マスクをつけているせいで、ふたりはまるで双子のようだった。彼らの背後の開かれたカーテン越しに、街灯を浴びた公園の輪郭が見えた。男のひとりが顔を上げた。そして彼はマスク越しに話しかけてきた。

「時間をかけすぎないでください。もうすぐ次の検査にとりかかりますので」

ここまで来ると、さきほど気づいた奇妙なにおいがずっとはっきりして、いささか鼻をつくようになった。左手の部屋から男の声が聞こえてきた。そちらに向かうと、ここがにおいの源であることがわかった。室内では、皺の寄った顔で白髪染めの髪に白いナースキャップをかぶった初老の女性がベッドのまわりをせかせか動き回っていた。彼女は私たちにまったく注意を払わなかった。というのも、頭の後ろで腕を組んでベッドに寝そべってしゃべっている男に耳を傾けていたからである。彼の濃い黒髪は頭の中央で左右になでつけられ、黒い胸毛がパジャマの前から顔をのぞかせていた。彼は見まわして私たちに目を向けた。行政官の姿に気づいて黒い瞳を細めたが、私がポケットからテープレコーダーを取り出してスイッチを入れると微笑した。

「うとがりあてれくてきにいあにしたわ」彼は私にいった。

これがケネディだった。彼の声は力強く、死にかけている男にはまったく見えなかった。

「彼はいままで奥さんの双子の姉について話していたんですよ」と看護婦がいった。「人に彼女のことを話すのはこれがはじめてだとか。そうですね？」

「すでうそ、いは。たしでょじうょしだまはょじのか」ケネディはいった。「たしましいあをくぞかはょじのか、しいあをょじのかはくぞか」彼は自分のことばが逆転していることにまったく気づいていないようだった。「たしでんせまえみがめ、てけうをつゅじゅしでんいうょびのとゅし、れまうはょじのか。たしまりなにうよるえみがめくたっま、にうよのリモウコ、きつきとのいさにうゅじ」（私はその場で彼のいっていることを理解するのが困難だった。以後の会話は、あとになってテープから起こしたものである）。「しかし彼女は目が見えるようになったことをよろこびませんでした。つねに彼女のよき友であり、しかも彼女そっくりだった私の妻の姿にも耐えられませんでした。影をのぞけば、犬だけが予想通りの姿をしていた生き物だったと彼女はいいました。彼女は影が好きでした。妻や家族は鏡に映った自分の姿を見なさいと説得しましたが、妹の姿が嫌なのと同じくらい自分の姿が嫌なのはわかっているといって、どうしても見ようとはしませんでした。ほとんどの時間、彼女は明かりを消して自分の部屋にすわり、犬をなでて過ごすことで満足していました。一か月後、彼女は編み針で両目を突き刺しました。包帯でぐるぐる巻きにしてやると、彼女はまた幸福になりました。女王のように幸福になりました」

　ケネディは私を見つめたまま、何度も何度もうなずいた。私は彼がたったいま話したことの大半をぼんやりとしか理解できなかったが、たぶん自分の頭をうなずかせていたと思う。行政官が私たちのうなずきの応酬に割り込んだ。

「それであなたはどうなのですか、ケネディさん？　あなた自身はどのように感じているのですか?」彼の声はこのうえなく優しかった。

ケネディはそれでも彼を無視して私に話しかけた。

「死にかけている人間にしては、まったく悪くありません」

この元気で話好きな男が病気だとは、まして死にかけているとは、そのしゃべり方が症状として異常だとしても、とうてい信じがたいことだった。

ちょうどそのときふたりの医師が部屋に入ってきて、ケネディは注意をふたりに切り替えた。

「私の妻の双子の姉妹の話をお聞きになりませんか?」いかにも楽しげに、彼はまたしゃべりはじめた。行政官と私はそっと部屋を出たが、たとえケネディが気づいていたとしても、なんのしるしも見せなかった。彼は独白を聞いてくれる新しい聴衆を見つけることにしか関心がないようだった。「コウモリのように目が見えない」とか、「影をのぞいて」のように、さっきとまったく同じ表現まで使った。

階下に降りると、彼の声がかすかになればなるほど、鼻を刺すにおいが薄まることに気づいた。そして屋外の冷たくて新鮮な空気の中に出ていくと、においはすっかり消えてしまった。公園から西の彼方まで、私たちが兵舎に向かって歩きだしたとき、暗闇は完全だった。

「大丈夫か、ジェイムズ?」行政官の声はとても気づかわしそうだった。「死を目前にした人間のそばにいるのはつらいことだからな」

「最初はちょっと心配でした。でも彼は死にかけているようにはまったく見えませんでした。それどころか、いまだに信じられない思いです。彼はどうしてずっと私に話しかけていたんですか？　どうしてあなたを無視したんですか？　彼は警察官が好きではないのですか？」

「いや。そういうことではない。私が南部の人間だからだ」彼はいった。「じつにわかりやすい話だ」そういったあと、彼は沈黙した。そして私は彼の顔を見ることができなかった。話題を変えたほうがいいだろうと私は思った。

「毒の正体について、なにか手がかりはありませんか？」

「あるとも」行政官はいった。「先週、首都にいたときに、医務部長が話してくれた」


「謎がひとつ解決したぞ」と医務部長がいった。小柄な男で腹がほとんどストライプスーツのボタンを飛ばしそうなほどふくれているので、まるでそこに風船を仕込んでいるかのようだ。それでも身だしなみはきちんとしており、ネクタイは正しく結ばれていたので、ブレア行政官は図体ばかりでかくてだらしないような恰好をしている気分になった。「毒は一種の細菌（バクテリウム）のせいだ、これは絶対に間違いない。しかし、どの細菌かといいたいんだろう？」彼はまるで病理学の学生に導入の講義を行なっているような口調でいった。「確かに、これはまったく別の問題だ。細菌を特定するのは並外れて困難だ。細菌は土にも水にも空気にも、火の中にさえも棲息している。四大元素すべてに棲息しているわけだ。人間や動物や植物の寄生者になることもできる。要するに、細菌はどこにでもいるのだ」

　ふたりの男は城の頂上の真下のレストランにすわっていた。医務部長はブレア行政官の顔を抜け目なく観察していた。まるでそこに問題になっている細菌が潜んでいるかのように。

「キャリックで猛威をふるっている、この特定の菌株は、明らかに致死的な外毒素を生み出し、症状はきわめて独特だ。毒は神経系に侵入して麻痺を引き起こす。とりわけ下肢の麻痺だ」医務部長は身を乗り出し、ブレア行政官に秘密を打ち明けた。「だが、もっとも興味深いのは、この細菌がある種の失語症をもたらし、それは医療科学の論文にも記載されていない。犠牲者はさまざまな言語異常に苦しむ。しかし、この失語症のもっとも顕著な症状は、犠牲者が病的に多弁になることだ。どうやら彼らがやりたいことは、死ぬまでべらべらとしゃべりつづけることだけのようだ」

これまでのところ口をはさむことができなかったブレア行政官は、顔にまじめな表情を保った。

「身体の自由がきかなくなる一種の埋め合わせとして」医務部長はことばをつづけた。「犠牲者はほとんどの時間、きわめて顕著な多幸症を示す――至福感のようなものだ。とりわけ男性は、差し迫った死に関心を示すことはめったにない。しかし、死が避けられないものであることは完全に理解しているようだ。われわれの研究者の中には、この多幸症はきわめて危険だというものもいる。それは毒と戦う身体の防御機構を抑制するからだ」彼はメニューに手を伸ばした。「この話全体があまり専門的すぎなければいいのだが、ブレア。ひとことでいえば、この毒は人殺しだが、心優しい人殺しだということだ」

それから彼は前菜(アントレ)を吟味しはじめた。

「心優しい人殺し」行政官は歩きながらいった。「それが彼の使ったことばだ。それを瓶に詰めて世界中に配ることができたら、今世紀最大の医学的進歩になると彼はいった。しかし商売にはならないと」

私たちは兵営の門に着き、最初のかまぼこ兵舎にあるブレア行政官の部屋の前を通り過ぎて、宿営地の奥近くの私の兵舎に向かった。ドアの頭上にある電球の光の下で、彼の顔と彼の灰色の目をとてもはっきり見ることができたとき、私はいまだに心を悩ませている事柄についてたずねた。

「ブレア行政官。私がキャリックにいるのは、ほんとうはなんのためですか？」

「事実は次の通りだ、ジェイムズ」彼はいった。「われわれの捜査はまったく進展せず、町の住民は次々に死んでいく。エーケンの手記は曖昧で謎めいており、彼はそれ以上話そうとしない。信頼できる人間になら話してもいいかもしれないというだけだ――新聞記者に。私は晩餐会できみに会ったことを思い出し、お互いに助け合えるのではないかと考えたのだ」

「でも、そもそもどうして彼を毒殺犯として告発したのですか？　手記の中で、すべてはカークのせいだといっているじゃありませんか」

「状況証拠があった。山ほどあった。それに加えて、彼をのぞいて全員が死につつあるという事実がある。告発されたとき、彼は笑っただけだった。なにひとつ否定しようとはしなかった」

「でもどうして彼はすべての友人に毒を盛らなければならなかったのですか？　なにか意味が

あるんですか？」（これらが私がキャリックでくりかえし自問していた疑問だった）
「ぜひその答えを見つけてほしい、ジェイムズ」彼の声は真剣そのものだった。「これは私にとっても、人事を尽くして絶対に知りたい事件なのだ」

背中を向けて立ち去ろうとしたとき、彼はコートのポケットに手を突っ込んでマニラ封筒を引っぱり出した。「もう少しで忘れるところだった」彼はいった。「エーケンがこれをきみに渡してくれと――寝る前に読んでほしいそうだ」

彼は立ち去り、私は室内に入った。冷たい空気から解放されてうれしかった。まぶしい天井の照明の下でテーブルについた。「エーケン薬局」というスタンプが、封筒の左上隅に押されていた。封はされていなかった。私は中身を取り出した――古い本から破り取った数ページだ。最初の一枚はタイトルページだった。

著者の十冊目の作品
ヨハネス・ペレグリナスによる
この島の
いくつかの遠隔地への
旅の記録
不可能ゆえに確かなり（ケルトゥム・クイア・イムポッシビレ）

J・サインのために印刷され
キャッスル・クローズ・アレイの彼の店と牡鹿亭で
S・ウォリスによって販売される

一六六〇年

私は添えられたページを読んだ――同じ本から破り取られたもののようだった。

その年、私はキャリックで毎年開催される職業（ミステリウム）の祭りに出席した。めったにない驚異である。祭典は五日間つづく。最初の日、この島中の職人たちが集まって大きな行列をなす。それぞれの技能と職業は親分と徒弟によってあらわされる。行進するとき、キャリックの協議会の長は先頭に立って町の鍵を運んでいく。職人はその職種ごとに揃いの衣装をまとい、徒弟たちはそれぞれのギルドの紋章の盾をかかげる。ここにあるのは宝石のついた金細工職人の旗、においを帯びた魚屋、絹を手にした絹物商人、酒樽を手にした葡萄酒商人、手枷（てかせ）を手にした法律家、石を手にした石工、パンを手にしたパン屋、轆轤（ろくろ）を手にした刃物師、ブラシを手にしたペンキ屋、刃物を手にした外科医、斧槍を手にした武具屋、配管を手にした大工、マネキンを手にした仕立屋、靴型を手にした靴屋、毛皮を手にした毛皮商、織物を手にした縮絨工、坩堝(るつぼ)を手にした金物屋、鞴(ふいご)を手にした蹄鉄屋、包丁を手にした肉屋、スパイクを手にした拍車屋、生地を手にした呉服商、鞘(さや)を手にした鞘師、ベルトを手にした金箔師、織機を手にした織工、獣脂を手にした蠟燭(ろうそく)職人、瓶を手にした醸造業者。そして彼らは旗を掲げて行進する。あぶみ作り、指物師、果物商人、荷物運搬業者、手袋製造業者、袋物製造業者、旅館経営者、料理人、骨董屋、司書、本屋、医者、コードバン皮細工師。

それらのさまざまな職業がキャリックの公園に到着すると、彼らは集合し、キャリック教会で神に誓う。

「我らは我らの職業をしっかりと心をこめて監督することを誓う。そしてすべての良き規則と規範を遵守する。そして同じ職種で見出されたすべての誤りはこれを罰する。愛するゆえに鞭を惜しんだり、憎しみゆえに傷つけたりはしない。またわれわれの内に現れるすべての敵に対抗して、すべての技能を保存する。ゆえにすべての聖人よ我らを救い給え」

公園での儀式のあと、祭りは飲んだり食べたり娼婦と交わったりしながら五日間つづく。三日目に、彼らはミステリウム・ミステリオルム――秘儀の中の秘儀――を上演する。新入会員だけが、口外したら死刑に処すという条件でそれを目にする。その祭りの残りの期間、周辺のすべての村人や町の住人、あるいはまた悪しき連中、乱暴者、うぬぼれ屋、癇癪持ち、放浪者、盗人、掏摸(すり)、代書屋。さらに悪い、病気を広める連中、売春婦、売笑婦、淫売、小児売春たちが、ぞくぞくキャリックにやってくる。

キャリックの祭りの起源は人々の記憶の彼方である。島のその部分を分割する古代の防塁がつくられたときに始まったというものもいる。

五日目の終わりに、私は旅をつづけなければならない。私は店にいるキャリックの町の薬剤師に私の苦痛を告げた。生涯にわたって、不眠症のせいで憂鬱（メランコリア）を発症していると。その賢者は、その職業の専門家は、この調合した製剤をくれて、それによってついに私は眠れるそうだ。同じ量のヒヨス、ドクムギ、クロケシ、干したキンポウゲの根を取って、真鍮の乳鉢で細かくすりつぶすのだ。摂取した量によって、睡眠時間は調節できるが、摂取過多は死につながる。

ついに見つけたのだ、心優しき読者よ、至高の治療薬を。


これらのページのことばの多くは未知なものであったが、全体の意味はなんとなく理解できた。誓いという単語の下にはインクで線が引かれていた。そのほかの点では、その一節をどう判断したらいいかわからなかった――それについてブレア行政官の意見が必要だ。

あとになって、私はケネディの独白のテープを、順番を逆にして、文字に起こしていった。それから、真夜中ごろ、就寝するために服を脱いだ。明かりを消して窓の外を眺める。霧の夜になっていて雨が降っていたが、ごく弱かったので屋根を打つ雨音はささやきにすぎなかった。

ケアン山のある方角で、一瞬、なにかが兵営の周辺のフェンスを越えるのを見たような気がした。しかしたとえなにかがいたとしても、それはひどく灰色じみていたので、霧の灰色に溶け込んでいた。私は必死に目をこらしたが、いくらがんばっても見えないものはどうしようもなく、とうとう疲れてしまったのであきらめてベッドに入った。

私は三月二十六日の月曜日の朝早くに目覚めた。事実上、キャリックにおける最初の一日である――霧のかかった雨の日。八時三十分ごろ、私は食堂でコーヒーとトーストを摂り、それから自室にもどって、厚いセーターと黄色いレインコートを身につけて、村へと降りはじめた。行政官が今日はエーケンが手記で言及していた場所をいくつか検分しておいたらどうだと助言してくれた。犯行現場。手記にあった一連の犯行現場だ。だから私はこの雨の朝に、記念碑や図書館や牡鹿亭、保安官事務所や鉄道の駅や墓地を訪ねて過ごした。エーケンの手記で熟知していたので、かつて住んでいた場所にもどってきたような気分だった。

私の訪問地のリストの最後はスウェインストンのコテージだったが、そこに着いたのは正午ごろだった。そのときまでに、私は黄色いレインコートをありがたく思っていた。雨脚が強まってきたのだ。湿原地帯(ムアランド)の開けた場所では、ワラビの茂みを平らにするほど激しかった。コテージに近づいてみると、東の破風にまだ赤い円形のしみが見えた。キャリックの天候でも、それを完全にぬぐい去ることはできなかったのだ。私は迂回して南西側に向かった。そこでは石の排水溝が羊小屋までつづいていた。死んだ男がもたれていた場所はすぐにわかった。死体の輪郭が、かすれた警察の黄色いチョークで、壁に残されていたからである。

攻撃は私が立って壁を見つめているときにはじまった。

私はレインコートのフードを顔から少し後ろに引いていたが、そのとき頭の真上のけたたましい声にはっとなった。それから鉤爪が――長くて黒い鉤爪が――私のひたいや目につかみかかってきた。攻撃してきたのは大きな黒い鳥だった。私は左腕で顔をかばい、右手で鳥を叩いたが、少なくとも二回翼を打ったにもかかわらず、それはくりかえし私に襲いかかってきた――つんと鼻をつくにおいを嗅ぐことができるほどだった。それから私のこぶしがそいつの嘴(くちばし)にぶつかると、そいつは金切声で暴言を吐きながら飛びのいて、東の空に飛び去っていった。

左手の皮膚が裂けて、ひたいにも負傷していた。さわってみると、指に血がついた。できるだけ急いで、私は兵営へと向かった。腕を上げたままにして、もしあの鳥が音もなく近づいてきた場合にそなえた。

一時を少し過ぎたころに、私は兵営に着いた。傷を洗ってくれた若い看護婦は、鳥のことを話すと頭を振った。彼女は不機嫌そうな顔つきの女性だったが話好きだった。自分はキャリックそっくりの丘の町で育ったと彼女はいった。

「だれも鳥に気をつけろと注意してくれなかったの?」彼女はたずねた。「ここでは子どもでもあまりお人よしにならないことを学ぶわ」

ヨードチンキを塗っているあいだに、彼女は湿原の鳥について詳しく話してくれた。鮭が遡上しているあいだ、鳥は岩場にとまって、セックスに狂ったかわいそうな魚の目をついばむのだと彼女はいった。それらの鮭は視力のある生き物として空中に跳び出し、一秒後には、盲目となって水中に落下してくる。黒い湿原の鳥の中には、魚よりも大きな獲物を好むものがいて、子羊の目をつぶす癖がある。「そしてそいつらは人間を襲うことで知られているのよ。よそ者は丘陵地帯を歩き回る前に、こういったことを知っておくべきだわ」と彼女はいった。それから彼女は補足するようにことばをつづけた。「目の見えない子羊はいつまでも柔らかくて食べると最高なんだって。目の見えない鳥がいちばん上手に歌うようなものね。ひとつの能力が失われると別の能力が発達するみたい」

夕食後、私はブレア行政官が私のために手配してくれた最初のインタビューに備えて衣服にとても気を使った。エーケンの手記を読んだおかげで、これから会うことになっている町の人人にとても関心があった。彼ら全員にひとつの共通点があることは知っていた。彼らは死につつあるのだ。しかし、ケネディとの経験から、うまく対処できるような気がした。

五時ごろ、私はキャリックに向かって歩きだした。夕方は霧も雨も降っていなかったが、非常に寒かった。町に着くと、私は骨董品店に向かい、ドアを押し開けた。真鍮の頭蓋骨の中で舌が涼やかな音を立てた。黒いケープを着た看護婦がドアのすぐ内側で私を待っていた。彼女はケネディの家で見かけたのと同じ人だった。白髪染めの女性だ。店の薄暗い明かりの中で、皺だらけの顔をしているので、骨董品のひとつと間違えられるかもしれない。

待っていたと彼女はいった。いまのうちに兵営にもどって軽い夕食をすませたいと彼女はいった。

「一時間半でもどります」彼女は中央の通路のつきあたりのカーテンを指さした。「彼女はあの上です」それから彼女は夜の中に出ていった。

店内を見まわすと、エーケンの手記に書かれていたものがたくさんあることに気づいた。バグパイプ、写真アルバム、古い本、仕立屋のマネキン、石膏の象、蛾や木の葉の入ったガラスケース。そればかりでなく、彼が記述していなかったものにも気づかずにはいられなかった（たぶん最近加わったのだろう）。何百人ものそれぞれ違う顔をした人々でいっぱいの熱帯の市場を描いた色鮮やかな絵画、絡み合うふたりの全裸の男女のように見えるが、近づいてみるとじつは渦巻いている蛇のかたまりであるとわかる木彫、判読できない銘文が刻まれた青銅の骨壺、そしてさまざまな結び目を示したポスター。そのうちのひとつにはキャリック・ベンドという名前がつけられていた。

店の奥に行くと、それらすべての骨董品の黴臭い（かび）においよりもずっと強い鼻をつくにおいに気づかずにはいられなかった。それはケネディのカフェに充満していたのと同じにおいだった。アンナの店の奥の青いカーテンに染みついた香水のにおいですら、そのにおいには太刀打ちできなかった。

私はカーテンをわきに押しやり、深呼吸してから、軋んで音のする階段をのぼっていった。右手でつかんだ手すりはなめらかだった。

階段をのぼりきったところにある部屋はその日一日私が過ごしたどの場所よりも暖かかった。石炭の火が古風な料理用ストーブで赤々と輝いていた。卓上スタンドがソファや詰め物をした肘掛椅子や、そのほかのごく平凡な家具を照らしていた。初老の夫婦と小柄な少女の絵が低い書棚の上に下がっていた。公園の見おろす窓には濃い青色のカーテンがかかっていた。

左手の、開いたドア越しに、赤い毛布とその下の足の小山のあるベッドの下部が見えた。静かに話している女性の声も聞こえてきた。

私は咳払いした。

「ごめんください」

「お入りなさい」その声がいった。そこで私は、その声の持ち主と話し相手がいるものと思って、部屋に入っていった。

しかしアンナ・グルーバッハはひとりきりだった。彼女は湾曲した黒っぽい木枠でできたベッドの上で二個の大きな枕にもたれていた。ブレア行政官によれば、彼女は四十代のはずだったが、年齢を判断するのは難しかった。確かにとても美しい女性だった。ブロンドの髪は長く、広いひたいから後ろになでつけられていた。彼女は緑色の寝間着を身につけていたが、襟ぐりが大きく開いていたので、豊かな乳房が顔をのぞかせていた。明らかに、彼女は小柄な女性ではなかった。

寝室の家具は――ベッドのそばのフラシ張りの椅子も、優美なベッドサイドテーブルも、本や手紙の載った美しい戸棚も、ガラス扉の書棚も、ベッドのそばの華美な全身鏡も――みな骨董品のようだった。

アンナの緑の瞳が私をしげしげと見つめていた。マスカラではその抜け目なさを隠せなかった。彼女の声は予想していたよりも低くてハスキーだった。

「これは、これは。するとあなたが若いマックスウェルね。南部の警察がよい選択をしてくれたことを願うわ。コートを脱いでおすわりなさい」彼女の顔は白粉のように白く、唇は口紅を塗ったばかりのように真っ赤だった。病気のようではなく、たったいま休息しようと決めた女性のようだった。なれなれしさだけでなく身体の火照りのせいもあって居心地が悪かった。私はこうして階上の部屋にいるのだ。すでに寝間着姿になって化粧したばかりの見知らぬ女性の特別な客なのだ。

しかし、死につつある。それを忘れてはならない。

私が腰をおろしてテープレコーダーのスイッチを入れたとき、彼女は私の顔の引っかき傷を見つめていた。

「どうやらもうすでにこの地方の野生動物に出会ったみたいね」彼女はいった。「ごめんなさいね。ごめんなさい。ごめんなさい」それから彼女はふいにすすり泣きはじめた。私の傷を指さして、しゃくり上げながら、同じことばを何度もくりかえした。「ごめんなさい、ごめんなさい、ほんとうにごめんなさい」

　感情のほとばしりは覚悟していたが、私はひどく驚いた――それが彼女における毒の作用なのだとブレア行政官が警告してくれたのだ。彼女はあることばの犠牲者になっていた。つまり、なんらかのことばが非常に強い感情の発作を引き起こすのだ。彼女の心は、きわめて壊れやすい卵の殻に守られているかのように、恐ろしく脆弱だった。私は行政官の助言に従って、彼女の感情の表現に気づかないふりをした。私にとって本物で心を揺さぶるようなものであったが。

　しばらくして、彼女は泣くのをやめて目をぬぐった。

「よかったわ」ふたたび冷静さをとりもどして、彼女はいった。彼女は戸棚を身ぶりで示した。「そこにウィスキーの瓶をしまってあるの。ご自由にどうぞ」

　なにも考えずに、私は断わった――すると彼女の雰囲気が即座に変わった。今度は激怒していた。

「よくもまあ断われるわね！　ここから出ていきなさい！　出ていけ！」彼女は金切声で叫んでおり、明らかに本気でいっているのだった。

　ふたたび、私はブレア行政官の助言に従った。私は彼女の絶叫に注意を払わないふりをした。考えなおして飲み物をいただくといって、戸棚に近づいた。戸棚の上の手紙の束はエーケンの手記だった。私はいかにもわざとらしくそれをわきにやり、オールド・モータリティの瓶を取り上げていくらかグラスに注いだ。私は瓶をもとにもどし、椅子にもどって腰をおろした。

　アンナの怒りは消滅し、彼女はため息をついた。

「よかったわ」彼女はいった。それから「読んだ?」

このような気分の急変にはなかなかついていけず、エーケンの手記のことをいっているのだと気づくまでしばらくかかった。

「ここに書かれたアンナのことをどう思った?」彼女自身ではなく、物語の登場人物のような別人のことをいっているかのように、彼女は私にたずねた。彼女をまた激昂させないように、なるべくあたりさわりのないことばを必死で考えた。

「興味深いと思いました」

それは正しいことばで、彼女は満足したようだった。

「ええ。彼女はほんとうに興味深いわ。すべてを考慮すれば」

彼女がこのことばを口にしたとき、私は行政官がいわなかったことに気づいた。彼女の顔の表情と彼女の声がちゃんと同調していないのだ——映画でときどき起こるように、サウンドトラックが俳優の唇の動きよりも早いのだ。アンナが顔をしかめたり、微笑したり、目つきがきつくなったりやわらいだりするのが、それにともなうべきことばの一秒後に起こるのである。彼女のすべての身ぶりもごくわずかに遅れていた。彼女の心が彼女の身体よりも一手先んじているようだった——人工が自然に先んじているのである。

「ロバート・エーケンと、彼の父親のアレクサンダー・エーケン、そしてカークについて、あなたに話しておかなければならないことがあるの」彼女はいった。彼女は鏡を見つめた。「ロバートからはじめましょう。彼が私の初恋の相手だったことは知っている? 私たちはとても若かったわ。そんなに若くして恋をしているというのがどういうものか想像がつくかしら？」
そのようにして、彼女は話しはじめた。それから一時間の大半、私はすわって耳を傾けた。彼女の発言と彼女の激しい気分の変動に夢中になって、彼女はそれを大いに楽しんでいるようだった。話しながら、彼女はしきりにベッドのわきの鏡に映った自分の姿を見つめ、指先で髪の毛を軽く叩き、まるで自分の外見に慣れていないかのように、自分を点検するのだった。しかし彼女はことばと身ぶりを一致させるなんらかの方法を見つけ出そうとしていたのかもしれない。

アンナ・グルーバッハの供述書

（テープから文字に起こして要約したのはこの私、ジェイムズ・マックスウェルである）

子どものとき、幼いアンナと幼いロバートはいっしょに遊んだ。ふたりが十四歳になるころには、彼らの友情は目に見えて成熟した。だから、ある日の放課後、自分たちがなにをしようとしているのか完全にわかったうえで、彼らは湿原まで足をのばし、モノリスにのぼった。頂上の柔らかい苔の上にのびのびと横になって、彼らは思春期のあらゆる甘美な興奮にうちふるえながら、いつものようにお互いの肉体を探検しはじめた。彼が「愛している」といわせたがっていることはわかっていた。しかし、彼女はいえなかった。そのような感情をことばで表現したくなかったのだ。

だから彼らはあまり話さなかった。だがその日、モノリスの頂上で、彼らはそれまで一度も試したことのない手順を試みた。結果は直接的で驚くべきものだったが、彼らは自分たちのぎごちない体操は見習い訓練のようなものだと思い込んでいた。最初から正しくやっていたとは知らなかったのだ。

その後、毎日、彼らはその完成に取り組んだ。それは（アンナは「それ」を愛とみなしていた）彼らのお気に入りの娯楽になった。学校では、彼女は彼にメッセージを送るのだった。心から身体へと直接伝えられる口に出さないメッセージである。ことばそれ自体は彼女には無用だった。彼女が自分の感じたことをことばで表現しようとすると、自分ひとりのときですら、ことばは空気にさらされて死んでしまうのだった。彼女は詩を書いてみようとしたが、それもうまくいかなかった。紙に書かれたことばは手がつけられないほど燃え上がり、創造者である彼女を焼いてしまうのだった。

だから、ことばを使うことなく、毎日放課後に、彼女は彼とともにモノリスに向かった。夢遊病者の世界で自分たちふたりだけが目覚めているような気がした。キャリックが見えなくなるとすぐに、彼らは互いに触れ合わずにはいられなかった。まるで愛が彼らの手を磁石に変えてしまったかのようだった。一日中、欲望が彼らの心を満たした。いまや彼らの肉体は欲求で充満していた。

モノリスの頂上で、彼らは服を脱ぎ、狂ったように格闘した。だからもし無邪気な人間が彼らを見たら、てっきり敵同士だと思い込んだだろう。性行為のあと、彼らは降りてきて、注意深く衣服をととのえ、お互いのにおいと味、そして裸体の残像に満たされて、町へともどっていくのだった。

彼らは成長期のあいだずっと恋人だった。それから彼らはもはや恋人ではなくなった。それから、彼らは友人になった。

そして歳月が過ぎた。年長のエーケン――アレクサンダー――は、たったひとつの荷物――彼の狂気――を携えて、北の森のへりにある精神科病院に収容された。彼はそこに五年間入院していた。訪問者はただひとり、ロバートだけだった。ある日、アンナが店で働いていたとき、ロバートが彼女のもとにやってきて、父を訪れるのに同行してほしいと懇願した。彼女は、友情ゆえに、それに同意した。

彼らはキャリックから首都に向かう金曜の朝の列車に乗った。ふたりが共有したコンパートメントには、五十年間の石炭の煙と煙草のにおい、そして何世代にもわたる旅行者たちの圧縮された臭跡がじっとりと染みついていた。

「これらのにおいの蓄積から、ロバート」彼が緊張しているのを見て取って、アンナはいった。「きっと犬は歴史を理解するとは思わない？」

ロバート・エーケンは微笑も浮かべなかったので、その後は彼女も沈黙を守った。

二時間後に、列車は首都の郊外に着いた。使われなくなった工場や荒廃した倉庫の前をがたがたと通過したとき、アンナは巨大な虫歯のある口に入っていくような感覚に襲われた。そしてまたそこから出ていくような。東駅で列車を降りると、残りの行程はタクシーに乗らなければならなかったからである。

首都の北方、無言の約二十マイル、北の森はためらいがちな前足を伸ばし、でこぼこした道の断片によって貫かれていた。激しい雨のせいで視界がぼんやりしているのに、タクシーは猛烈な勢いでこのせまい道路を疾走していくので、くさびのように左右から迫ってくる森の中を走りぬけながら、アンナは不安をおぼえた。ある地点で、運転手は急ブレーキをかけてせまい路肩に車を寄せた。側面に制度省というパネルのついた黒いバンが彼らのそばをかすめていった。運転手ののっぺりとした顔がちらっと見えた。

それからさらに一マイルも走りつづけていくうちに、空がしだいに明るくなり、雨もおさまってきた。右手に地方精神科病院という標識が現れた。タクシーは長い私道に入り、電気柵に囲まれた広い芝生の前をゆっくりと通り過ぎてから、許可を得るために監視所で停車した。芝生は前面に広がっていた。後部は森の支配地だった。建物そのものは、二百年前に個人の邸宅として建てられたもので、煙突や小塔が林立していた。飾り窓の多くは煉瓦でふさがれ、残りの窓には鉄格子がはまっていた――ある時代の白昼夢は、じつにたやすく別の時代の悪夢に変わる。

アンナが待っているあいだに、ロバートはタクシーの運転手と帰りの旅の手配をした。それからふたりはくたびれた階段をのぼって頑丈なドアの前に着いた。守衛は、友好的な男で、ロバートのことを憶えていた。

「今日はあなたのお父さんの気分がよろしいといいですね」彼はいった。彼はインターコムのスイッチを入れて、彼らの到着を告げると、待合室に入れてくれた。

待っているあいだに、守衛はアンナに精神科病院とそこの患者について話してくれた。その多くを内心誇らしく思っているようだった。老いた両親を三十年間虐待してからばらばらに切断した姉妹、ふたりの男性患者の内臓を交換した北の島の病院の医師。一方には感染した虫垂を、他方には病気の睾丸を移植したのである。危険なほど分裂した人格をもつ女性。じつは二個の心臓を持ち、それぞれの手首の脈も異なっていることが明らかになった。

アンナは待たされることや守衛の話があまり楽しくなかったが、アレクサンダーの部屋まで案内してくれる看守が必要であることはわかっていた。精神科病院は迷宮のように入り組んでおり、ドアには番号がないのを知っていたからである。すべての明かりが消えている真夜中に部屋のドアをどうにかしてこじ開けることに成功した患者たちの話を、ロバートが聞かせてくれたことがある。逃亡者たちはどうにかして進んでいったが、その暗い迷路の中心で、さらに頭がおかしくなっているところを発見された。

やがて守衛は立ち去り、背の高い、黒い髪の女性が待合室に入ってきた――彼らの看守である。彼女の悲しげな唇の口角には上向きに口紅がほどこされ、この見せかけの微笑は暗い目のへりにほどこされた上向きの翼のようなアイシャドウとよく似合っていた。ロバートは彼女に父親の気分をたずねた。すると彼女は微笑んで（微笑むことしかできなかった）「それはあなたが判断することでしょう？」といった。

彼女は彼らを入り組んだ通路に案内し、多くのドアの前を通り過ぎたが、それらのドア越しに、うめき声やすすり泣きが聞こえてきた。それから彼女はほかのすべてのドアとそっくりなドアの前で立ち止まった。彼女が鍵穴にさし込んだ鍵を回してドアを開けると、小便と不潔な空気のいりまじったにおいが押し寄せてきた。アンナとロバートは通路の汚染されていない空気を胸いっぱい吸い込んでから部屋に入った。

背後でドアがばたんと閉まり、鍵穴で鍵が回されて看守の足音が遠ざかっていった。アレクサンダーは小さな寝台に横向きに寝そべって、彼らをにらみつけていた。

「元気？」ロバートがこわごわたずねた。アンナは彼の父親が、たとえ元気なときでも、そのような問いかけに決して答えようとしなかったことを知っていた。その老人の身体は蛹（さなぎ）のように壊れやすそうだった。彼の命がもうすぐ身体から脱け出して、くしゃくしゃの乾いた皮だけを残していくのではないかと思われるほど、血管が脈打っているのが見えた。しかしいまだになにかが彼の目に燃料を送り込んでいた。なにか不快なものが。

ロバートは子どもらしいやり方で手を伸ばして彼の肩に手を置こうとしたが、アレクサンダーは身を縮めて、まるでスズメバチでも払うかのように、彼の手をぴしゃりと叩いた。

「ほっといてくれ！　わしは死にたくない！」そのような弱々しい肉体にしては、甲高いが力強い声だった。「わしだけじゃないぞ。これでは不公平だ」涙が皺だらけの頬を流れ落ちた。

「まあまあ」ロバートはしなびた手を握ろうとした。「大丈夫だよ」

「わしに触れるな！　わしに触れるな！」老人は金切声をはりあげて、またその手をぴしゃりと叩いた。

それまでなにもいわなかったアンナは、前に出て彼を慰めようとしたが、アレクサンダーは狂気のベールの奥からものすごい敵意の目で彼女を見つめたので、ロバートは手を伸ばして彼女を引きもどした。

老人はふたたびすすり泣いた。

「わしを火葬にしないでくれ」彼はいった。「炉で焼かれると腸が縮んで身体が起き上がるんだ。とても耐えられない」

彼がこんなに悲しそうで絶望していなかったら、このことばは笑えたかもしれないとアンナは思った。狂った目が彼女に向けられた。

「わしらは彼らを皆殺しにするだろう。彼はおまえにいわなかったか？」顔を流れくだる涙にもかかわらず、彼は喜びに満ちていた。「それをどう思う、ええ？　やつらをひとり残らず殺すんだぞ」

彼はこの大言壮語と悪意のいりまじったせりふをしゃべりつづけたので、見ていて愉快ではなかった。突然、彼の顔が赤ん坊のようにゆがんで、彼はすすり泣いた。「不公平だ。不公平だ」なにがそんなに不公平なのかわからないが、彼はしばらくそういいながら泣きつづけた。いまでは面会人がそこにいることも念頭にないようだった。彼はふたりに背中を向けると、身体を丸めて胎児の姿勢になった。そうやって横になって、あの空白の壁の中によみがえるのを待っているんだわとアンナは思った。

ふいにドアをノックして、鍵を回す音が聞こえてきた。微笑している看守が顔をのぞかせた。

「もうしばらくいますか?」

彼女を見てほっとしたように、ロバートは頭を振った。「お父さん」彼はいった。「そろそろ行かなければ。またすぐに会いに来るからね」

長くのびた白い髪は、枕の上で動かなかった。

「さようなら」アンナがいった。

背中がわずかに緊張したが、それだけだった。そしてそれが面会の終了だった。アンナは通路に逃れることができてほっとした。しかし背後でドアに鍵がかけられたあと、彼女は看守に向き直った。

「においがひどかったですよ。どうにかならないのですか?」

「におい? まったく気づきませんでしたが」描かれた微笑が唇の悲しい輪郭と交戦していた。

看守は彼らを案内して、このひどく困惑させる通路をもどっていった。まったく同じにしか見えない階段の踊り場を上がったりくだったりして、ふいに待合室にたどり着いた。彼らは建物の外の澄んだ空気と雨の中に出ていった。雨はまた激しくなっていた。友好的な守衛にさよならを告げてタクシーが待っているところまで歩いていった。ロバートが謝罪するようにいった。

「今日はあまり調子がよくなかったみたいだ」

タクシーが目の前に近づいてきたとき、彼女は彼を慰めるためになにかする必要があると感じた。彼の手をとってぎゅっと握ってあげたいと思ったが、しなかった。

「かわいそうなロバート」結局それしかいえなかった。

タクシーの運転手は煙草を吸って新聞を読んでいた。彼らが乗り込むと、彼は後ろを向いて、精神科病院に来るまではわずかに開けてあった客席との仕切り窓を閉めた。音を立てて閉めたので、彼らが出会ってきたのがいかなる狂気であれ、それは接触感染するといわんばかりだった。


首都へのもどりの旅は静かなものだった。タクシーは道路を香油のように滑らかに走っていった。彼らは列車にちょうどいい時間に東駅に着き、列車はキャリックに向かって流れるように走りだした。アンナは進行方向に向いた窓側の席にすわり、機関車が地球の身体の傷を縫い合わせている巨大な装置のように進んでいくのを見つめた。列車が高地の中へとゆっくりのぼりはじめると、霧が風景をさえぎった。ロバートはうたた寝しており、アンナは疲労感でいっぱいで、眠りが訪れて、霧が大地を消し去るように、意識をぬぐい去ってくれるのを切望した。そして確かに眠りは訪れたが、途切れがちな眠りにすぎなかった。この心地のよくない座席ではなく、自宅のベッドで眠りたかった。絶え間なく目が覚めたからであり、目覚めるたびに、丘は相変わらず見えなかったが、記憶はいつものように明晰で実体があったからである。

その訪問から一年とたたないうちに、植民地人のマーティン・カークが、キャリックに現れた。彼女とロバートが牡鹿亭で彼に会った最初の夜、彼女は彼のあらゆる動きを見守った。彼女は彼が自分を好ましく思っていることを感じ取った。そして彼女のほうも、彼の植民地の訛りがことばを変身させて、ことばから荒々しさを取り去り、ことばが言及するものまで耐えやすくするかのようであることを好ましく思った。

その数日後の夜、彼女はまた彼と牡鹿亭で会った。今回はふたりきりだった。ふたりは何時間も話し合った。彼女とロバートがかつて恋人同士であったいきさつについて話した後、彼は彼女に自分の初恋を物語った。

その当時、彼、カークはまだ二十歳で、その職業の見習いだったが、地下水面を試験するために密林の共和国のひとつに派遣された。川は彼をうっとりさせた。冷たい、死をもたらす川が北に流れて極寒の海に注ぐ植民地とはちがって、これらの熱帯の川のひとつひとつが小さな生き物のスープだった。彼の夢までが異国風で色鮮やかになった。まるで熱気がそれまで休眠していた彼の心の一部の発達を促したかのようだった。

滞在中に彼と彼の調査助手で、政府によって彼に配属された地元の女性は、毎日昼と夜の多くの時間を密林で過ごした。彼がその女性と性交したとき、やがてそういう関係になったのだが、彼は彼女に、この仕事が終わったら、植民地につれて帰り、想像もつかないような生活を送らせてあげるといった。彼女はもの静かな女性で、彼のことばに耳を傾け、黒い先住民の瞳で彼を見つめた。

ある日、彼らは密林の奥深くにいて、地下水面の標本を採っていたが、そのとき、ぼろぼろの制服を着た十二人の男たちが下生えからがさがさと現れて、ふたりに機関銃をつきつけた。男のうちふたりはカークに銃をつきつけて片隅にやり、残りの男たちは助手をつかまえてブラウスとパンツを剝ぎ取った。彼女の眼は罠にかかったウサギのようなガラスの光沢を帯びた。兵士たちは彼女の裸体を（カークが一か月間毎晩愛撫したやわらかな身体を）密林の悪臭を放つ地面に大の字にした。彼らが交代で彼女を強姦するのを、カークは見つめることしかできなかった。

しかし、それで終わりではなかった。四人の男が彼女をひきすえているあいだに、彼らのリーダーの、陽気な微笑を浮かべた丸々と太った男は、彼女の目蓋を無理やり開けさせて、ライターオイルを注ぎ込んだ。それから、ファンファーレとともに、火を点けた。彼は彼女を数分間苦しみにうめかせておいた。それから、真珠のグリップのピストルをホルスターから抜いて、彼女の前に身をかがめ、頭を撃った。

最後に、リーダーはカークに近づいてきた。彼はまだ熱い銃身の先端をカークのこめかみにあてがった。

「カチッ！」彼は笑いながらいった。彼はピストルをホルスターにおさめ、兵士たちを集合させ、そして男たちは、わざわざカークのほうを振り返ろうともせずに、一斉に茂みの中に消えていった。カークはというと、銃身が残していった丸い痕跡をのぞけばまったく無傷だったが、その烙印が消えるのに何か月もかかった。

アンナはカークの話にショックを受けた。

「なんてひどい」彼女はいった。

「そのとき私は地獄が永遠にはつづかないことを知った」カークは答えた。「それはたった三十分しかつづかない。それから、もどってきて現世に直面しなければならないんだ。そして私はその日、もうひとつの大きな教訓を学んだ」彼はいった。「たとえ銃を持っていたとしても、私はそれを兵士たちに使わなかっただろう。そのとき私は理解したのだ。殺せない男は愛せないということを」

「いまなら殺せるの?」アンナはたずねた。

「愛することを学んだ瞬間、男は殺すことを学ぶ」彼は彼女にいった。

彼女はカークに自分の店を訪ねてくるようにたのんだ。ある午後、彼が来ると、彼女はドアに掛け金をおろして窓に営業終了の看板をかけた。彼女は彼を上階の自分の部屋に連れていった。階段を上がりきったところで、彼女は彼の身体に腕をまわし、はじめて彼にキスをした。彼女は彼の手を取って寝室に案内した。服を脱ぎながら、彼女は注意深く彼を見つめた。彼女が欲しくてたまらなくなっているのを悟られまいとしている様子を。横になると、彼女は彼の頑丈な、細くて強い身体を調べて、冬でも日焼けが残っているのを確認した。今度は、彼女があおむけになって、彼の手で彼女をあがめさせるために、彼に身体を調べさせた。彼女は彼が彼女の中にすべり込むのを助け、彼とともにリズミカルに動いて、やがて彼は身体をアーチ状にしてうめいた。その青い瞳は自分自身の内から純粋な快楽を抽出するのに集中していた。

彼女は彼のふいの重さと、彼女への意識の帰還に耐えた。彼はあおむけになり、彼女は彼の胸と腹に手をすべらせた。

「さあ、やすんで、マーティン・カーク」彼女はいった。「時間はたっぷりあるわ」

＊＊＊

「そうよ、マックスウェル。たっぷり」彼女はくりかえした。

彼女は話し終えた。物語っているあいだに、彼女はときに自己抑制を失い、全身で極度の悲しみや恐怖を表現した。エーケンと、のちにはカークへの愛を思い出していたとき、彼女の右手は毛布の下で下半身にのばされ、彼女の緑の瞳は輝いた。

「そうよ、マックスウェル」彼女はもう一度いった。「このベッドで、私は何度もセックスしたわ」彼女が上半身を起こすと、夜着の胸元がはだけて、乳房がいっそうあらわになっていることに気づかずにはいられなかった。

「そのときのカークは私には」彼女はいった。「恋に落ちることのできる男のようだったわ」

彼女はベッドのわきの鏡に映った私の姿を見つめていた。「それは男にしてはめったにない性質じゃないかしら？」

彼女がこれを口にしたあと、私は彼女の内に皮肉を予期した。そして彼女は私を失望させなかった。緑の瞳が細長い孔になった。

「男なんて！　自分をよく見るのよ、マックスウェル。私のベッドにはい上がりたいと思っているんじゃない？　死にかけている女とセックスしたいと思っているんじゃない？　実際、ときどき思うのよ。男なんて、声帯のある精液の袋にすぎないんじゃないかって」

彼女はこのことばを吐き捨てるようにいった。それから鏡から向き直って私を直接見つめた。

私はなんといえばいいかわからなかった。私の心が彼女にはどれほど明白かわかっていた。しかし彼女の気分がまた変わった。

「それはよいことだったわ」彼女はいった。そしてことばをつづけた。「ロバートはカークがまったく気に入らなかった。彼は最初から暗い側面があるのではないかと疑っていた。そして暗さの問題について、ロバートはいつだってとても洞察力があるの」

私は当惑した。「でも、毒を盛ったのは――カークではなくて――エーケンですよ」私にはエーケンに対する彼女の憎しみの欠如が理解できなかった。

「ええ、もちろんよ。それがわかってさえいたら。ロバートの心の中でなにが起きているか判断するのはいつだって難しいの。水の中の棒みたい。曲がっているのか曲がっていないのか」

私は気持ちを引き締めた。こんどこそ、エーケンに対する感情の爆発があるにちがいない。

だが、またしても、彼女はまったく取り乱したり怒ったりしなかったので、私は危険を冒してもうひとつ質問した。

「エーケンがそんなおぞましい真似をした動機はなんだと思いますか?」私はたずねた。「どうして彼は友人たちをすべて殺したいと思ったのでしょう?」

アンナは鏡を見つめて顔をしかめた。

「動機。あなたはほんとうに動機や原因や結果みたいなものを信じているの? 本や劇以外で、未解決の事柄がきちんと片付くと信じているの?」彼女は私に向き直り、その顔は非常に厳粛だった。彼女のすばらしい緑の瞳が一瞬、私をまっすぐに見つめた。それから彼女は微笑んだ。「おやおや。ほんとうに信じているのね。それだったら、ホッグ保安官が捕虜たちについて話すことに興味を持つでしょう」

「捕虜たち?」

ふいに彼女はとてもくたびれた様子になって、病気の人間か、死に近い人間のように、身体が縮んだようだった。

「もうなにもいうことはないわ」彼女はいった。彼女は目を閉じて、私を閉め出した。

私は立ち上がってゆっくりとコートをまとった。

彼女の目は閉じられていたが、その目から涙が転げ落ちるのが見えた。たったいま話すことはないといったにもかかわらず、彼女はゆっくりと、はっきりした口調で話しはじめた。

「私は思うんだけど、マックスウェル、私たちは限られた量の愛しか持っていないのだと。ぴったりのときにぴったりの人に出会ったら、十分な愛を注ぐことができる。でも私は自分の愛のほとんどを浪費してしまった。カークに会ったときには、幸福になるには遅すぎたわ」

彼女の声は悲しげだったが、「幸福」ということばが彼女のうちに新たな感情を引き起こした。彼女は目を開けた。まばたきして涙を払うと、新しい活力にあふれんばかりに見えた。

「ああ、それはよかったわ」彼女はいった。「ところで、ロバートはとても満足に私を描いてくれたと思わない？　あなたも同じようにしてくれるとあてにしていいかしら、マックスウェル？　そこのところどうなの？　私は出会う価値があったと？」彼女はいままでいちばん美しく見えた。「それとも悪い女だったと？」彼女の顔はたちまちそのことばで邪悪の権化に変身した。彼女はそれを鏡で見つめていた。だから私も鏡を見つめて答えた。

「真実を語るために最善の努力を払います」

邪悪な顔がにやりと笑い、それからもうひとりのアンナがそれにとって代わり、ゆっくりとすばらしい微笑を浮かべた。

「真実？　真実を語ることができるのは、あなたがあまりよく知らないときだけよ」彼女はいった。このときばかりは、彼女のことばと彼女の顔の表情が完全に同調したようだった。

ちょうどその瞬間に看護婦が到着して、インタビューは終わった。もう一度彼女のもとを訪れてもいいだろうかと私はアンナにたずねた。

「残された時間はもうないのよ、マックスウェル。わからない？　私の人生は終わったの。ようやく人生の別の側面に触れることのできる年齢に達して——それも終わったの。私の人生は終わったのよ」

彼女はあくびをして、不幸せというよりくたびれているようだった。だから私は階段をくだって暗い店内に降りたった。これらの町の住民についてブレア行政官がいっていたことを、私はようやく理解しはじめたと思う。彼らは死のレースに参加させられたのだ。彼らのうちなることばの量は急速に使い果たされて、空っぽになりつつあった——そして彼らの命もそれとともに尽きようとしていたのだ。

私は通りに出て、鼻を刺すにおいとともに骨董店のドアを後ろ手に閉めた。その夜はとても感受性が強かったにちがいない。なぜなら、公園が巨大な黒い穴のように見えて、キャリックはそのへりに不安定にとまっているだけのような気がしたからである。私は深淵を避けて安全な兵営へともどっていった。

まともな自分の部屋にもどると、アンナ・グルーバッハのいうことをどこまで信頼できるだろうと考えはじめた。たとえ彼女の告げた事実が正確だとしても、彼女の心が毒によってゆがめられているので、彼女の判断がゆがんでいるのは間違いなかった。動機と原因と結果が重要ではない世界を信じていると彼女はいった。真実を見分けるのは不可能であり、解決が見出されるのは書物や演劇の中だけだと。

私はそれを受け入れることができなかった。私自身は確実性が欲しかった。そうでなければ、どうして生きていけるだろう？　それでもひとつのイメージが絶えず心の表層に浮かび上がってくるのだった——キャリックそのものがある種の劇場であり、私は半ば気づきながらさまよい込んでしまったのだ。なんらかの複雑に入り組んだ演技がまさにはじまろうとしているのか、すでにはじまっているのだ。私は観客であると同時に俳優でもあるのだ。

私はどうにかしてその考えを頭から追い出すと、アンナのエーケンに対する敵意の欠如についてあれこれ考えはじめた（彼女のかつての恋人はいまや彼女の殺害者なのだ）。そのときドアをノックする音がした。ブレア行政官が黒い革のブリーフケースを小脇に抱えて入ってきた。

「湿原の鳥にやられたらしいな」彼は私の顔の鉤爪の跡に気づいた。

私は引っかき傷の点字に指先を走らせた。そして私の昼間の徒歩旅行がスウェインストンのコテージでの獰猛な出会いに終わったいきさつについて語った。

「それで、アンナ・グルーバッハ訪問の首尾は？」

私は緑の瞳と、豊かな乳房と、愛について語ったときに悶えていた身体のことを思い出した。

「私は彼女が好きになりました。とても非凡な女性です」

「まさしく」

私が彼のためにインタビューのテープを再生すると、彼は腰をおろして両手を合わせ、指先を唇に押し当てた修道士のようなポーズで耳を傾けた。テープが終了すると、私はインタビューの短さについて文句をいった。

「質問ができたのは最後の数分間だけなんですよ。ほかの人たちも同じようなものですか？　つまり、いつでもこんな限られた時間しかあたえられないのですか？」

「残念ながら、ジェイムズ」彼はいった。「彼らの心は私たちの捜査とはちがうことで占められているんだ」

「たぶんアンナとはまた話をする機会があるでしょう」私はいった。「ぜひそうさせてください」

ブレア行政官の灰色の瞳が私に対して厳しくなった。

「いいかね、ジェイムズ。アンナ・グルーバッハのことは心から追い出すんだ。ひとつ理解しなければならないことがあって、それはいつでも記憶にとどめておかなければならないことなのだ。これらの人々は死んだも同然だ。いまだに話すことのできる死体と大差ない。あまり好きになりすぎず、あまり嫌いになりすぎないことだ。彼らは興味深い人格だが、夢の中の人々ほども実体はないのだ」彼の声は優しく、説得するような口調になった。「きみ自身のために、私のいうことを忘れないでほしい。われわれの商売はとてもよく似ており、これはわれわれが非常に初期に学んでおくべきことのひとつなのだ。さもないと、われわれは狂ってしまうだろう」

なるべくいわれた通りにすると約束すると、彼は満足したようだった。それから私は前夜彼が配達してくれた読み物の話題を持ち出した。

「あなたはエーケンが送った封筒になにが入っているか知っていたのですか?」私はたずねた。「職業(ミステリウム)の祭りに関するページだろう? ああ、何度も読んだ。つづりが風変わりなことに気づいたにちがいない。当時はちゃんとした規則がなかったのだ。それにきみはまだ『ミステリウム』という単語の歴史についてよくわかっていないにちがいない、ジェイムズ。それはじつに魅力的なのだ」

彼はその単語の起源について熱心に語りはじめた。聞いているうちに、この奇妙な警察官が大学で講義を聞いていると眠くなる教授と同じ種類の心を持っていることに、気づかずにはいられなかった。

ある単語についてのブレア行政官の短い講義

（この私、ジェイムズ・マックスウェルが、テープから逐語的に文字に起こした）

ミステリウムというのは古いラテン語の単語で、それはさらに古いギリシア語の単語に由来する。古典時代、それはほとんど独占的に新入会員だけが参加できる、ある秘密の宗教儀礼をあらわしていた。そしてその単語の準神学的、準超自然的な意味が、今日まで生き延びている。

しかし中世になるころには、それが演劇的演技のために使われるようになった――いわゆる神秘劇だ。そして、時を同じくして、同じ時代に、「ミステリー」はあらゆる商業や工芸や芸術に使われるようになった。さまざまな手工業ギルドがこの単語を自由に使った。そして事実、神秘劇を上演したのもギルドの構成員たちだった。徒弟は、年季奉公をはじめると、その「職業（アート）すなわち組合（ミステリー）」を奉じる誓いを立てた――それは規定されたことばだった。それぞれのギルドには入会の秘儀があり、その職業の秘密があって、それは複雑な予防手段と儀式によって保護された。とりわけ薬剤師と医師は彼らのエリキシル剤の調合法をだれにも知られたくなかった。

もちろん、ジェイムズ、言語の研究は必ずしも科学的ではない。だから、すべての人が「ミステリー」という単語の起源について同意しているわけではなくても驚いたりはしないだろう。ある言語学者の一派は、商業に使われた「ミステリー」という単語はミステリウムに由来するのではなく、専門的技能を意味するミニステリウムに由来するとのべている——ある程度常識的な魅力のある語源説だ。だが、仮にそうだとしても、すべての学者が、「マスタリー／ミステリー」と「ミステリー／マスタリー」はそのルーツがあまりにも絡み合っているために、分離することは不可能だと認めている。たとえば、きみも読んだところの、キャリックで催されたこの「ミステリウムの祭り」を取り上げてみよう。さまざまなギルドがここにやってきて、秘密の儀式がここで上演された。彼らが演じたドラマ——ミステリウム・ミステリオルム——は、明らかに技能とその職業に捧げられたものだった。演じたのはこの町の職業人から選ばれ、そしてキャリックそのものが、ふつう彼らの職場だが、一週間のあいだ、彼らの演技の舞台になった可能性もある。

＊　＊　＊

演技！　ブレア行政官がそのことばを使ったとき、彼が到着するほんの数分前に、キャリックに来て以来ずっと、芝居がかった演技に巻き込まれたという、ぼんやりとした感じをおぼえていたことを思い出さずにはいられなかった。

しかし主に、私は行政官の知識に驚嘆した。彼は修道士だけでなく学者になってもよかったかもしれない。

「なぜエーケンがきみにこれらのページを読ませたかったのか、はっきりしないんだ、ジェイムズ」と彼はいった。「いずれ彼が自分できみに話すだろう。いまのところは、われわれはそれらの懲罰や薬剤師や薬剤の引用によって気を散らされるべきでない。なぜなら、ひょっとするとそれがすべてかもしれないからだ――気を散らすことが。きみと私が捜査するためにここキャリックにやってきた薬品そのものが、大きな犯罪と結びついた謎であり、なにごとによっても、私たちの注意をそこからそらされてはならないのだ」

「でも、好奇心からおたずねしますが」私はいった。「タイトルページのこのことば――不可能ゆえに確かなり（ケルトウム・クイア・イムポッシビレ）とはどういう意味ですか？」

「それはもうひとつのラテン語のことば――パラドックス――の短い形だ」さきほどのことばとは裏腹に、彼が知識を少しばかりひけらかす機会を嫌がっていなかったと、私は思う。「おおざっぱに訳せば、いつもまったく不可能だと思っていることが、実際には問題の唯一の解決だという意味だ。われわれの職業では記憶にとどめる価値のあることばだ」

彼はいまブリーフケースからフォルダーを引っぱり出した。「読むのを楽しんでもらえてうれしいぞ、ジェイムズ。きみのためにもう少しもってきた。今日、ホッグ保安官がきみのためにこれを私によこしたのだ」彼は退色したパンフレットと古い新聞の一ページをフォルダーから取り出した。

「あなた自身はお読みになったんですか？」私はたずねた。「いくらかでも私の役に立つのでしょうか？」

「読んだとも。だが、きみは自分で読んで自分の結論を引き出さなければならない。それに忘れないでくれ、ジェイムズ、重要なのはすぐ目の前にある手がかりばかりとはかぎらない。人生でもっとも重要なもののいくつかは、周辺視野によってのみ見ることができるのだ。それもまたわれわれの商売の秘密のひとつだ」

ブレア行政官が立ち去ると、私は新聞のページを広げた。それは歳月のせいで焼けていた。日付から、戦争の終わり近くに発行されたものであることがわかった。私は注意深く目を通した。

捕虜収容所　ひとつの成功

第零収容所は（保安上の理由から、その正確な位置をしるすことはできない）丘の影の下の辺鄙な村から北東数マイル、湿原の荒れた高地にある。

その朝、私はそこにいた。私は全員で十五人の戦争捕虜が湿原の道路に沿って短い行進を行ない、地元の釣り人に人気の池の前を通り過ぎるのをじっと見つめた。彼らはわずか数百ヤードしか離れていない炭鉱をめざしていた。捕虜たちのここでの仕事は、ふだん平和時には村の男たちが炭鉱で行なう仕事の肩代わりをすることだった。これらの戦争捕虜たちは標準的なカーキ色のズボンと短いジャケットを着ていたのだがその恰好は、丘に囲まれたこのあたりのひんやりと寒い朝にはとても十分とはいえず、かといって毎日地下ででくわす気温には温かすぎた。

敵をこれほど間近に見てしかも心配する必要がないのはうっとりするような体験だった。彼らのほとんどは標準的な黒い髪をしており、ひとりは黒い髭をたくわえていた。けれども、ひとりだけはっとするような赤毛の男がいて、それが私を驚かせた——彼はわれわれにそっくりだったのだ。彼らの何人かはずんぐりとした身体つきだった。たぶん農民階級出身だろう。ふたりは著しく禿げていた。しかし彼らはみな若かった。

彼らのだれひとりとして、自分たちの置かれた状況に恐れをなしていないようだった。彼らは直立して歩き、非常に陽気そうだった。彼らはライフルを手にした衛兵の監視のもと、着実なペースで行進した。

私はあとからついていった。炭鉱そのものへと。戦争捕虜たちは所定の作業を心得ているようだった。彼らは小屋に入って安全帽と、つるはしとシャベルを取り出すと、炭鉱のエレベーターまで行進した。それは観覧車のようなものが屋根に取り付けられた小屋だった。炭鉱夫の制服を着た地元の男が監督だった。彼は戦争捕虜たちにケージに入るように命令した。彼らは列をなして乗り込み、吊革につかまった。ケージのドアが閉まり、ケーブルがギアにばたんとはまって、彼らは炭鉱の底へと降りていった。

数人の地元の男がまだ地表で働いていた。彼らのひとりが私にいった。戦争捕虜が立坑の底に着いたら、彼らはトロッコに乗って一マイル先の採掘現場に向かうと。彼らがそこに着いたら、作業長の役割の捕虜が何人かにはつるはし仕事をあてがう。残りの者たちは地表にもどるトロッコに石炭をシャベルで積み込む。ひとりかふたりは、終日、トンネルの屋根の支柱を設置し、必要なところに電線を延ばして過ごす。彼らはすべての食事を地下で食べ、すべての身体的欲求も地下ですます。喫煙は厳禁である。それぞれの立坑の作業は午前七時から午後四時までつづく。それから彼らは地表にもどり、収容所に帰っていく。

衛兵が私を連れて無人の収容所に案内してくれた。へりに有刺鉄線を巻きつけた金網フェンスが収容所全体を囲んでいた。フェンスの上には数ヤードごとに電球が吊るされていた。ペンキで（零を意味する）「0」と書かれた監視塔が、収容所全体を見おろしていた。中に入ると、五棟のかまぼこ兵舎があった。外側はカモフラージュのために緑色に塗られていたが、衛兵の話では、敵の飛行機がこの地域を見つけたことは一度もないという。兵舎のうちの三つはドアに面した端にだるまストーブのある宿舎だった。広場に近い四番目の兵舎は、半分がトイレとシャワー室で、残る半分が厨房と食堂だった。

南西に離れて建っている五番目の兵舎も緑色だったが、白い棒杭に囲まれていた。これが収容所の所長と衛兵の住まいだった。

私の衛兵は情報の宝庫だった。彼の話では、炭鉱での仕事に加えて、戦争捕虜たちはもうひとつ市民の仕事を行なっていた。毎週特定の日に、彼らは村に連れていかれ、ごみを取り除いたり、通りを掃いたり、窓を洗ったり、公園の芝生を刈ったり、村人の園芸を手伝ったりするのである。昼食時になると、戦争捕虜たちは食事のために、各家庭に三人ずつ、村中のさまざまな家庭に割り当てられるのだった。

衛兵の話では、戦争捕虜たちは、温かい家庭に入って、手を洗い、テーブルクロスのかかったテーブルでちゃんとした食事を食べる気分をありがたく思った。彼らは自分たちの国にいて、自由な人間の家庭内の儀式を行なっているとほとんど信じることができるといったそうだ。

ここで付けくわえなければならない。あとで村の女性たちと話をしたとき、彼女たちもその体験を楽しんだと認めたことを。男たちが海外に行っている女性たちは、そのおかげで一日の特別な機会を設け、敵にこの村の伝統的なもてなしを示すことができるといった。もちろん、すべての村人が協力したわけではない。いくつかの家族は、明らかに捕虜たちとは関係を持とうとしなかった。

衛兵がいうには、戦争捕虜たちは驚くほどおとなしく、大きな問題はなにもなかったそうだ。毎日必要な衛兵は三人だけだった。ひとり（彼自身）は男たちを炭鉱に連れていって連れ帰るために。そしてふたりは夜間に監視塔の任務を共有するために。ストローヴェンの警察官が非常勤の司令官を務めた。私は衛兵に、捕らえた兵士をこのように働かせるのはどう思うかとたずねた。キャリックに関するかぎり、実験は「大成功だ」と彼はいった。

記事の著者の名前はなかった。記事には写真が添えられており、その下には説明文があった。「第零収容所の捕虜たち」一列になった男たちがカメラに顔を向けていた。前列の男たちはベンチにすわり、後ろの連中は立っていた。彼らはフットボールの選手のように無邪気に見えた。点描の報道写真で捕虜の顔を識別するのは難しかったので、私は紙面を腕の長さに保ってみた。点々がいりまじって、チュニックやバギーパンツやワークブーツになったが、顔はいっそう遠ざかり、誰とも知れぬ人物になってしまった。写真の中の男たちを記述と合致させることはできなかったが、後列の中央の男には髭があるようだった。

私は注意をパンフレットに向けた。それはたった六ページしかなかった。タイトルは「アップランド小銃隊――モルド川橋事件。(故) W・W・モートン大佐著」戦争シリーズの一部で、「キャリック図書館――禁帯出」というスタンプが押されていた。表紙は白一色で、ページの上端にはひどい染みがついていた。いまではおなじみになったにおいが、ごくかすかに漂っているような気がした。ページに鼻を押し当ててみたが、そのにおいではなかった。アンナが触れた左手のにおいを嗅いでみた。そうだ、それだ。私はにおいを身につけてきてしまったのだ。右手の指を頭髪に走らせてみると、そこにもにおいが残っていた。セーターからもあのにおいがした。

私は立ち上がり、注意深く服を脱ぐと、納戸の扉の外に吊るした。それからシャワー室に入り、身体をこすりながら、熱いお湯の下に長いあいだ立った。それから身体を拭き、パジャマを着て、木の椅子にすわった。すっきりしたので、パンフレットを取り上げて読みはじめた。

その冬は大陸中でとりわけ寒かった。三月の最後の日、日の当たらない夜明けに、私たちは都市の広場に集結して前進に備えた。きっかり八時に、合図とともに第三陸軍は大聖堂と公会堂の廃墟をあとにして、空襲で焼け出された郊外を一時間行進して田園に着いた。

増水したモルド川の堤防をめざすわれわれの行進は、休息なしで六時間つづいた。堤防道路に着いたとき、部下たちはなにもいわず、半マイルの川越しに、敵の中心地の丘や森をじっと見つめていた。何年にもわたる悲惨な歳月、われわれは飢えと渇きに苦しんだ。死んだり傷ついたりした友人や同士の姿を見てきた。われわれは会戦を戦い、無数の待ち伏せや機銃掃射攻撃や小戦闘で死を逃れてきた。いま、最後の、勝利の猛攻を仕掛けるのはわれわれの番だ。

三時に、われわれはモルド川にかかる橋に着いた。

われわれは温かいシチューを食べ、そのあいだに工兵隊は爆発物が仕掛けられていないか橋の構造を確認した。われわれ全員が、将校も兵卒も、食べながら冗談をいった。そのときまでめったにないことだが、料理人を褒めたりもした。祝賀気分をおさえることができなかったのだ。戦争はもうすぐ終わるだろう。ようやく、われわれは故郷の島に帰っていくことができるのだ。

三時三十分きっかりに、橋は安全だという知らせが届いて、第三陸軍は渡河を開始した。

なにもかも順調だった。アップランド小銃隊の四台の装甲車が橋にさしかかった。それにつづいて、いつものように、連隊の楽団がバグパイプの音楽であるピーブロックの「北の男たち」を演奏しながらやってきた。それにつづくのは第九大隊、おもに丘陵地帯の男たちで構成されており、戦士としての長い伝統を誇っている。隊列のところどころに物資を満載したトラックの姿もあった。

わが中隊は通常なら最初に渡河する集団に含まれるのだが、南側にとどまり、川を百ヤード下ったところで高射砲とともに待機するように命じられた。渡河のあいだ、空からの奇襲攻撃から部隊を守るのが任務だった。

そういうわけで、われわれは大惨事を目撃する完璧な位置にいたわけである。

数分以内に、橋は行進する男たちと物資を満載した車両にあふれた。われわれは中央径間が、それは幅が約二百ヤードだったが、揺れはじめるのに気づいた。最初はゆっくりで、バグパイプの音楽に合わせてスイングしているような、とくに問題のない揺れ方だった。橋の上にいる連中は気づいてさえもいなかったと思う。それから、突然、径間全体が巨大な蛇のように身をよじった。橋を支えているワイヤーが次々と切れて、恐怖のあまり立ちつくすわれわれの耳に響くおぞましい和音を生み出した。トラックと人間がごちゃごちゃになって、スローモーションのように、百フィート下の増水した冬の川に落ちていった。

　われわれは手をこまねいて見守るしかなかった。幸運な兵士もいた。縦隊の後方にいたわずかな兵士たちはあとずさって、かろうじて橋の丈夫な部分に踏みとどまることができたのだ。ほかのものたちも、なにが起こっているか気づいたが、希望はなかった。彼らは背後の仲間たちと重いトラックの総重量によってこぼれるように落ちていった。桁にしがみつくことのできたものもいて、しばらくぶらさがっていたが、腕の力が弱ってくると、死に向かって落下していった。

　信じがたいことに、ひとりふたり、墜落を生き延びたものがいて、重装備と弾薬のつまった背嚢(はいのう)にもかかわらず、氷のように冷たい急流の水面にふたたび浮かび上がってきた。われわれの指揮官はわれわれに散開して土手に泳ぎ着いたものを引き上げろと命じた。泳ぎ着いたものはいなかった。

　われわれは恐怖とともに、そしてわれわれは免(まぬが)れたという安堵とともに、これらのすべてを見守った。

あとになって、モルド川の橋を調べた工兵隊の責任者である少佐が、敵は鋸でワイヤーを途中まで切断していたにちがいないと主張した。だが、このタイプの橋は非常に多くの人間が同じテンポで行進するのを支えるようにはできていないと警告したと、彼の部下の何人かがいった。リズミカルな運動によって構造的な破壊が生じるというのだ。われわれの勝利の誇示が問題だったと彼らはいった。われわれはみずからを殺してしまったのである。

より悲しい知らせ。キャリック出身の兵士だけで構成された小隊が、橋が倒壊したときに中央径間にさしかかっていた。士気を高めるために、同じ地域出身の人間をひとつにまとめておくのが、アップランド小銃隊の伝統だった。だから、その日、凍りつくような川で、キャリック出身の十九人の男たちが戦死した。そのような小さな町にとって、それは途方もない規模の大惨事だった。

戦争がわれわれに強いる犠牲はかくも大きい。

パターンだ！　たったいま読んだことについて考えると、私ですらくりかえされるパターンが見えた。だからキャリックの人口は以前にも激減を余儀なくされたのだ——わずか一世代前に！　そして第零収容所の戦争捕虜と（赤いペンキで描かれた円！　「捕虜」についてのアンナの言及！）遠い昔にモルド川の橋で起こった出来事とのあいだには、なんらかのつながりがあるにちがいないと私は思った。このすべては、なんらかの形で、つい最近キャリックで起きたこれらの出来事と関連しているにちがいない。

私はとても浮き浮きした気分だった。そのような事柄について自分が初心者にすぎないことはわかっていたが、やがてなにもかも理解する日が来るにちがいない――その全体像が、ネガからカラーからなにもかも、立ち現れるのを目にするにちがいない。にもかかわらず、我慢しなければ。どのみち、ブレア行政官は同じ資料を読んでいるのだし、その意味を把握していることは間違いない。どうして彼は私にひとこともいわなかったのだろう？　キャリックに着いた最初の日に彼が私にあたえてくれた助言のことを思い出した。

「大きな謎に取り組むとき」と彼はいった。「われわれは山に登ろうとしている人間のようなものだ。まずはじめに、遠くから注意深く眺める必要がある。全体像をつかむためだ。さもないと、不可能なルートを選んでしまうだろう」

それを念頭に置いて、私は心を静めた。私は新聞を片付け、明かりを消して、硬いベッドにもぐり込んだ。さっきからずっと風がやかましかったが、いまではいっそう強くなったようだった。それは吠え、引っかき、兵舎を揺らし、もぐり込もうとして隙間を探した。

私は温かくて眠くてもうなにも考えたくなかった。そうやって、考えないことについて考えながら、ようやく私は考えることをやめて、咆哮（ほうこう）する風と緑の瞳の美しい顔のイメージに身をゆだねたのだった。

翌日、キャリックでの三日目に、私は朝七時三十分に目覚めて、夢を思い出しながらしばらく横になっていた。夢の中で私は、一度も行ったことのないどこかの町の果てしない通りを歩いているのだった。人々の顔や、遊んでいる子どもたちの顔は、はっきりしていて個性があった。これらの夢の人々はだれだろう？　彼らはどこからやってきたんだろう？　私が目覚めたあと、彼らはどこに行くんだろう？

食堂でのトーストとコーヒーのあと、私は次の約束のために、九時ごろ町まで歩いていった。乾いた朝で、風もそよ風程度にすぎなかったが、丘の首にあたるところは、高い襟のような雨に囲まれ、東の空は赤みを帯びて、まるで血がしみ出そうとしているかのようだった。歩いているうちに、もしも都市の人間がキャリックに住むことができるぐらい丈夫だったとしても、このような場所にいつまでも生活するというのはどんなものだろうという思いが脳裏（のうり）に浮かんだ。こんな場所で一生を過ごす人間は注目に値するにちがいないと私は思った。

ケープを着た人が、キャリックからの道路で私に近づいてきた。それはアンナの看護婦で、いかにも疲れているようだった。

「おはようございます」私はいった。「彼女は元気ですか？」

「一時間前に亡くなりました」彼女はぶっきらぼうにいった。それから彼女は、私がひどくショックを受けていることに気づいたにちがいない。足をとどめて、もっと優しく話しはじめた。ひょっとすると、ここで起こっていることに私が慣れていないことを思い出したのかもしれない。

「彼女は少しも苦しみませんでした。ただひたすらしゃべっていただけです。外国語みたいな、私にはわからないことばを使っていました。それにとてもよく笑いました。それから、顔を壁に向けて、赤ちゃんのように身体を丸めました。それでおしまいでした」

私はゆっくりとキャリックに向かって歩いていった。考えることができたのは、もう二度とアンナに会えないのだという思いと、ほんとうに彼女のことが好きだったという思いだけだった。まるで不意打ちのように、いいしれぬ悲しみが襲ってきた。アンナやほかの人たちを、まるで夢の中の人と同じくらい実体のないものとして扱えという、ブレア行政官の助言を思い出した――昨夜私が出会った人たちと同じように。彼女のことをそのように思い込もうとしたが、決して同じではなかった。

村に足を踏み入れたとき、軍の救急車が彼女の店の前に止まっていて、兵士たちが出入りしているのが見えた。とてもその前を通る気になれなかったので、公園を横切る小道を歩いていった。薬局の上階の窓に人影が見えたような気がするが、気づかないふりをして小道をひたすら見つめていた。赤いガラスの破片が目の前できらめいていた。

その朝の私の目的地は保安官事務所だった。たとえどんなに悲しくても、目の前の仕事に集中しなければならないと、私は自分にいいきかせた。建物そのものは古くて、花崗岩でできており、正方形をしていた。なだらかに起伏する丘を背景にすると、いっそう角ばっているように見えた。ここにあるほかのいくつかの見事な建物と同じように、こんな小さな町にしては非常に大きかった。キャリックの全住民を収容できそうだとブレア行政官はいっていた。

私はアンナのことを心から閉め出し、幅広い三段の階段をのぼった。見張りの兵士は私を疑わしげに眺めてから、ライフルを片側に寄せた。私は重いドアを開けて中に入った。

　受付の床は敷石だった。片側には教会のものらしい二列の木のベンチの前に木のハイデスクがあった。奥のほうには、小さな石炭の火が大きな暖炉の中で燃えていた。白髪を短く刈った看護婦が暖炉のそばのスツールにすわっていた。私の姿を見ると、彼女は立ち上がってついてくるようにといった。

「彼は留置場にいます、そのほうが、彼の部屋まで階段を上がったり降りたりしないですみます。これを身につけてください」彼女は私に工業用イヤープロテクターをよこした。ブレア行政官がいったとおりだ。

　私は彼女につづいて独房の列につづく戸口をくぐった。こういう設備にお定まりの酸っぱいにおいに出迎えられた——そしてもうひとつ、いまではすっかりおなじみになってしまったにおいがとても強いので、毛穴からしみ込んできそうだった。看護婦は列の端の独房を指さした。

「一時間です。それ以上はだめ」それから、彼女はドアをくぐって受付にもどっていった。私はテープレコーダーのスイッチを入れて、短い通路をゆっくり歩いていった。

　独房の開かれたドア越しに、ホッグ保安官が、ただひとり、寝台にもたれて横たわっているのが見えた。毛布をかぶっていても、その大きな身体と短い首は間違えようがなかった。かご入り電球が茶色の壁を照らしていたが、その質感は刷毛で塗られたというよりなすりつけられたようだった。窓は頭が通り抜けるほどの大きさだったが、開口部に三本の鉄格子がはまっていた。洗面台とトイレが一方の壁を占拠していた。ホッグ保安官の寝台が、木の椅子とともに反対側の大半を占めていた。欠けたタイルの床にはタイプされた書類の束があった——どうやらそれもエーケンの手記のようだった。

保安官は指であごをこするのに没頭していたが、やがて私がドアのそばに立っているのに気づいた。

「きみはマックスウェルにちがいない！」

彼の声は頭を殴りつけるようだったので、私はすぐにイヤープロテクターを装着した。毒によってなんらかの形で増幅されていたので、その声はほとんど武器のようなものだったが、彼自身は非常に友好的だった。瞳は緑色で、ちらちらしないことに私は気づいた。彼は右手をさし出した。それは小さくて華奢（きゃしゃ）な手だった。その巨体からくり出される触手のように繊細だった。握ってみると、彼の手は湿っていたが冷たかった。私はアンナの温かい手を思い出した。彼も私の心を読んだのかもしれない。轟（とどろ）くような声でこういったからだ。

「かわいそうなアンナ。彼女は今朝亡くなったんだよ」

私は木の椅子にすわって襟をゆるめた。彼の声のやかましさには耐えられたが、彼が毛布の下で身動きするたびにたちのぼるにおいはどうしようもなかった。

「私は彼女がまだ幼児だったころから知っていた」彼はいった。彼女についてもっと話そうとしていたのだと思うが、ふいに話題を変えた。「アンナの話はここまでにしよう。あの南から来た行政官は、昨夜あの文書をきみに渡したかな？」

「はい」

「よかった。きみに伝えるように指示された情報がまだいくつかあるんだ」

それから、彼は私に（そして全世界に！）知っていることを話しはじめた。エーケンの手記から、保安官は話好きではないという印象を抱いていたので、彼がとても積極的であることに驚いてしまった。まるでことばが口に甘いことを発見したかのように、彼はひっきりなしに唇をなめた。舌癖のせいでしゃべるとつばがとび、蠅が手をするようにしばしばあごをなでた。

「想像がつくかな、マックスウェル、遠い昔、戦争のはじめのころ、それが私にとってどんな体験だったか？」

ホッグ保安官の供述書

（テープから文字に起こしたのはこの私、ジェイムズ・マックスウェルである）

彼の三人の兄弟と父親は、この島の北西の海岸の村、マラの漁師だった。平和な時代ですら、漁業で生計を立てるのはとても大変だった。敵の船が漁場を巡航していては不可能だった。彼は末っ子だったので、村を出てなにかちがう職につくべきだと彼らは判断した。

彼は警察官にぴったりの体格だったので、首都の学校で二年間の教育を申し込んだ。そこにいるあいだに、空襲と爆撃で大破した建物をたっぷりと経験した。さらに恐ろしい恐怖も体験した――ぼろぼろの肉体、ずたずたの心である。彼の教育は戦争が終わる寸前に終了した。キャリックに空きが生じたので、志願したところ、めでたく配置された。

彼が着いたとき、キャリックはもっぱら戦争の終結と男たちの帰りを待っている女たちの町だった。兵役を免除されたのはごくわずかで、ランキン医師とかアレクサンダー・エーケンのような職業、ジェイコブ・グルーバッハのような老人だけだった。何人かの経験豊かな炭鉱夫も免除された。キャリックの暖炉のための石炭を供給する炭鉱で働く戦争捕虜を監督するためである。

モルド川の橋におけるきわめて多数のキャリックの男たちの死は、ホッグ保安官がそれまで見たこともないような悲しみを引き起こした。

しかしほぼ同じころに、もうひとつの大惨事が起こった。海外でなく、前線でもなく、ここキャリックにおいて。

三月の金曜日の朝遅く、ホッグ保安官はハイデスクの前に立って週報を書き込んでいた。彼は空腹で、カフェでのランチスペシャルを心待ちにしはじめていた。ちょうどデスクの上を片付けようとしたとき、キャリックに着いてからはじめてのことだが、炭鉱からサイレンの唸り声が聞こえてきた。彼はそれを聞いてぎくっとなった。というのも戦時中には、サイレンは空襲警報としてのみ使われていたからである。

彼は通りに走り出て空を見上げた。ほかの町の住人たちもすでに外に出ていた。ひとり残らず灰色の空を見上げていた。飛行機の姿はなく、エンジンの爆音も聞こえなかったが、サイレンは物悲しい声で鳴りつづけていた。ケアン山の彼方から黒煙の柱がたちのぼっているのに最初に気づいたのはミス・バルフォアだった。そのときはじめて、ホッグ保安官は炭鉱でなにか恐ろしいことが起きたにちがいないと理解した。

古い消防車が車庫から引っぱり出されて埃を払われた。ホッグ保安官と篤志(とくし)消防隊の女たちが乗り込んで炭鉱に向かった。

彼らが炭鉱に到着するのに二十分かかった。到着してエンジンを切ったときには、サイレンはやんでいた。炭鉱の現場監督と収容所のふたりの衛兵が立坑のそばに立っていた。絡まったワイヤーが大きな車輪からだらりと垂れており、もはや煙はどこにもなかった。

「地下で爆発があった」現場監督が保安官にいった。「ワイヤーがケージから引きちぎられたので、降りることができない。なにもできない。首都に電話して救助隊を要請したところだ」この現場監督は、アルビノ特有の白い髪と白い睫毛(まつげ)の背の高い若者だったが、すっかり動転していた。

都市災害に慣れていたので、保安官はこの状況が奇妙だと思った。なにか異常なことが起きている唯一のしるしは、この垂れたワイヤーだけだった。それ以外は、自然はいつもと変わらなかった——ときおり聞こえる遠くのシギの鳴き声や、ときおり聞こえるそよ風のため息をのぞけば、静寂そのものだった。人間たちは立坑のまわりに立って、ときおり底のほうに叫んだりしたが、聞こえてくるのは自分たちの声のこだまばかりだった。

ほかの町の人々が、おもに女性たちだが、車に乗ったり歩いてきたりして、午後中に次々と集まってきた。彼らの多くは、セント・ジャイルズ池の前を通りかかったとき、水面がとても低くなっていることに気づいた。彼らの何人かは、ひょっとしたら池の水が岩石の層を破って炭鉱に流れ込み、池の下を走っている坑道を水浸しにしたのではないかと考えた。

黄昏どきになったので、保安官と町の人々はなすすべもなくキャリックまでもどるしかなかった。ふたりの衛兵は万一の場合に備えてエレベーターの前に残った。その夜はひどく寒くなり、雪が舞った。

首都の救助隊は土曜日の午後まで到着しなかった。造船所に対する三夜連続の自暴自棄の空襲のせいで多忙をきわめ、そして疲れていた。敵の捕虜の一団が関係したキャリックの事故は、彼らの優先順位のトップではなかったと、救助隊のリーダーが保安官に打ち明けた。

ふたりの救助隊員がロープによって、確かに水没していた地下の坑道のぎりぎりまで降りていくのを、保安官を含む多数の町の住民が見守った。ふたりの隊員は浮かんでいる死体も見えなければ、打ち寄せる波の音以外なんの音も聞こえなかった。地表まで引き上げられたとき、ふたりはガスのにおいを嗅いだような気がするといった。地下のガスが引火して爆発し、炭鉱とセント・ジャイルズ池のあいだの岩石層にひびが入って、浸水を引き起こしたのではないかと彼らは考えた。

ふたたび黄昏になったので、彼らはキャリックにもどっていった。救助隊の男たちはその夜、牡鹿亭に泊まった。戦時中ではあったが、彼らが飲むためのウィスキーは不足していなかった。

数日後、調査委員会がキャリックにやってきて、おおざっぱな調査を行なった。委員は救助隊の発見を承認して、炭鉱を板でふさぎ、第零収容所は解体するように命じた。

その後、町の人々がその件について口にすることすらまれになった。だれひとり公然と口にすることはなかったが、キャリックに関するかぎり、戦争捕虜の死は、少なくともある程度、モルド川の橋のキャリックの男たちの死を埋め合わせるものだと、保安官は理解していた。

ホッグ保安官からの視点では、それでおしまいだった。キャリックは彼の故郷になった。翌年、彼はモルド川の橋で死んだ男の未亡人と結婚したが、彼女は亡くなるまでの二十年間、彼によく尽くしてくれた。彼は治安を守ってきた町の友人たちと老後を過ごすのを楽しみにしていた。すべては順調だった。

この最近の公共物破壊がはじまるまで。最初の出来事は——記念碑の切断事件は——彼の口に苦い味を残した。彼は閉店時間に牡鹿亭の外でときおり発生するけんかを処理するのがじつにたくみだった。そのような事柄に関しては経験を積んでいたのだ。しかし公共物破壊は彼を憤慨させ、そして彼にはまったく理解できなかった。自分の能力をこえているのを感じた。

「カークが犯人だ。植民地人カークに気をつけろ」最初から、エーケンはそういっていた。

保安官はマーティン・カークについて知っていた。ほとんど昼間を丘陵で働いて過ごし、しばらくすると、ほとんどの夜をアンナ・グルーバッハと過ごしていた。保安官は何度か彼に会ったことがあり、なかなか気持ちのいい男で、人を不安にさせるような青い瞳をしており、人を不安にさせるような質問をした男だった。

「あなたはいままでに占い師を訪れたことはありますか、ホッグ保安官？」ある日、公園で、いまは現存しないキャリックの祭りについて会話しているときに、カークは彼にたずねた。

「いや、一度もないが」保安官はいった。

「あなたは生まれながらのキャリック人ではありませんね？」

保安官は肯定して、島の北の漁村の出身だと答えた。するとカークは自分も漁村で時間を過ごしたことがあるといった――しかし、それは遠く離れた熱帯の国だった。「じつは、保安官、あちらである種の祭りに参加したんですよ」と彼はいった。

サン・イシドロの祭りは聖者にちなんで名づけられた漁村で毎年執り行なわれた。そこは低い建物と、剝げかけたペンキと、みすぼらしいハゲワシと、蚊と人間のごみのにおいの場所だった。カークは週末のためにじめじめしたホテルに投宿した。

祭りの一日目、その村のほとんどの朝と同じように、朝は暑くて湿度が高かった。カークは広場（ソカロ）に集まった群衆に加わって、征服者（コンキスタドール）に扮した村人たちが古い大砲を儀礼的に発射するのを見守った。彼らは大砲の狙いを海に向け（ひょっとしたら聖者を目覚めさせるために、ひょっとしたら魚を引き寄せるために）、弾薬を詰めて、発射した。

しかしいまや大砲はあまりに古かったので、そのような穏やかなゲームにも耐えられなかった。砲身が破裂して、その破片があたり一面に飛び散った。だれも怪我をしなかったように見えたので、群衆はいまにも笑いだそうとした。彼らはひとりの若い先住民が（彼と彼の妻は密林の村から祭りのためにやってきたのだった）腹を押さえていることに気づかなかった。金属の破片が彼のズボンと内臓を引き裂き、体内に深々と刺さったので、鋭い先端がちょうどベルトラインのすぐ上あたりで背中から突き出していた。

ゆっくりと彼は倒れた。彼の血が広場の赤い土を黒々と濡らした。彼は自分が死んだも同然であることを知っており、そんなものを体内に入れたまま死にたくなかったにちがいない。自分の腹のあたりを見つめてから、彼は右手で傷ついた身体を調べはじめ、腸をわきに押しやり、手首まで腹の中につっ込んで、金属片をつかもうとした。群衆は見守るためにまわりに集まった。金属片が刺さったときそばに立っていた彼の妻は、彼にやめてくれと懇願したが、彼は彼女にまったく注意を払わなかった。地元の司祭が臨終の秘跡を授けるために現場に到着し、瀕死の男の腕をひったくると、片手をポケットに入れたまま、まるで教会の子どもでも叱るように彼を叱りつけた。しかし先住民はその手をくりかえし腹につっ込み、苦痛をつかもうとするように、手を腹の中に入れたまま死んだ。

彼の妻は、彼のそばにひざまずいていたが、慰めようもないほどだった。占い師は彼らに長生きして三人の子どもをもうけるだろうといったばかりだった。

ホッグ保安官はカークの話に心を動かされた。彼は首都で働いていたときに見かけた爆弾の破片の傷のことを思い出した。

「とても悲しい話だ」彼はいった。

「ええ、悲しい話です。でも、ご存じですか、保安官」（カークはその日この話を公園でした）「われわれはみな世界の中でただひとりの人間の未来を占うことができるはずだということを？　問題は、それがだれか知ることです。ひょっとするとキャリックのだれかが私の未来を占うことができるかもしれません。ひょっとしたらロバート・エーケンかもしれません。あるいは私が彼の未来を占うことができるかも」

ロバートは記念碑の切断事件以来、カークのことを非常に疑っており、それを口にしていた。しかしホッグ保安官は信じられなかった。カークのように話上手な人間がどうしてあんな真似をする必要があるだろう？

エーケンは頭を振った。

「あなたはことばに感心しすぎているんです、保安官。彼をキャリックから追い出さなければなりません」彼はいった。「私は彼を信用していません」

信用できないというだけでは、保安官にとって、行動するには理由が薄弱だった。にもかかわらず、共同墓地での破壊行為のあと、彼は首都に電話してカークに関する情報を求めた。そしてある朝、カークが丘陵に出かけていったあと、彼はホテルの部屋を捜索した。釣り道具と衣類を別にすれば、彼が見つけたのは判読できない走り書きの書かれたノート、さまざまな粉末の入った小瓶、試験管、そのほかの水文学者の商売道具と思われる半端物だった。斧もなければ、スプレー式塗料もなく、有罪の証拠になりそうなものはなにもなかった——なにひとつ。

スウェインストン殺害の日はホッグ保安官にとって大変な日だった。いまやあらゆることが手に負えなくなりつつあることを彼は悟った。いまや彼もほかの人たちと同じ傍観者だった。コテージから死体を運んできて独房のひとつに安置したとき、温かい空気のせいで死んだ男は死んだ羊のように音を立ててガスを放出したが、そのにおいはすさまじかった。氷漬けにしなければ死体はたちまち腐敗するとロバートがいったので、彼らは死体の上に氷を積み上げた。

保安官は首都の本部に電話してから牡鹿亭に行った。

「彼は部屋にいます」彼が来たわけを承知して、ミッチェルがいった。

保安官は重々しい足取りで階段を上がった。一、二度深呼吸してからカークの部屋のドアをノックした。カークは彼の姿を見ても驚いていないようだった。

「私は中に入りたくない」保安官はぎごちなくいった。「明日は刑事との話がすむまでホテルにいてくれ。いいか」

カークの青い瞳が彼を見つめるやり方が気に入らなかった。まるで自分自身でも決して認めることのできないものを見抜くことができるようだった。

保安官事務所でひとりきりになると、となりの部屋にスウェインストンの死体があるのに意識を集中するのは難しいことに気づいた。前夜はあまりよく眠れなかった（ミス・バルフォアもよく眠れないといっていた）。彼は仕事日にはめったにしないことをした。グラスにスコッチを注いですばやく飲みほしたのである。それから彼は暖炉のそばにすわって郵便物を開いた。一通の手紙は本部からのものだった。

ホッグ保安官どの

用件　質問の植民地人カークの件です。われわれの部門は移民および外交関係で被疑者を調査しました。カークは島と植民地が共同で支援している調査プロジェクトの水文学者であることが証明されました。犯罪歴はありません。さらに情報が必要な場合はお知らせください。

敬具

彼はすぐにロバートに電話して、手紙を読んできかせた。

「もうどうでもいいんです」ロバートはいった。

ホッグ保安官は彼に、カークを牡鹿亭に監禁し、首都から刑事が到着したら尋問することになっているといった。

「さきほどもいいましたが」ロバートはいった。「いまとなっては、もうどうでもいいことなんです」

どうでもいいことなのだろうか？ ホッグ保安官は思った。数日後、カークは死んだ。それからまもなく、キャリックの人々は死にはじめた。保安官本人も。彼は気にならなかった。どうしても死ななければならないのであれば、キャリックは死ぬのにそう悪いところではないと彼は信じていた。

＊　＊　＊

「そうなんだ、マックスウェル。死ぬのにそう悪いところじゃないだろう？」

ホッグ保安官は私からの答えを期待していなかった。いずれにしても、彼がなにをたずねたのか、はっきりわからなかった。テープレコーダーがあるのがありがたかった。ときにイヤープロテクターが不十分で、彼のいっていることばが耳の中の理解不能な轟音にすぎなかったからだ。いま彼はパジャマの袖で唇をぬぐい、繊細な人差指で独房の床を指さした。

「われわれがスウェインストンの死体を安置したのは、まさにこの独房だったんだ」

彼はいまわずかに舌をもつれさせながら話していた。彼の声は相変わらずやかましかったが、彼の舌はまるでくたびれているかのように下唇にくっついたままで、彼はあごを猛烈にこすっていた。このときはじめて、エーケンが記述していたように、彼の睫毛が少し震えていることに気づいた。

持ち時間はもう終わりに近づいていたので、私はずっと心にひっかかっていた質問をした。

「炭鉱の事故のことなんですが」私はいった。「あれはほんとうに事故だったのですか、それとも意図的な犯行だったのですか？」

彼の顔が皺くちゃになり、彼は舌をつき出して笑いはじめた——ぽっちゃりしたガーゴイルの笑いだった。彼はむせた。

「ああ！　なあ、マックスウェル！」彼は自分を抑えようとした。「あの委員会があれは事故だと裁定したんだ。どうして私に異議を唱えることができるだろう？　私は一介の警察官にすぎない」彼は舌使いと笑いにひどく苦労していた。「それについてミス・バルフォアと話したまえ。きみがとても興味深いと思うような話があるそうだ」

そのことばはゆがんでおり、彼はきわめて慎重にあごをなでていた。まるでこうして話しただけで、あごがひどく傷つけられたかのようだった。

「でもぼくはあなたこそ真実をつきとめるのを助けてくれるものと望んでいるんです」私はいった。そんなことをいうべきではなかった。というのも、彼の目に涙があふれ、とても激しく笑ったので、窒息するのではないかと思った。

「真実を語ることが……できるのは……きみがあまり……よく知らないときだけだ」それはまさしく、アンナが答えたことばだった。彼はあえぎながらそういった。激しくまばたきしたので、ミニチュアのスプリンクラーのように、涙があたりに飛び散った。

私は彼がふたたび顔を落ち着かせるのを待った。

「スウェインストンの死後、あなたはほかの警察官とカークを尋問しましたね。彼はなんといいましたか?」

「ひとことも。われわれは破壊行為とスウェインストンの死についてたずねた。彼からはひとことも返ってこなかった。だから彼は首都の本部に呼ばれたのだ。あそこには尋問の専門家がいる」

彼はこのように話してくれたが、もはや興味はないようだった。彼は細く弱々しい指で床に置かれたエーケンの手記を指さした。

「ここに描かれた私の人物像をどう思った?」彼がなにをたずねようとしているか推測できた。横になっているととても気分がよさそうだった。彼は心配そうに私を見つめていた。そうやって横になっているととても気分がよさそうだった。そしてその巨体にもかかわらず、とても傷つきやすそうだった。私になにがいえただろう?

「確かに興味深かったですよ」私はいった。

彼はため息をついて、満足そうに微笑を浮かべた。彼はまばたきとほとんど同じ速さでうなずいていた。

「そのとおり。それ以上はだれにも望めないだろう」

ちょうどそのとき、肩に手がかかるのを感じた。イヤープロテクターを装着した看護婦が、中に入ってなにか聞こえないことばをいっていた。

「時間だといっている」ホッグ保安官が大声で叫んだ。

「行く前にひとつだけ質問させてください、ホッグ保安官。カークはどのようにかかわっていたのですか? どうしてロバート・エーケンはみんなに毒を盛ったのでしょう、友人にさえも？」

「彼は最後にわれわれ全員を殺した。それについてきみは正しい」保安官はその考えに微笑した。まるでそれは立派な考えで、怪物じみた考えではないかのように。

「でも、なぜです？」まるで彼の聴覚に問題があるかのように、いまや私自身が叫んでいた。

「アンナの話では、もしあなたにたずねたら動機を教えてくれるだろうということでした」

「これについて考えてみたまえ、マックスウェル」彼は恥ずかしそうな表情を浮かべていた。

「ときに犯罪に適応させるために動機が発明されなければならないこともある。わかるかな？私がいえるのはそれだけだ。きみは自分がしていることをしつづければよい。そうすれば大丈夫だ」

私はその説明を聞きたかったが、彼は大声で叫んだ。「これまでだ。いうべきことはすべていった。若いマックスウェルよ、ご清聴感謝する。このことを南からきた行政官に話さなければならないと想像ができるかね？」

耳鳴りに悩まされながら、私は保安官事務所の外に立っていた。しだいに、ほかの音がまた聞こえてきた。風がとても強くなって公園の松の木が押し合いへし合いしていた。私は深呼吸した。キャリックの両側のこぶのあるブックエンドのような丘がくっきりと見えていた。私はコートを開き、服にしみついた鼻を刺すにおいを、身のひきしまるような風にさらした。

ブレア行政官が記念碑の方角から近づいてきた。身体の後ろで両手をかたく握って、それは彼の瞑想のポーズのひとつだった。

「で？」私に気づくと、彼はたずねた。

「やかましかったです」

　行政官はうなずいた。「彼を見ていると、あの公式晩餐会でとなりにすわった町の触れ役を思い出す。町の触れ役と親密な話をするのは難しいものだ」

「しかし彼はとても信じがたいことをいくつか話してくれましたよ」私はいった。「あの人たちは大量絶滅の伝統があるんです！　私が知っていたのは町の住民が毒を飲まされたことと、モルド川の橋でキャリックの男たちが死んだことだけでした。それだけでもひどいことだと思いました。でも、ホッグ保安官は第零収容所の戦争捕虜たちが殺害されたことを認めたも同然なんです。それはご存じでしたか？」

「その噂なら、確かに聞いたことがある」彼はいった。「今夜テープを聞かせてくれないか。きみはそろそろ次の約束に向かったほうがいいぞ」彼は私の様子をうかがっていた。「大丈夫か、ジェイムズ？」

「ありがとう、元気です。ぼくはあなたの指示に従っています」そして事実、あまりうまくいかなかったが、ホッグ保安官を大きな声をした幽霊にすぎないと思い込もうとしていた。私のことばは彼らに対して正しいざっくばらんな響きを持っていたが、私は喜んでそれらの鋭い灰色の瞳から逃れた。

ミス・バルフォアの部屋は図書館の上にあったが、まるきり切り離されていた。そこに行くための唯一の通路は、図書館と教会のあいだを走るせまい路地からだけだった。ひとりの兵士が鉄の階段の下で警備にあたっていた。最初私を見たとき、彼は非常に緊張していたが、それから警戒をゆるめた。

「一時間だ」彼はいった。

階段をのぼっていくと、音階を上がっていくシロフォンのような音がして、踊り場に着くと高音が鳴った。その音が衰えないうちに、声が聞こえてきた。

「おはイリ！」

この奇妙なあいさつはわずかに開いている緑に塗装されたドアから聞こえてきた。おなじみのにおいも、その背後からじわじわとにじみ出して、風にさらわれ、南のほうに運ばれていった。

私は気持ちを引き締め、ドアを押し開けて中に入った。キャリックの司書のミス・バルフォアは、テーブルとふかふかの肘掛椅子のゆとりしかない部屋で、ベッドに横たわっていた。テーブルの上ばかりでなく、左右の窓敷居も、棚も、床を含めて本を置くことのできるすべての平面に、本が山のように積み上げられていた。私は本のピラミッドのあいだを曲がりくねって進まなければならなかった。エーケンの手記が肘掛椅子に置かれていた。部屋はとても寒かった。暖炉はとても長いあいだ使われていないようだった。テープレコーダーのスイッチを入れると、私はドアを閉めようとした。

「シメないで」彼女はいった。「サムサのおかゲでネムらズニいられルの。いまはマダネむりタクないカら」

ブレア行政官はミス・バルフォアが毒のせいで独特のことばをしゃべると教えてくれた。かつてはことばの規則にとてもうるさかった人がしゃべっているだけに、いっそう奇妙に聞こえると彼はいった。

ほかの人たちと同じように、彼女もベッドにもたれるように横になっていた。薄い白髪の下で、彼女の顔はとても透けていたので、血管の迷宮がよく見えた。白い夜着の襟が甲状腺腫のふくらみを半ばおおい、乳首ほどもある茶色のほくろがふくらみの中心で目立っていた。

彼女の目は並外れていた。青く澄みきって、ほとんど日の射さない国には珍しく、荒野の水たまりのような水色だった。

「スルトあなたガまっくすうぇるネ。ハジメましテ。スコシばかりオハなシしたイことがアるノ」

私はベッドのそばの肘掛椅子にすわり、そのあいだも彼女はことばのパロディのようなことばをしゃべっていた。しかし彼女はゆっくりとしゃべったので、なにをいっているか理解するのはそれほど難しくなかった。彼女の唇は部屋の寒さのせいで麻痺していたのだろう、たぶん。そして彼女のことばはその隙間から苦労して絞り出されているのだった。

「きゃりっくおオトズれルのはヲカシなもノでしょ？　しにンやシニかけがイッパイいて？」

これらの質問は私からの答えを要求するものではなかった。まるでその目的は私のテープレコーダーをテストして、それが正常に運転できる状態であることを確認するためにすぎないかのように——ただそれだけにすぎなかった。

「さあ、それジャヲはナシしなければならナイことヲハナシしまショ。ワタシがワカいむすメだったときヲソロしいコトはじマッタよ」

彼女を見つめていると、そのグロテスクさがかつては美しかったかもしれないと信じるのは簡単だった。私は彼女の変貌ぶりへの感嘆と、ドアを閉めさせてほしいという思いに引き裂かれた。その寒い寒い部屋で、彼女は戦争捕虜がキャリックに到着した日のことを話しはじめた。

「うまれテはじメテてきヲミルというのガドウいうものカソーゾーガつく?」

ミス・バルフォアの供述書

(テープから理解できることばに起こして要約したのは、この私、ジェイムズ・マックスウェルである)


彼女は図書館を閉めて公園にいる人々に合流するために降りていった。晴れた寒い日だった。そこに立ってぽかんと口を開けて見とれているのはいささかみっともないと思ったが、どうしても好奇心をこらえることができなかった。

ごろごろという音が聞こえてきて、軍用トラックが公園にとび込んできて、ごろごろと通過していった。その防水シートが後部でぱっくりと口を開けていた。捕虜たちは、ほとんどが黒髪の男たちだったが、ベンチに手錠をかけられていた。彼らは女たちを見つめ、おずおずと微笑を浮かべるものもあった。ひとり、髭をたくわえたハンサムな男で、最後尾にすわっていたが、長いあいだミス・バルフォアをまっすぐ見つめた。彼女はあえて微笑は浮かべなかった。これは敵なのだ。彼女は自分にいいきかせた。これは敵なのだ。

しかし彼らが到着してから何日も、そして何か月もたつうちに、彼女は、ほかの町の住人と同じように、捕虜たちの炭鉱での働きをありがたいと思うようになった。それはふたたび安価な石炭が手に入ることを意味したからである。そして土曜日になると、彼らがキャリックの通りを掃除したり、穴を埋めたり、公園をきちんとしたり、ドアにペンキを塗ったりするのを眺めるのはいいものだった。ときどき彼らは図書館の床も磨いた。夏には、芝生を刈り、放置された庭園を手入れした。

これらの活動は、町の住民すべてが歓迎したが、捕虜をキャリックの家庭の夕食に招待する方針はそうではなかった。夫が前線で戦っている人々の中には憤慨するものもあった。その慣行は利敵行為にほかならないと彼らは主張した。敵を日曜日の夕食に招いているなんて、毎週の手紙でどうして夫にいえるだろう？　しかしほかの住人たちはなにも問題ないと思った。これらの捕虜たちにとって戦争は終わったのであり、彼らはもはや敵ではないのだと。

ミス・バルフォアは中立を保った。

捕虜が到着してからほぼ一年後のある雨の土曜の午後に、彼女は図書館の窓から外を眺めていた。彼女はアレクサンダー・エーケンが人目を盗んで薬局を出て、公園を横切り、彼の車に乗り込むのを見かけた。そんな日にどうして薬局からそんなに遠くに停めてあるんだろうと彼女は思った。彼女は彼がハンドルにもたれかかり、腕に頭をのせているのを見た。出ていってどうしたのかとたずねるような真似はしなかった。彼女は彼を尊敬していた。その職業と虚弱体質のために兵役を免除されたこの寡黙な男を。彼は最近首都出身の女性と結婚していた。

ミス・バルフォアは、その日は外に出てアレクサンダーにどうしたのとたずねなかったが、数か月後にはそうした――彼の心の準備ができて、進んで答える気になったときに。彼女がたずねると、彼はなにが起きたか話した。

彼のすべての苦しみがはじまったその土曜日、彼、アレクサンダー・エーケンは、いつもの儀式から逸脱した。午前中、彼はいつもすることをした。古いメルセデスのエンジンを回して丘陵周辺のさまざまな薬局にでかけていくと、自家製のエリキシル剤（彼はアマチュアの薬草学者だった）を配り、調合薬の予備を集めてまわった。正午ごろ、いつものように、彼はストローヴェンに着き、地元の薬剤師で大学生時代からの友人であるサンダースとチーフタン亭で昼食を食べた。いつもなら、何時間もすわって、共通の趣味である生薬学の最新の発展について議論した。いつもなら、三時ごろ、アレクサンダーは自宅で夕食を食べるためにキャリックにもどっていった。

しかし、その特定の土曜日には、このおぞましい土曜日には、事態は悪いほうにころがった。

アレクサンダーがストローヴェンに着くと、サンダースがチーフタン亭のドアの前で彼を待っていて、昼食をあきらめなければならないといった——商売上のことで首都に行かなければならないというのだ。アレクサンダーはあまり気にしなかった。なんだかんだいっても、いつもより早くキャリックにもどって、妻と午後を過ごすことができるなんて、ありがたいことじゃないかと彼は思った。彼女はふたりの最初の子どもを身ごもっていた。きっと大喜びするだろうと彼は思った。

彼は北の道を通って、いつものように高い湿原やずんぐりとした丘、ときおり姿を見せるシカやウサギを楽しみながら車を走らせた。激しい雨が降りはじめたので、その曲がりくねるせまい道ではとくに運転に気をつけなければならなかった。ある曲がり角を回ったとき、大きなカラスが道路を縁どる石の土手にとまっているのに気づいた。その次にもう一羽を門柱で見かけた。雨の中で、身動きひとつせずにとまっていた。

彼は一時ごろにキャリックに着いて、第零収容所の捕虜たちの一隊とすれちがった。彼らは長い緑色のレインコートを着て、道路が町に入るところで、路肩に砂利を広げていた。彼はゆっくりとキャリックに入っていった。メルセデスを薬局の前に停めずに、公園の奥のほうまで車を走らせて、松の背後に駐車した。早い帰宅で妻を驚かせたいと思ったのだ。

彼は車を降りて公園の周囲をぐるりと回り、帽子を目深(まぶか)にかぶって、建物の壁にはりつくようにしながら、薬局に近づいていった。でかけていったときと同じように、ドアの内側には「本日休業」の札があった。彼は濡れた靴の紐をゆるめ、マットの上に脱いだ。それから足音を忍ばせて店の裏手に回り、自分の部屋まで上がっていった。

木の階段は長い年月でゆがんでいたが、彼は大柄ではなかったし、少年時代から段差のある板に体重をふりわけるこつや、軋みを防ぐために曲がり角でつま先をとどめるこつを会得していた。妻がどれほど驚くだろうと思うと、微笑を禁じえなかった。微笑したのは彼女を愛していたからであり、いまや彼の子どもを身ごもっているので、さらに深く愛していた。そのことを思うだけで目に涙が浮かぶほどだった。

残り数段になったとき、彼女の声が聞こえてきたが、それは彼がいままで聞いたことのない声だった——大きな声でうめいていたのだ。苦しんでいることは明らかだった。

その恐怖の瞬間、血の海の中で床に横たわって、ひとりぼっちで赤ちゃんを流産している彼女のイメージが彼の全存在を揺さぶり、彼はまるで運動選手のように残る階段を飛び越えた。

飛び越えているさなかに、もうひとつの、もっと太い声が聞こえてきた。

アレクサンダーは階段をのぼりきったところで静かに足をとめた。居間の床に衣類が散乱していた。手前には、緑色のレインコートがきらめき、かかとに継ぎをあてた靴下や、灰色のズボンや、泥だらけの靴が転がっていた。奥には、（彼のお気に入りの）淡青色のドレスと、ストッキングと、くしゃくしゃの下着が落ちていた。

太い声のうめき声は、いまでは妻のうめき声と調和していた。アレクサンダーは開いた寝室のドアに忍び寄ってその正体を眼にした。化粧台の鏡に映っていたのは、絡み合ったふたつの青白い肉体だった。いっぽうは長い金髪で、もういっぽうは黒い髪と黒い髭をしていた。

アレクサンダー・エーケンは階段をあとずさっていった。からっぽの男、鳥の羽根のように軽い。彼は濡れた通りをふわふわと渡って、公園を横切った。彼は車に乗り込み、ドアを閉め、ハンドルに顔をうずめてすすり泣いた。

しばらくして、彼は気をとりなおし、公園を横切る姿をだれにも見られなかったことに感謝し、曇った車の窓に感謝した。彼は窓をほんの少し開けて松の背後から監視をつづけた。三十分ほどが過ぎて、薬局のドアが開いた。レインコートを着た髭のある男が通りの様子をうかがってから、外に出て、ドアを閉めると、道路で作業している捕虜たちがいる西のほうへきびきびと歩いていった。アレクサンダーは彼が視界から消えるまで見守った。

ミス・バルフォアは、図書館の窓から、その一部始終を目撃したのだった。車の中にすわっているアレクサンダー、薬局から立ち去る捕虜。彼女は、なにが起こったかわかっていたので、その日はアレクサンダーのもとに行かなかった。彼女はひたすら待った。来る月も来る月も。ようやくアレクサンダー・エーケンが彼女を信用して秘密を打ち明けるまで。それはモルド川の橋でのキャリックの男たちの死と、炭鉱での戦争捕虜の溺死という、町の全員に関わる大惨事が町を襲ったあとのことだった。

炭鉱のサイレンが鳴りはじめた朝、ミス・バルフォアはケアン山の上空の煙の感嘆符に気づいた最初の人間だった。そして消防隊のトラックについていった最初の人々のひとりだった。

アレクサンダー・エーケンのメルセデスの助手席に乗せてもらったのだが——ひどく居心地が悪かった。アレクサンダー本人が運転しており、ランキン医師と、ジェイコブ・グルーバッハが後部座席にすわっていた。ハンドルを握るアレクサンダーの手はぶるぶる震えていた。

「なにが起きたのかしら」彼女はいった。三人の男たちはだれひとり答えなかった。彼女はアレクサンダーを見つめ、それから後方のふたりを見つめた。彼らは目を合わそうとしなかった。エーケンは車を飛ばしていたが、セント・ジャイルズ池のそばを通過するときは速度をゆるめた。水面が少なくとも二十フィートだけ低くなって、水中の植物のできたての輪が空気にさらされているのがわかった。

それから数秒で、彼らは炭鉱に到着し、ホッグ保安官の歓迎の仕方から、手の施しようがないことがわかった。

「恐ろしい事故です」彼はいった。

炭鉱の監督は別の見方をした。

「事故ではありません」彼はミス・バルフォアにぼそぼそといった。「ここにいるだれかは知っています」

彼女は彼に一瞥もくれなかった。彼女はアレクサンダーを見つめていた。彼はホッグ保安官のわきをすり抜けて、立坑を覗き込んだ。彼が兵士のひとりにたずねるのが聞こえた。「彼らはみな死んだのか?」

兵士は間違いないと思うといった。

「ひとりの生き残りもなく?」アレクサンダーはたずねた。「絶対にだれひとり?」

兵士はひとりの生き残りもいないといった。その時点で、ミス・バルフォアはランキン医師がやってきてアレクサンダーの腕をつかみ、彼を砂利道の縁に連れていくのを見た。それからアレクサンダーは腰をおろし、以前見かけたように腕に頭をうずめた。彼の肩が震えていたので、きっと泣いているにちがいないと思ったが、慰めに行くと、顔を上げた彼の目は乾いていた。


戦争が終わり、アレクサンダーの妻は息子のロバートを出産した。彼女自身は一か月後に亡くなった。ミス・バルフォアはアレクサンダーを慰めるために女性ができるすべてのことをした。彼女はますます多くの時間を薬局の上階で過ごし、彼が子どもを育てるのを手伝った。アレクサンダーの顔に、彼女はすでに彼の病気の前兆を読み取ることができた。それを彼に告げなければならなかったのは彼女だった。息子が五歳のときの春のことだった。

「ロバートを調教に連れていくときが来たわ」

「私にはできない」アレクサンダーはいった。だから彼女は自分で少年を連れていった。

調教小屋は公園に建てられていた。そしてペットとしてコリーを飼っている町の住民は子犬をそこに連れていった。コリーはとてもきれいで頭のいい犬なので、町の住民は室内犬としてコリーを飼うのが好きだった。(その場で唯一の女性である)ミス・バルフォアと少年ロバートは、かなりの数の男や少年たちとともに、羊飼いのスウェインストンが小屋に入っていくのを見守った。彼はアルビノ特有の白い髪と白い睫毛をした背の高い男だった。丘陵の寒々とした気候の中、戸外で生活しているにもかかわらず、彼の肌も白かった。彼が出血すると、その血も白いのだと噂するものもあった。

小屋にはすでに居住者がいた。黒光りする百戦錬磨の角と、黒い目と、太くて黒いペニスをぶらさげた成熟した雄羊である。雄羊は子犬のにおいに毛を逆立てていた。スウェインストンは雄羊にまたがり、長い太ももで押さえ込んだ。助手が雄の子犬を小屋に運んできて、首紐を雄羊の角につなぎ、それからフェンスを飛び越えた。

子犬の脳の反射神経がこの毛糸におおわれた生き物をその本能が命じる標的であると認識させ、よろこびに太くて短いしっぽを直立させた。子犬は雄羊を寄せ集めるために小走りで前に出た。

スウェインストンが脚をゆるめたのはその瞬間だった。雄羊は子犬にとびかかり、空中につき上げて、落ちてくる身体をねじれた角ですばやく突いた。子犬はよけたり曲がったりくんくん鳴いたりしながら、なんとか危険な角から逃れようとした。それは不可能だった。彼は悪夢につながれていたのである。

その過程は一分間しかつづかなかった。首紐が雄羊の角に絡みつき、そして子犬は、足がもはや地面に着いていないので、小屋の壁に打ちつけられていた。

ここでスウェインストンが介入した。彼は雄羊をふたたび身動きとれない状態にもどし、そのあいだに助手が子犬を結び目からほどいて、飼い主に返した。返された子犬は、生涯、羊のように見えるものや、羊のようなにおいのするものを避けることだろう。

次の子犬が調教のためにスウェインストンの手に渡され、それから次、それから次とつづけられた。

ひとつミス・バルフォアが感銘を受けたのは、雄羊が群衆やその他の気を散らすものを閉め出して、敵に集中できることだった。子犬は雄羊よりも知性や心の広さで勝っているが、そんなことは問題にならなかった。まったく問題にならなかった。彼らは弱かった。例外なく、彼らはおびえきって打ちひしがれていた。より大きな強さの介入だけが彼らを救ったのである。

ミス・バルフォアはロバートを調教小屋に一度しか連れていかなかったが、それから数年間はひとりで行くようにと促した。彼女はキャリックの父親がいつも最初に息子をそこに連れていくのを知っていた。それは何世代にもわたる習慣だった。調教を目撃することから男が少年に学んでほしいことがあるにちがいないと彼女は信じていた。しかしそれをロバートに伝えるために、男たちにそれはなにかとたずねるたびに、不愉快なのか当惑しているのか、ただ顔を見合わせるだけだった――その質問に対してかもしれず、キャリックの女がそんなことを質問するせいかもしれない。


それから何年もたって、これらのいくらかがミス・バルフォアの心によみがえった。ほとんど憶えていないなんて、おかしなことねと彼女は思った。まるで人生の大部分を目隠しされてきたみたい。若いときには、いつか人生全体をふりかえることができて、それは意味をなすだろうと彼女は信じていた。いま彼女は老人になって、ふりかえってみると、人生がはたして意味をなすかどうか自信がなくなってきた。
＊　＊　＊

「あなたのジンせいはいミガあってホしイわ、まっくすうぇる」ミス・バルフォアはいった。

彼女の回想のあいだに、ときおり涙が彼女の目の青さを薄くするのだった。とりわけ、彼女がアレクサンダーの妻の死後の歳月について、とりわけ、女としての地位を獲得するための努力について語るときに。たとえアレクサンダーと同衾していたときでさえ、彼はしばしば死んだ妻の夢を見たと彼女はいった。どうしてわかったかというと、そういう夢から目覚めるとき、彼は彼女を強い嫌悪で見つめたからである。

私は彼女の肩を抱きしめて、同情していると知らせたかった。そうしようと何度も思ったが、彼女の身体からたちのぼるにおいと、首のあたりで浮いたり沈んだりしているほくろのために、現実にひきもどされるのだった。いずれにしても、彼女は運命に身をゆだねているようだった。

「いいエ、まっくすうぇる。うンメいじゃナカったノよ」彼女はいった。「ものごトハすべテナるべくシてナルのよ」彼女はとても疲れているようだったが、私はどうしても聞いておきたいことがあった。

「あなたがおっしゃっていた監督とはだれだったんですか？　爆発のあった日に炭鉱にいた監督ですが？」

まるで私に驚かされたかのように、彼女のほくろがぴょんと飛び上がった。

「アら！　しラナかったの、まっくすうぇる？　トホうニくれるのモアたりまえね。あだむ・すうぇいんすとんよ！」

「アダム・スウェインストン！」私はびっくり仰天した。

「ええ。あだむ・すうぇいんすとんはセんそうノアとでヒツじかイになったの」彼女の声はささやきだった。「どうやらいミガミえてきたみタイね？」

私はぜひとももっと知りたかった。

「どうしてみんなカークが彼と話をすることを心配したのですか？」

「いいえ。かれハハなせルことハみンなはなシタわ」彼女は完全に疲労困憊していた。瞳の青さが水性塗料のように色あせているようだった。しかし彼女はほかにもなにかつぶやいていた。そしてにおいにもかかわらず、私は身をのり出して耳を傾けた。

「ろばーとはワタしのこトヲうまクあらワシてくれたカしラ？」

ほかの人たちと同じように、彼女もロバート・エーケンの手記に描かれた彼女の姿について私の意見を求めていた。

「とてもすてきでした」私はいった。それから、私は、ちょっと気になってたずねた。「でも、あれは真実なんですか？」

「レンジつ？　シんじツ？」その質問が彼女を少しよみがえらせたようだった。彼女は儀式のような決まり文句を口にした。ほんのわずかしかゆがんでいなかった。「しんじつをカタることができるノハ、あなタガあまりよくシラないときだけナのよ」

彼女はとても弱っているように見えたが、私はことばをつづけた。「ミス・バルフォア。お願いです。どうしてエーケンはみんなに毒を飲ませたのでしょうか？」

彼女は横向きになろうとしていたが、話すための最後の努力をした。彼女は微笑していてほとんど唇を動かさなかった。

「かれハワたしたチミんナをやスらカにねムらセテくれたノよ」それが彼女の最後のことばだった。それから彼女は横向きになり、その目が一瞬燃え上がるように見えた。もし目が顔の魂ならば、この疲れきった顔は聖者の顔だったかもしれない。それからその目はガラスになった。

私は大声で衛兵を呼んだ。すると彼も音楽的にのぼってきた。彼は部屋に入ってくると、床の本を避けて、彼女をひと目見ると、頭を振った。

「彼女は死んだ」

私はその速さにショックを受けた。ほかの人たちと同じように、ミス・バルフォアの命はことばの連なりとともに尽きたようだった。彼女の死体を見おろすと、わずかこの数秒間のうちに、死が彼女の以前の美しさを彼女の顔にもどしたようだった。肌は前より不透明になって、血管が見えにくくなっていた。しかし彼女のほくろは頑固に顔をのぞかせており、私は彼女をそのままにしておくことができなかった。私は彼女の夜着の襟を引き上げてそれをおおい隠してやり、それから本のあいだを通り抜けてドアに向かった。

「半時間ほど前に、軍曹が立ち寄りました」衛兵はいった。「ホッグ保安官も亡くなったそうです。もうあまり残っていません。もうすぐここを去ることになるでしょう」

私は踊り場に出ていった。この一時間で風がやみ、いまでは薄い霧がかかっていた。私は深呼吸しようとしたが、その霧はあの鼻を刺すにおいが形をとったような気がして、息が詰まってしまった。

私は階段を下りて、音階を下っていった。最後の音は憂鬱な低音だった。私は路地を通って公園を抜け、保安官事務所や薬局や骨董品店には目を向けないようにした。兵舎に向かって歩きはじめたとき、だれにも出会わなかったことをうれしく思いながら、私はできるだけ速く歩いていった。


その夜、ブレア行政官が私の兵舎にやってきたとき、彼は硬い木の椅子にすわり、私はマットレスがわりのくぼみのへりに腰をおろした。そのなにもない部屋の雰囲気は、とても修道院的なように思われた。その日の私のテープに耳を傾けて、聴罪司祭たる彼は、私の受けた印象を質問し、修練者たる私は、質問に答え、そのあいだに放熱器はマントラをつぶやいていたが、それは温かさの神への祈りのことばだった。私の聴罪司祭はなにもいわずに黙って耳を傾けていたが、私には彼のことばが必要だった。

「私がここに来る前に、あなたはどのくらいご存じだったのですか？」

「噂の上に噂。謎の上に謎」「謎」という魔法のことばは私を慰めるためだったが、私は慰められなかった。それに気づいて、彼は信条を口にした。「私はきみを信じているんだ、ジェイムズ。もしきみがここで起きたことをつきとめることができなければ、ほかにだれにもできないと信じている。ほかのだれもその機会をあたえられなかったと信じている」

「うーん」と放熱器がつぶやいた。

私は彼に、アンナとホッグ保安官とミス・バルフォアの死にひどく悲しい思いをしているといった。とりわけアンナの死に。

「ジェイムズ」彼はいった。「今夜きみはほんとうによくやった」彼は立ち上がって、私がもってきた封を切っていない瓶から私に一杯のウィスキーを注いでくれた。私はしばらくちびちび飲んでいたが、やがて気分がよくなった。

ブレア行政官と話をするのはいつも難しかったが、その顔がやわらいでいるようで、間違いなくその声は、いつも以上にやわらいでいた。

「きみがアンナを好きだったのはわかっている、ジェイムズ。それを責めることはできない。きみは、私が仕事に一途なあまり、女性に向ける時間がないと思っているにちがいない。きみは私をなんと呼んだかな――神秘主義者？　あるいは、私のような職業の人間は、つねにみすぼらしさと恐怖に囲まれているので、恋をすることができない。そう思っているんだろう？　われわれの職業について、そういう噂はよく耳にしている。それに毒されているものがいるのも事実だ。だが、みんながみんなそういうわけではない。決してそんなことはない。ときには、それほどたくさんのおぞましいものを目にするからこそいっそう、愛や美のよさがわかることもあるのだ。きみの年齢だったころ、私は首都の最悪のスラム地域で二年間勤務していた。きみが悪夢でしか見ないようなものを見てきた。だがそれでもなお、私は生まれてはじめて恋をした」

ブレア行政官の愛の物語

（テープから文章に起こし、要約したのはこの私、ジェイムズ・マックスウェルである）

彼は二十歳で再訓練講座のために学校にもどっていた。彼はヴェロニカの顔しか知らなかった——彼女は彼のホテル（彼はシスルホテルに投宿していた）と学校の中間の、あの人目を引くテラスのひとつにある小さなレストラン、コッパーカフェのウェイトレスだった。彼は就寝前に最後のコーヒーを飲むために、毎晩そのカフェに通っていた。ヴェロニカは小柄な、黒い髪の女性で、頬骨が人目を引いた。彼女は動作がきびきびしていて、話し方も早口だった。しかし、彼女は若くはなかった。すなわち、彼自身は若かったが、彼女は彼には若そうではなかったのだ。夜、彼女のテーブルに彼を見かけることに慣れたとき、ふたりはいくらかことばを交わすようになった（彼女は話好きだった——社交的な女性だったのだ）。彼は彼女が四十代半ばで、これまでずっと首都のバーやカフェでウェイトレスとして働いてきたことを知った。彼女は十年前に離婚し、娘がいて島の南に住んでいた。

「娘はあなたと同じくらいの歳よ」彼女はいった。

どういういきさつでブレア行政官が彼女を恋するようになったかだれにもわからない。最初彼が理解していたのは、夜ごとカフェを訪れて、静かな時間にヴェロニカと夜のおしゃべりをするのがますます待ちきれなくなったことだけだった——カフェはほとんどの場合夜がもっとも静かだった。彼がとても好きだったのは（あるいはそう思い込んでいたのは）いかなる性的複雑さにも毒されていない、純然たる会話だけだった。彼は彼女のことを、遠い昔に戦争で失ったほんとうの母親の代理ともいうべき母親像と見なしているのだと思い込んでいた。彼女は彼のことを、同じように自分の子どものように見なしているのだと思い込んでいた（最初のうち彼は思い込んでばかりだった）。

たとえ彼がはじめて彼女にデートを申し込もうと決心したときも、自分の意図は純粋に友好的なものだと思い込んでいた。彼は社交的な人間ではなく、これまで友人というものを持ったことがなかった。いま彼には友人ができた。彼はヴェロニカを「友人」と思い込んでいた。彼はその考えが気に入った。彼女は彼の招待を受け入れ、一夜、彼女が早仕舞いしたときに、コッパーカフェの外で会う手筈を整えた。

彼が着いたとき彼女は彼を待っていた。彼女は薄化粧しており、ボタンを留めていないコートから（晴れた夜で首都はとても暖かかった）黒い絹のドレスと首元の白い真珠のネックレスが見えた。彼はそれまで商売の淡褐色の制服しか見たことがなかった。いま、彼はそれまで気づかなかったことにふいに気づいた——彼女は美しかったのだ。

「ヴェロニカ」彼はやっとの思いでいった。「あなたはすばらしい」

彼女は微笑み、彼の腕を取って、ふたりは通りを歩きはじめた。


その夜から、彼はもはやヴェロニカのことを母親像とは思わなくなった。彼は以前ほかのずっと若い女性を欲したように彼女を欲するようになった。そしてついに、ある夜映画のあとで、彼は彼女をシスルホテルの自分の部屋に連れていった。自分の気持ちを彼女に打ち明けたことは一度もなかったけれど、彼は彼女にキスをして、彼女はそれを拒まなかった。彼が彼女の手を取ってベッドに導いても彼女は拒まなかった。しかし彼が彼女のドレスの背中のボタンを外しはじめたとき、彼女はそっと身を離した。

「ちょっと待って」彼女はいった。彼女はスイッチに歩み寄って明かりを消し、それから彼のもとにもどってきた。

「どうして明かりを消したの?」彼はいった。「あなたの姿を見たかったのに」

暗闇の中で、彼女は彼を抱きしめた。

「おねがい」彼女はいった。「あなたとベッドに入るのはいやじゃないわ。入りたいわ。でも、私の身体を見られたくないの。おねがい、わけは聞かないで」

だからその後、彼は彼女になにもたずねなかった。それは問題ではなかった。その夜彼らが愛を交わしたとき、そしてその後のすべての夜も、彼はその手とそのキスで、暗闇の中で彼女の小柄な身体をいつくしみ、彼女は猛烈なエネルギーで彼に身体を巻きつかせた。

数か月のあいだ、彼は人生でこれまでになく幸福だった。彼は恋をしており、恋をしており、人生は奇跡だった。彼は恋をしているだけでなかった――彼はヴェロニカと結婚したいと思っていた。彼は結婚してほしいといったが、彼女は拒否した。話し合おうともしなかった。彼女にもう一度結婚を申し込もうとしたら、すべてを台無しにすると彼女はいった。

ある夜、シスルホテルの彼の部屋で、愛を交わしたあと――彼女ははじめから終わりまでとても静かだった――彼女は浴室に行って、とても長いあいだもどってこなかった。彼は心配になった。だからベッドを抜け出して様子を見に行った。

浴室のドアはわずかに開いていて明かりが点いていた。彼女がじっと佇んで全身鏡に映った自分の姿を見つめているのが見えた。彼女の体型は抜群だったが、乳房には母乳でふくらんでいたときのストレッチマークが刻まれていた。お腹にはぎざぎざの帝王切開の傷跡が残り（それはしばしば指先に感じたものだった）彼女の娘が現れた場所を示していた。そして下腹部の茂みはすでに白髪になっていた。彼は彼女の顔を見つめた。彼女は彼を見つめていた。

彼女がベッドにもどってくると、彼はくりかえし彼女を抱きしめたが、彼女は反応しなかった。

「見てしまってごめん」

「潮時なのよ」彼女はいった。「潮時なの」

次の夜、彼が彼女に会いに行くと、新しいウェイトレスが働いていた。ヴェロニカは辞めたと彼女はいった。彼女はアパートを引き払い、町から立ち去っていた。

島で姿をくらますのは簡単ではなかった。だからとても簡単に彼女の居場所をつきとめることができた。彼女は鉄道で南に向かい、灰色の海のそばにある暗いリゾートのホテルのバーに新しい仕事を見つけていた。彼は数日間学校を休んで彼女に会いに行った。彼は彼女が働いている花崗岩仕上げのホテルの正面の護岸にあるベンチにすわって待った。涼しくて風の強い日で、浜辺には鷗をのぞいてだれもいなかった。

午後二時ごろ、彼女がスウィングドアを押して出てきた。彼は立ち上がって彼女に近づいていった。

「ヴェロニカ！」彼はいった。

彼女は彼を見ても驚きを示さなかった。


「帰って」彼女はいった。

「どうかわけを聞かせておくれ」彼はいった。

「帰って」彼女はいった。「私がどんなに惨めなのか、あなたにはわからないのよ。私は自分の半分の年齢の男に恋をしてしまった。いつかあなたが私を見て私を嫌いになることを忘れようとしてきた」

「年齢なんか問題じゃない」彼はいった。「愛しているんだ」

「そうよ。あなたは愛している。だからあなたには見えない。若い男は決して見ようとしない」彼女はいった。「私もあなたを愛しているわ。でも、いくら愛していても見えないふりをすることはできなかった。私は私の幸せを長続きしない愛にゆだねたくないの。とてもつらくて耐えられないから。私は以前、愛がなくても幸せになる方法を学んだわ。やり方はわかっている。そして手遅れにならないうちにまた学ぶつもり。私を愛しているなら帰ってちょうだい」

「おねがいだ」彼はいった。

彼女の顔が無表情で陰鬱になった。まるで彼を嫌っているかのようだった。

「いいえ」彼女はいった。「あなたが私にしていることであなたを嫌うことができたらいいのに。帰って」

＊　＊　＊

「じつは、ジェイムズ」ブレア行政官がいった。「きみは私がこれまでにヴェロニカのことを話しただただひとりの人間だ。その後も何人かの女性を愛してきたが、彼女ほど愛した女性はいなかった。彼女は私を愛していたが、私を拒絶した。私が若いので、私を信頼しなかったのだ」

ブレア行政官が私を信用して秘密を打ち明けてくれたことはうれしかったが、夢にも思わなかった意外な側面を明かされてひどく驚いた。もちろん、それこそ私の欠点だ──彼のいかめしい外見にすっかりだまされていたのだ。その夜から、たとえ彼がどれほど禁欲的に見えようとも、彼が人間性を私に明かしてくれたことを、私は決して忘れない。

翌朝、私はかなり二日酔い気味だった。たとえ少量でも、飲酒にあまり慣れていなかったのだ。八時三十分に、私は道路をたどって町に向かった。東の空がわずかに顔をのぞかせているだけで、どんよりと曇っていた。それは典型的なキャリックの薄暗さだったが、今日はそれがありがたかった。私の目はまだ光を受け入れる準備ができていなかったのだ。

町に入っても、公園の周囲の道路にはまったく動きが見られなかった。さまざまな建物の戸口の歩哨も不気味な姿で、記念碑の三体の石像ほども人間のようには見えなかった。アンナの店の窓やドアは木材でふさがれていた。

私は右に曲がり、石畳の小道に沿って走る生垣をかき鳴らしながら進んでいって、暗い家に着いた。装飾のための対称的な鉄のスパイクが庭の塀から突き出していた。

私はドアをノックしたが、こぶしにあたる感触は鉛のようだった。私を見て驚いたかのように、ドアを開けた兵士は、少しのあいだ、私をじろじろと眺めた。約束があるのだと告げると、彼は中に入れてくれて、背の高い書棚が並んだ書斎の開いたドアのすぐ先にある、マホガニー張りの階段の上を指さした。右手には閉ざされたドアがあって、木の札がかかっていた。

医院待合室

階段をのぼっていくと、フラシ天の絨毯からたちのぼっているとおぼしい鼻を刺す瘴気(しょうき)に気がついた。踊り場に着くまでほとんど息ができなかった。そこからは羽目板張りの廊下と六つのドアが見えた。そのひとつから看護婦が出てきた。彼女は厳しい顔つきの女性で、左側に傾いた棒のような身体をしていた。兵士とちがって、彼女は私を見ても驚いた様子はなかった。

「一時間です」彼女はいった。「彼はあなたと話をするためだけに生きつづけているのです」

彼女は私のわきをすり抜けて（その身体はすり抜けるためにできていた）階段を降りていった。私はテープレコーダーのスイッチを入れて彼女が出てきた部屋に入っていった。

ランキン医師は四柱式ベッドに上半身を起こしていた。彼の部屋はマホガニー張りだった。唯一の窓は固く閉ざされ、部屋は暖かく、においは強くて酸っぱかった。ランプの下のベッドサイドテーブルにエーケンの手稿があって、銀縁の読書用眼鏡がその上に置かれているのが見えた。

「おはようございます」私はいった。彼は私に気づいていなかったからである。「ドクター・ランキン？」

彼はじろじろと眺めてから微笑した。

「おはよう。くそ野郎」

私はまったく初対面の人物から、そんな挨拶を聞かされてびっくりした——だれでもびっくりするだろう？　しかしこれが医者に及ぼした毒の影響なのだと、ブレア行政官は前もって私に警告してくれていた。彼の会話には子どもっぽい罵倒語がたっぷりちりばめられており、しかも彼はまったく気づいていないようなのだと。

だから私はなにもいわず、注意深く彼の様子をうかがった。彼のひたいはせまく、髪の毛は鉄灰色で、七十代とおぼしき人間にしてはたっぷりと生えていた。彼は絹製らしい黒のパジャマを着ていた。

「一杯さしあげたいのだが、しょんべん野郎、いまはメイドがいないので。彼女は先週亡くなった」彼の声はか細かったが、力に満ちていた。そして微笑すると黄色い歯がむき出しになったが、それは彼の目と同じ色だった。

エーケンはどうして彼に非常な畏敬の念を抱いていたんだろうと私は思った。かつてはどんな人間だったか知らないが、いまでは死にかけた小柄な人物だった。

「ほかの連中とはもう話したのかね、知恵足らず？　いまではあらゆることがわかったと思っているのかね？」彼の舌が小さな口からはみ出たので、樽の通気孔の栓を連想した。「きみはまだあまりよくわかっていないと告げたらどう思う、ぼけなす？」

これらの罵倒語のほとんどはきわめて礼儀正しい抑揚で発音された。しかしいま会話は蟹のように向きを変え、彼のことばはともかく、彼の声はとてもぞんざいになった。「おしゃべりは十分だ。私にはあまり時間は残されていないし、グルーバッハ家とロバートの母親について話すべきことがたくさんあるんだ。だからよく聞いてくれ、ちんくしゃ野郎」

私はいかにも興味のあるようなふりをした。そして彼は説明をはじめた。
「あのグルーバッハ夫婦だが。なんたる間抜け面。連中がはじめてキャリックにやってきたとき、どれほど不気味に見えたか想像がつくだろうか？」

ランキン医師の供述書

（テープから文章に起こし、要約したのはこの私、ジェイムズ・マックスウェルである）

彼らは戦争の初期に大陸から逃げてきてキャリックに腰を落ち着けた。彼らは彼の患者になったので、彼は彼らのことをよく知るようになった。ヘレナ・グルーバッハは背が高く、漆黒の髪をした猫背の女性だった。彼女は四十代でジェイコブは六十代だった。ふたりは新しい国のことばをぎごちなく、堅苦しく話し、ところどころで息を詰まらせた。キャリックでは、家名は何世紀も変わらないので、流れの中の石のようになめらかに摩耗するのだが、彼らの外国名はからかいを生んだ（「なあ、グルーバッハ。おまえはいつ成長したんだ？」と子どもたちははやし立てたものだ）。

故国では、ジェイコブはグルーバッハ家の伝統に従って歴史学の教授であり、骨董品の収集家だった。しかし戦争前の時代に、彼の歴史の見解は公式に受け入れがたいものと宣言され、彼の家族への組織的迫害がはじまった。

　そのような拷問で使われた式次第の儀礼は伝統的で規則として定められていた。誹謗中傷、唾吐き、それが進行して窓の破壊、それからやがて、四肢の破壊になり、最後に生贄（いけにえ）の奉納ということになる。この最後の儀式が行なわれる前に、ジェイコブは抵抗運動に加わった。この暴力的な歳月のうちに、彼はいくつかのきわめて非学術的な技術を身に付けた。偽装爆弾の仕掛け方、橋に機雷を敷設する方法、そして列車の通過中にトンネルを爆破する方法などである。しかし抵抗運動は敵をいっそう興奮させるだけだった。彼の唯一の希望はヘレナを連れて逃亡することなのが明らかになった。彼らは幸運にも島に渡る船に乗ることができて、船長の同情は金で買うことができた。

　キャリックが彼らの亡命地だった。ヘレナは自分たちの不運に押しつぶされた。ジェイコブはひとつだけ苦い思いを抱いていた──敵に反撃できなかったことである。島の軍隊に登録するには歳を取りすぎていると彼はいわれた。だから彼は公園の正面に小さな骨董品店を開いて、新しい祖国の歴史を、しばしば話し相手になったランキン医師には理解できない情熱で受け入れた。なぜなら、これほどの思いをしたにもかかわらず、ジェイコブはまだ歴史を信じていたからである。ある国の過去を所有することは、その硬い大地を所有するのとほとんど同じであると彼は信じていた。彼は選び取った国の歴史を良い歴史にしたかった。善人が命をゆだねることのできるものに。彼はヘレナを首都のじめじめした博物館に引きずっていった。グルーバッハ夫婦は中世の教会堂の瓦礫や廃墟となった城の蔦のからまる外郭に精通するようになった。

彼らは荒野を巡礼して古代の戦場跡を訪れた——海外では毎日新しい戦場が生まれていたけれども。

これらの歴史研究の途中で、とてもうれしいことに、ヘレナは妊娠していることに気づいた。彼らはまた、ほぼ同じころに、キャリックでの親友の、薬剤師のアレクサンダー・エーケンが、彼らに自分の妻も子を宿したと告げた。いうまでもなく、アレクサンダーは大喜びだった。

よろこぶならいまのうち。

ランキン医師はすでにアレクサンダーが知らないことを知っていた。薬剤師のよろこびを曇らせることを。

彼はアレクサンダー・エーケンの妻が彼の医院に現れたときのことをよく憶えていた。首都で暮らしたあとでどうやってキャリックの生活に耐えているのだろうと彼はしばしば不思議に思った。彼女はずんぐりとした黒髪のアップランドの町の女性とちがって、ほっそりとしてさらさらの長い金髪だった。彼女はスタイリッシュな服装で、たくさん本を読み、緑の瞳には愉快そうな表情を浮かべていた。猫が鼠と戯れるように、彼女がアレクサンダーと戯れていることに、ランキン医師は気づいていた。彼女が夫の背骨に手をのばすとき、いつなんどきポキッという音が聞こえてくるかと、彼は覚悟していた。

だから、その朝彼女が彼の医院に現れて妊娠しているようだと告げたとき、彼は興奮をこらえなければならなかった。彼は型通りの問診をして、彼女はそれに答えた。わずかに人を見下したように微笑しながら。彼は検査を行ない、連絡するといった。

検査の結果は数日後に届いた。結果は陽性だった。彼は電話をかけて三時に医院に来るようにいった。予約は彼女だけになるように手配した。

診察室で医学雑誌を手にすわっていると、三時ちょうどにドアをノックする音が聞こえてきた。彼のメイドが彼女を待合室に案内した。彼女は二月の寒さを防ぐために毛皮のコートを着ていた。彼は待合室のドアを後ろ手に閉めた。

「こちらにいらしてください」彼はいった。

彼は彼女を診察室に通した。いつものように、夏でも冬でも、暖炉では火が燃えていた。彼は寒さが大嫌いだったのだ。彼はドアに鍵をかけてから腕組みして彼女のほうに向きなおった。

「診察させてください」

彼女は途方に暮れて部屋の中央に立っていた。

「なにか問題でも？　検査の結果は届いたんでしょう？」

「服を脱ぎなさい」

自分が彼女を不愉快にしているのがわかった。にもかかわらず、彼女は服を脱ぎはじめた。彼は見守った。前回の検査のときと同じように感嘆した。長い脚、なめらかな白い肌、そして豊満な乳房。

「横になりなさい」彼は診察台を指さした。彼女はぎごちなく診察台にのぼった。診察台の背後に吊るした鏡に彼女の身体が映っていた。それから彼女はあおむけになった。

彼はゆっくりと彼女に近づき、むき出しの肩に触れた。

「肌がとてもきれいだ」

彼女は彼を見つめていた。あの人を見下したような微笑は顔から消えていた。彼は肩をマッサージしてから手を乳房にすべらせた。やさしく握りしめた。彼女の身体がこわばったが、それでも患者らしく、彼の手に耐えていた。

彼は手をさらに下にすべらせて、彼女の肋骨の曲線と腹部のふくらみを味わった。彼女は彼の手に耐えていたが、彼は彼女の緊張を感じることができた。彼の左手は乳房にとどまっていた。そして右手は彼女の金髪の恥毛をさらさらとなでてから股間にすべり込んだ。

そのときになってはじめて、彼女は抵抗しはじめた。「なにをしているのですか？　起こしてください」

いまや彼女はもがいていた。太腿が彼の手をぎゅっとはさんだ。

「放して、放してください！」

彼が彼女を押しもどしたとき、彼女はすすり泣いていた。

「父親はだれだ？」彼は耳障りな声でささやいた。

彼女は泣き叫びながらもがきつづけた。

「放して！」

いまや彼も息をあえがせていた。

「アレクサンダーのはずがない」彼はまたささやいた。

彼女の太腿はまだ彼の右手をはさんでいたが、彼女はもがくのをやめた。いまは静かになって、その場に横たわり、息をあえがせていた。いつものように、それが彼をひどく興奮させた。

「おまえの愛する夫は二十五歳のときにおたふく風邪にかかった。それきり種なしだ。わかったか？　子どもができるはずがないのだ」

いまや彼女はまさに殺されようとしているウサギのように横たわっていた。太腿の力がすうっと抜けた。恐怖と嫌悪が彼女の目から流れ出していた。

「彼はそのことを知らない。運が良かったな？」彼は自分の声を聞くことができた。なだめすかすような甲高い声だった。

彼女の筋肉がゆるんだので、彼は乾いた股間のあたりで指を動かしはじめた。

「秘密は守ってやろう」

彼女はその場に横たわり、逃げようともしなかった。彼はゆっくりと手を離した。彼女はじっとしていた。彼は服を脱ぎはじめた。彼女は鏡に顔を向けて目を閉じた。彼は診察台の端の彼女の足元によじのぼり、彼女の脚を押し広げた。鏡に映っている自分の姿を見つめながら、彼は彼女にのしかかった。いっさい物音を立てなかったが、最後に、彼女の体内に精を放ったとき、それでも鏡を見つめたままで、彼は「ああああ！」とうめいた。


あの運命の土曜日に、捕虜との不倫が見つかってしまった。アレクサンダーはランキン医師を訪れていきさつを話した――彼は復讐したいといった。そしてこの苦痛をやわらげるのに、第零収容所のたったひとりの捕虜に復讐するだけでは足りないといった。彼ら全員を処刑したい。そしてすでに友人のジェイコブ・グルーバッハの協力を求めていた。ジェイコブはこれを彼の一族と彼の祖国を台無しにした連中に一撃を加える最後のチャンスだと考えていた。ランキン医師は彼らを思いとどまらせることはできなかったが、少なくともしばらく待つことを約束させた。時期を慎重に選ぶのだと彼はいった。私も手を貸そうと。

真夜中に、古いメルセデスはゆっくりと東の丘陵地帯に入っていった。霧が濃くて、それは都合がよかったが、道路の凹凸のせいで恐ろしい思いをした。死ぬ思いだった。道路が南に分岐する地点にゆっくりと近づくと、霧がいっそう濃くなっていたので、車の右前輪が道路からそれてぶら下がり、溝の上で空転した。彼らは息をひそめ、しばらく身動きせずにすわっていたが、それからアレクサンダーがゆっくりとバックさせたので、四つの車輪は道路にもどった。危険をもっともよく理解していたジェイコブ・グルーバッハは、目をぎゅっと閉じてすわっていた。ランキン医師は寒い夜にもかかわらず汗をかいていた。

その後は、すべてがしばらく順調にすすんだが、やがてアレクサンダーはひらけた場所で望まない停止をしなければならなくなった。なぜならふいに人影が現れて、彼らの前方の道のまんなかに立ちつくしたからである——炭鉱夫の服を着た背の高い若者だった。彼は白い眉毛と白い睫毛と長くて白い髪をしていた。彼はしばらく彼らを覗き込んでから、わきにどいて道を開けた。

「あれはスウェインストンだ」ランキン医師がいった。「われわれに気づいたぞ」

アレクサンダーはなにもいわず、車を運転しつづけた。そしてゆっくりと、ゆっくりと、彼らは目的地に近づいていった。さらに一時間は過ぎたのではないかと思われるころ、彼らはセント・ジャイルズ池の反対側に着いた。池そのものは霧のせいで見えなかった。この地点では、池の土手はまたケアン山の北東斜面でもあった。岩石の層の上に百フィート以上の水がたたえられ、その地層の真下にはキャリック炭鉱の遺棄されたトンネルが走っていた。

アレクサンダー・エーケンは車を停め、外に出て、ジェイコブ・グルーバッハのためにドアを開けた。アレクサンダーとランキン医師は、ジェイコブがそっと車から降りて、キャリックからの旅のあいだずっと抱きかかえていたキャンバス地の背嚢を持ち上げるのを見守った。彼は霧の中、池のへりまで五十フィート歩いていった。万一ワラビにつまずいては大変だと恐れながら。アレクサンダーとランキン医師はあとにつづいた。ジェイコブは池のへりにたどり着くと、重りをつけた背嚢をゆっくりと降ろしはじめ、暗い水の中深く沈めていった。

それから三人の男たちはできるだけ早く池からとおざかり、車めがけて走っていった。なぜなら危険な瞬間だったからである。爆弾をつくったジェイコブ・グルーバッハは、水中で爆発するような時限装置を仕掛けた爆弾をつくったことがなかった。水そのもの、あるいは沈んでいくときの水圧の変化で、ニトログリセリンが時期尚早に爆発するかどうか、彼にもわからなかったのである。

彼らは車にたどり着き、息をひそめて待った。静寂。約五分後、背嚢はいまごろは底に沈んだはずだとわかっていた。内部の爆弾は翌日の午前中に爆発するようにセットされていた。それはすべての捕虜たちが、炭鉱のもっとも深い通路で、セント・ジャイルズ池の真下で働いているはずの時間だった。

キャリックにもどっていく車の中で、ハンドルを握ったアレクサンダー・エーケンは、心に憎しみを抱いたまま、なにもしゃべらなかった。ジェイコブ・グルーバッハは口数が多かった。彼を亡命に追いやった連中に対する復讐を思って高揚していた。ランキン医師はというと、危険が去ったのでなにも感じていなかった——ひょっとしたら、興味深い実験の結果を待っている科学者が感じる好奇心のようなものだけは感じていたかもしれない。

＊　＊　＊

「そしてそれはじつにうまくいったわけだ、そうだろう、ぼんくら？」

この最後の質問を、彼は直接私に向けた。私はその寝室で非常に不愉快な気分になっていた。においと熱気は息がつまりそうで、この老人のばかばかしい侮辱語となんともいえない底意地の悪さも息苦しかった。彼の権力がかつては沈黙を守ることによって支えられていたとは信じがたかった。私はその部屋と彼から逃げ出したかったが、しかしまた彼がいったことのいくつかをもっとはっきり理解したいとも思った。

「あなたはアレクサンダー・エーケンとジェイコブ・グルーバッハに、復讐の時期を慎重に選ぶべきだと助言したとおっしゃいましたね。モルド川の橋でキャリックの男たちが死んだ知らせを聞いたときに、機は熟したと判断されたと仮定してもかまいませんか？」

ランキン医師の膨れた目玉がさらにいっそう膨れたので、眼窩(がんか)から飛び出すのではないかと思った。

「まあそんなところだな、うすのろ。ひとつだけ間違っている。機は熟してなどいなかった。いいたいことがわかるか、ぼけなす？　機は――熟して――など――いなかった」彼はこのことばを吐き捨てると、息を継いだ。ふたたび話したとき、そのことばは静かだったが、ひゅっと耳元をかすめる矢のように、明瞭で正確だった。「じつのところ、アレクサンダー・エーケンとジェイコブ・グルーバッハがキャリックの炭鉱を吹き飛ばしたのは、モルド川の橋の死の前日だったのだ」彼の顔は勝ち誇っているようだった。

私になにがいえただろう？　私は過去の不透明さに茫然としてその場にすわっていた。私は理解可能で型にはまった原因と結果をつくり上げた。だがそれは完全に誤っていたのだ。

ランキン医師は私がすっかり途方に暮れているのを見てとった。

「そんなに間抜けた顔をするんじゃない、いかれぽんち。アレクサンダーがしたことは、キャリックが復讐する必要を一日だけ先取りしたにすぎない。彼とグルーバッハは自分たちの理由で第零収容所の戦争捕虜たちを殺した。一日後、モルド川の橋でキャリックの男たちが死んだという知らせが届いたとき、町の人間全員が自分たちの理由を得たわけだ。ちょっと遅れてやってきたが、友人のあいだで一日がなんだというのだ、かぼちゃあたま？　運命だってユーモア感覚を許されるべきだ。われわれはみな、歴史をほんの少し書き換えることに同意した」

彼のことばを伴奏しているスネアドラムのように、いまは雨が窓を軽く叩いていた。

「アレクサンダーの妻はそれ以降だれにとっても無用だった。男の子を出産したあと、彼女は……合併症で死亡した」私がそのことばの意味を正しく理解しているかどうか確かめるように、彼は私をじっと見つめ、それから弱々しく微笑した。「私が死亡診断書を作成したのだ」

彼の顔は頭蓋骨のようだった。死ぬほど疲れていたからである——心臓がしぼんでいく吸血鬼のように。

「するとようやく、これが真実というわけですね」私はいった。

「真実だって、とんま？ 真実だって？ 真実を語ることができるのは、おまえがあまりよく知らないときだけだ」

このせりふをキャリックで聞かされるのは、これで何回目だろう！

彼はまだしゃべっていたが、彼の声がすっかり遠くなっていたので、なにをいっているのかほとんど聞き取ることができなかった。「だがきみの友人の行政官のような南の人間には、そんな簡単なことさえも理解できないようだな？」

もうひとつの、もっと耳障りな声が、背後から割り込んできた。

「するとあなたはまだ生きていたのね？」

痩せこけた身体の看護婦が彼をじろじろと見つめていた。その痩せた顔から彼女がどれだけ聞いていたか判断することはできなかった。彼女の顔はすべての人間の行動を、等しい嫌悪とともに吸収するためにつくられた顔だった。

ランキン医師はひどくがっくりした。私は町の住民がまたひとり死んでいくのを見たくなかった。たとえこのような男でも。それに私はにおいから逃げる必要があった——あまりに強烈で目に涙が浮かぶほどだった。私は立ち上がってコートを羽織りはじめた。彼は上を見つめ、私が最後の質問をすると、丸く膨らんだ目で私を見つめた。

「カークはどこで登場するんですか？　なぜロバート・エーケンは全員に毒を飲ませたのですか？」

彼の微笑はぞっとするようなものだった。

「それについて話してはならないのだ。エーケンが話すだろう。彼は手記の中で私のことをちゃんと描いているだろう？」彼はこのことばを大きなささやき声でいった。「きみが入ってきたときどれほどおびえているかわかったぞ」それから、まるで私に対する最後の攻撃のためにことばを蓄えているかのように、あるいは残ったことばを片づけたいと思ったかのように、彼は唾を飛ばしていった。「いやなやつ！　どあほう！　くずやろう！」

それは彼を元気づけたようだったが、私はなにもいわずに出ていった。もはや彼のことをほんの少しでもおもしろいやつとは思わなかった。

ブレア行政官が夜になって立ち寄ると、私は彼に最新のテープを聞かせた。

「なんて気味の悪い老人なんだろう」そのあとで私はいった。「愚かで同時に恐ろしい。しかし少なくとも、復讐のために捕虜を殺すというのはアレクサンダー・エーケンの考えで、爆弾をつくったのはジェイコブ・グルーバッハだということはわかりました。しかしそれはすべて過去のことです。それはこの数週間にここキャリックでなにが起きているか説明してはくれません。それとも説明するでしょうか？　ときにはまるでたくさんわかっているように感じます。またときには、これらの人々が私たちに通過できないテストを仕掛けているようにも感じます」

行政官は心から慰めてくれた。

「心を痛めてはならない。すべては明らかになるだろう。もしわれわれが他人の心を開く合鍵をもっていたら、あっけないほど簡単だろう。きみはしてほしいと頼まれたことをすべてやって、私ができたこと以上のことをしてくれた。彼らはきみを信頼している」彼の声には、わずかな嫉妬とはいわないまでも、賞賛の響きがあった。

「ブレア行政官」私はいった。「エーケンと話をする前に、ミッチェルかキャメロンのような、ほかの町の住人と話してはいけませんか？」

「それはできない、ジェイムズ」彼はいった。「理由はごく単純だ。彼らは死んだ。町の住人のほぼ全員が死んだ。アンナとホッグ保安官とミス・バルフォアとランキン医師だけが、きみと話すことに同意してくれたのだ。彼らが十分長生きしてくれたのはほんとうに奇跡だよ」

奇跡か、と私は思った。そうだ、奇跡かもしれない。精神科病院の奇跡だ。

「でもまだなにもかも曖昧です」私はいった。「もう少し詳細がわかりさえすれば」

「私の職業では、そしてきみの職業では、詳細が多すぎることは必ずしもよいこととは限らない」彼はいった。「詳細が多すぎると、ものごとはぼやけはじめ、ほかのすべてと同じように見えるのだ」

それは私たちがキャリックにいるあいだ彼が数回くりかえした格言だった。ある日兵舎で、まったく無邪気に、どうしてそんなにたくさんの独特な理論——少なくとも、私には独特な——を持つようになったのかと、私は彼にたずねた。答えとして、彼は私に犯罪理論の複雑さに関する長い講義をしてくれた——ひょっとするとそれは彼自身の立場も明らかにしてくれるかもしれない。

犯罪理論に関するブレア行政官の講義

(テープから文字に起こして要約したのは、この私、ジェイムズ・マックスウェルである——私に理解できるかぎり)

彼自身は、法律学校の講師に指名され、犯罪理論を専門とするようになるまで、うぶで素朴な人間だった。

旧市街のいかがわしい中心部で保安官助手として、迷宮のような通路を歩いたり、心を謎に振り向けたりして、彼はとても楽しい五年間を過ごした。しかし彼は学校にいたときもっとも優秀な生徒のひとりだったので、彼の優秀さが彼に教える職に就くことを要求するのは時間の問題であることが知られていた。

もしヴェロニカの思い出がなかったら、ほんとうに学校にもどるのを嫌だとは思わなかっただろう。建物は新市街にあった――できてからもう一世紀以上になるが――優雅なテラスハウスと幾何学的に円形のテラスの立ち並ぶ地域。そこを歩いていくこと、そこで働くことは、彼を落ち着かせ、元気づけてくれる曼荼羅の一部になることだった。

しかしブレア行政官が学生だったときからわずかの年月で事態はがらっと変わってしまった。学校の建物の古典的な建築様式――秩序と確実性の象徴――は内部の知的混乱のカモフラージュであった。犯罪捜査の伝統的理論が正統性を疑われていた。事実、それらはすでにいくつかの進歩的な方面筋では時代遅れとみなされていた。

ブレア行政官は数世紀つづいた捜査方法の達人になった。第一、犯罪を分析する。第二、犯罪の現場を調べる。第三、動機を推理する。第四、手がかりをさがす。第五、容疑者を尋問する。第六、犯人の人間像をつくり上げる。

この時間を消費する、しばしば非効率的な方法論は、大陸のいくつかの機関で教育し、改宗させている革命的な理論家によって公然と否定されている。法律学校の新人として、ブレア行政官は新しい理論を習得することを余儀なくされた。それを学びはじめたとき、それが伝統からきわめて急進的に逸脱していることにびっくりした。

反乱の創始者はフレデリック・ド・ノシュールという男だった。彼の論文『一般犯罪学講義』において、彼は「犯罪の性質は完全に恣意的であり、新しい分析の体系を必要としている」という単純な言明で犯罪理論の世界を世間の注目の的にした。捜査官が犯罪を記述する言語そのものがそれ自体精査の対象になってはじめて、これらの体系が生まれると彼は提言した。クリミニフィアン、クリミニフィエ、クリーミュの三つの用語を中心につくられた、まったく新しい専門用語が導入されるべきだと彼は提案した。ノシュールにとって、犯罪者は自分自身の犯罪のヒーローだった。明らかに、犯罪の物語は、捜査官に合わせるためにゆがめるのでなく、その基本的事実を受け入れなければならない。

ヴィンセント・ロトサチクのようなノシュールの追従者たちは、さらに踏み込んで、「差異の体系」（彼の主著『犯罪の理論』の中で使われていることばである）を確立するために、犯罪の正式な構造分析を要求した。名犯罪者のたぐいまれな才能は、「なじみのある」犯罪を「なじみのない」犯罪にする能力にあると、ロトサチクは直感した――このようにして、犯罪者は間違いなく捜査を引き延ばすが、ひねくれた（あるいはそれほどひねくれていない）方法で、知的難題と変位の明白な複雑さを楽しむ捜査官にきわめて大きな快楽をあたえる。構造分析はこれらの「なじみのない」犯罪を特定し、犯罪の原型的歴史内部におけるその場所を示すだろう。

ロトサチクの弟子のロロ・ヤコバイトは、『犯罪の原理』の中で、この分野につきまとう客観性の欠如を嘆く。彼は「捜査官は検閲官のような主観的信条によって混乱させられている。

声明がなければ、捜査官自身の好みと意見が犯罪に押しつけられることが、客観的で学術的分析の代用品として働くだろう」と信じる。彼はロトサチクの理論を踏まえて「犯罪の詩学」を規定し、構造的暗喩や換喩のさまざまな回帰的タイプを提示する。言葉の比喩的用法は犯罪の中だけでなくさまざまな人間の活動の中に現れ、かくしてそれらを結びつける。彼はいまでは古典的な実例を仮定としてとりあげる。

裁判官　被告人を殺人の罪で有罪とする。

弁護人　被告人はあなたと同じくらい殺人者ではありません。私たちは人生で生き物を殺したことはないでしょうか？　たとえば、蚊や蝶を？　芝生を歩くとき、何千もの植物や昆虫という生命体を傷つけたり殺したりしていないでしょうか？

裁判官　その比較は有効性に欠けている。

弁護人　表面的にはその通りです。しかし、もっと深い、換喩的な意味では私たちはみな生きとし生けるものを殺しているのです。殺した者について、私たちは被告人とは異なる選択をしただけなのです。

多くのものがヤコバイトのアプローチを称賛した一方で、この犯罪の理論への全構造的アプローチに異議を唱える新しい理論家集団が現れた。イエジイ・ゴネイドは『犯罪学の形象』の中で、彼らの指導者だった。彼は「実体を犠牲にした構造の評価におけるイデオロギー的偏見は説明的価値を過大評価している」と主張した。ゴネイドは犯罪の意味は根本的に重要であると考えた。たんなる犯罪の分析や、犯罪者の発見や、ひょっとしたら犯罪者から供述を引き出すことさえもが、決して犯罪を説明してくれない。彼は書店泥棒の有名な事件を例にあげる。ひとりの窃盗犯が、同じ手口で都市の同じ区域の二軒の書店に窃盗に入る。彼は逮捕されて両方の窃盗を供述する。一軒では、レジを盗んだことを認める――粗野な金目当ての犯行だ。もう一軒では、レジが空っぽだった。そこで彼は書棚を漁り、大量の価値のあるポルノグラフィーで袋をいっぱいにした。あとで売るつもりだったのだ。

それぞれの事件で、窃盗犯の動機はほとんど重要ではないと、ゴネイドは主張する。しかし彼の行動が意味するものはきわめて重要である。最初の窃盗は普遍的に知られていることのありふれた実証である。金は私たちの社会で魅力的な商品である。しかし二番目の窃盗は、ゴネイドの観点から見ると非常に興味深い。私たちの社会の最底辺の未熟な代表者が、議論のためにいわせてもらうが、芸術作品と呼んでいいものの価値を認識して評価することができるのである。間違いなく、私たちの研究の焦点になるべきなのは、これらの事実（犯罪の「意味」）なのだと、ゴネイドは主張する。

ゴネイドのあと、理論的状況はさらに複雑になる。たとえば、イアーゴ・ロングラックは、『精神病的』の中で、「犯罪行為は言語のように構造化されており、その言語は犯罪者にはひとつのものを意味するかもしれないが、捜査官にはまったく別のものを意味するかもしれない」と論じている。たとえば、犠牲者をナイフで刺すことは、捜査官の心の中では、たんなる暴力行為のひとつにすぎない。しかし犯罪者の心の中では、ナイフそのものが男根象徴であって、刺す行為はペニスのひと突きかもしれないのである。したがって、その行為を行なう犯罪者のジェンダーが、ふたりのうちひとりかもうひとりには（つまり、捜査官か犯罪者には）、あるいはもうひとり、つまり（忘れられたも同然の）被害者にとって、きわめて重要であるが、あるいはまったく重要ではないかもしれないのである。

ジャスパー・ドレイミはこれらの新しい理論家の最後を飾る人物である。彼は大著『犯罪と差異』を、この痛烈なことばで締めくくる。「私は犯罪の世界を欠点のない、真実のない、起源のないものと受け入れる。それは私たちの積極的解釈に提供される」このことばによって、彼は彼の目の前のすべての形の捜査は、捜査官による中心――捜査の対象となっている犯罪から離れて、彼らが局外に立つところの確かな立脚点――の仮説であると暗示する。しかしそのような立脚点はない。ドレイミはいった。捜査官が犯罪に依存するのと同じくらい、あらゆる犯罪は捜査官に依存すると――双子のコンパスの脚のように。

それゆえに、ドレイミは捜査官の「自由演技」を支持する全理論家集団の父親となった（あるいは母親となった――彼はそのような曖昧な表現を好んだ）。彼は倦むことなく学生たちに語りかけた。「おもしろい解決法を提示せよ！　それが、それだけが、諸君の義務である。妥当性という考えは放棄せよ！　犯罪に対する解決法の妥当性は重要ではない。まったく重要ではない」

ブレア行政官は、必死の努力によって、新しい理論をかなりよく理解した。さてたまたま、法律学校ははじめて女学生の登録を許したので、彼は有名になった女性理論家たちをよく知らなければならないと思った。またしても、彼は古い理論と、新しい男性理論家に対する彼女たちの異議申し立てに驚いた。たとえば、アルナ・ショウルターは、『私たち自身の犯罪』の中で、「法律が本質的に男性の発明品であるばかりでなく、犯罪理論もそうである。どちらも女性の犯罪とは関係がない」と強く主張している。彼女とレナ・ソクラスは、『犯罪の女性理論』の中で、男性の心から生じたすべての考えは必然的にジェンダー的偏見に染まっていると主張した。女性の精神を表現しているかもしれない、あるタイプの犯罪の発達でさえ、理論的偏見への依存によって妨げられている（ソクラスは男性の理論家のあいだで、女性の吸血行為についてや、胎盤食や胎膜食に関する最近の法律について真剣な議論が行なわれていないことを指摘している）。彼女は「女性によって行なわれた犯罪の正しい歴史と――その分野全体がこれまで無視されている――女性によって発明され、男性の多数派の理論と同じ敬意を受ける、それにふさわしい理論」を好んでいる。

けれども、理論家が男性であれ女性であれ、ブレア行政官は彼らのあいだにひとつの事柄について意見が一致していることを発見した――彼らが「犯罪者の死」と呼ぶ原理である。要するに、これらの理論家たちは、切り裂きジェフやノーザン絞殺魔のような犯罪者や、ロビンスキ・ザ・フッドのような準神話的な犯罪者ですら、過去において、あまりに多くの注意が支払われてきたと主張しているのである。理論の心酔者にとって、そのような犯罪者やその犯罪ですら、偶発的なものであった。一流の理論家自身が、犯罪の真のスターと見なされるべきなのである。

＊　＊　＊

その時点で、講義が終わってほしかったので、てっきり終わったものと思って、私はいった。

「とても興味深いです、ブレア行政官」

しかし、それは彼をいっそうやる気にさせただけだった。

「私がその前期の授業を学校ではじめたとき」彼はいった。「実際の犯罪の捜査に興味を持つものを見つけるのは難しかった。見習い保安官たちは一日中カフェテリアにすわって、さまざまな理論的立場の賛否両論をめぐって議論していた。そのうち何人かは、実際に犯罪者に出会ったことも、犯罪を捜査したこともなかった。彼らは『犯罪の解釈学』や『犯罪と解釈学者』、『犯罪の類型学』、『犯罪の審美学』といった議論を好んだ。きみはモーテル・パラディーゾ事件が見出しを飾ったときのことを憶えているか、ジェイムズ？　学校の学生たちはあの大失敗の裏と表について何時間も議論して過ごしたものだ――彼らはあの件について私に一連の講義をさせたがった。だれもがあれはエズラ・スティーヴンソンという偽名の男の発明だということを知っていた」

もちろん、私はモーテル・パラディーゾ事件なんて聞いたこともなかったが、彼にその話をはじめさせたくなかった。だから私はうなずいただけだった。

「そして彼らがカフェテリアにすわって議論しているあいだに」ブレア行政官はことばをつづけた。「いつものように強姦や強盗事件は起こりつづけていた。新市街の中でも、学校の壁のすぐ外でも。犯罪者は理論の細部になんの興味もなかった。彼らはただたんに犯罪をどんどん進めていくだけだった。大衆は大騒ぎだった。それから新しい理論家のひとりが戦争でわれわれの敵に協力したことが明らかになった。そのために人々は疑念を抱くようになった。大陸の連中は戦場でわれわれを公然と打ち負かすことに失敗したので、内部からこっそり堕落させるためにこれらの新しい理論を発明したのだと考えた。だから、やがて、われわれの捜査官の多くがふたたび古くて信頼できる方法論に立ちもどった」

「ああ、それはよかったですね」私はいった。忍耐強く彼の話を聞いていたので、私のコメントに同意してくれるだろうと思ったのだ。しかし、彼は頭を振った。

「じつをいうと」彼はいった。「私はかつてドレイミの講義を聞いたことがあるのだが、彼の理論にはある種の美しさがあることを認めなければならない——不確実性の承認だ。彼は世界の混沌を考慮に入れようとした。しかし実際には、彼の理論は島の刑務所を空っぽにしてしまった」ブレア行政官の灰色の瞳は微笑していたかもしれない。「われわれ人類は犯罪者とそうでない人間とのあいだには明確な区別があると信じる必要があると思わないか、ジェイムズ？その保障がなかったら、われわれはどうなってしまうだろう？」

彼の灰色の瞳は、微笑していたかもしれないといったが、彼の口も微笑を浮かべていたかもしれない。あるいはそれは、ことばを話すときにいつもそうするように、唇の端が上がっていただけかもしれない。はっきりとはわからなかった。ブレア行政官と知り合ってからこれまでずっと、彼が微笑しているかもしれないときにそれが絶対に間違いないと思えたことは一度もないのだ。

第三部

彼の名前は「愛」で、
彼の話はすべて狂っているのだろうか？
それとも彼の名前は「死」で、
彼の伝言は分かりやすいのだろうか？
——ルイス・マクニース

頭痛と口の乾きで目が覚めた。雨がトタン屋根を激しく叩いていた。私は無理やり目蓋を開いて窓のほうを眺めた。夜は灰色の幼児を出産していた。ふいに私は完全に目を覚ました。今日、私はロバート・エーケンに会うことになっていたのだ！

よりによって今日という日に、気力をとりもどさなければならないことはわかっていた。だから私は起き上がり、シャワーを浴びて服を着ると、コートを身につけて外に出た。雨はしっかり降っていたが、丘陵は目に見えて、斜面の上のほうには雪かもしれない白い吹き流しも見えた。食堂はいつもより混んでいた。兵士と看護婦の集団が長いテーブルを囲んで、食べたり静かに話したりしていた。ブレア行政官はちょうど朝食を終えたところで、コートのボタンをはめて、出かける準備をしていた。私を見かけると、彼は近づいてきた。

「老医師は真夜中に死んだ」彼はそういって、私の顔に悲しみの表情が浮かぶのを期待したのか、少し待ってから、ことばをつづけた。「この調子では、数日もしないうちに、町の住民はだれひとり生き残っていないことになるだろう。エーケンをのぞいて」彼は長いテーブルにちらっと目を向けた。「兵士や医師や看護婦たちはもうすぐ帰ることになるだろう」彼は時計をチェックした。「残って話をしたいのだが、ジェイムズ、首都に行かなければならない。早くても明日の夜まではもどれないだろう」彼は私と握手した。「幸運を祈る」

きっかり九時二十分前にキャリックに向かって出発したとき、雨は激しい吹き降りになっていた。朝の外出ではじめて、だれにも出会わなかった。そしてキャリックに着いてはじめて、それまで避けてきた場所にまっすぐに足を向けた。薬局である。ふたりの衛兵が楣の下に立って、土砂降りから身を守ろうとしていた。そのうちのひとりは疑わしそうに私を見つめたが、もうひとりがわきにどいて私のためにドアを開けてくれた。

「今日は午前に二時間彼に会うことができます」彼はいった。「そして今日の午後も同じです。命令です」

私は彼に礼をいって店内にはいった。窓に飾られた外科手術道具が目に留まった。愉快なものではなかった。店内では、目と鼻孔が協調して働いた。ひとつの感覚はこの場所が間違いなく小さな田舎の薬局であると告げた。長い木のカウンター、古めかしいレジ、瓶と引き出しの高い棚、サングラスの回転式ラック（キャリックで！）、咳止めとアスピリンとシャンプーの並んだ棚。もういっぽうの感覚も同意した。それは消毒剤とエーテルとクローブと石鹼のにおいを嗅ぎわけた。

そしてわずかにひりつくにおいの痕跡――それはいかなる薬局にもないものだった。

私は奥に歩いていき、心臓の鼓動に合わせながら、軋む階段をのぼっていった。てっぺんに着くと、心を静めるために、そしてテープレコーダーのスイッチを入れるために、ほんの一瞬足を休めた。

「ああ、マックスウェル」

その声にひどく驚いて、私はいまにも機械を取り落としそうになった。

「その声は……」

「ああ。エーケンだ。ロバート・エーケンだよ。よく来てくれた」

いまは彼の姿が見えた。明かりを点けていない居間の長椅子にすわっている。

「入ってコートを脱ぎたまえ」彼の声は豊かで心地よかった——彼は完全な健康状態にあった。ブレア行政官が彼は毒によるいかなる奇妙な症状にも冒されていないと保証してくれた。彼の顔を見分けることができず、窓の前にある頭と薄くなりかけた髪の輪郭が見えるだけだった。窓越しに、公園と記念碑の樹木が見えた。私はコートを脱いでバルコニーの手すりにかけた。

「肘掛椅子にすわりたまえ。すわり心地満点だ」彼はいった。彼は手を伸ばしてフロアランプのスイッチを入れた。それから彼は後ろにもたれて、私たちは向かい合った。

ただちに、年齢のちがいにもかかわらず、私たちがいかによく似ているか気づかずにはいられなかった。彼の顔もほっそりとして、私と同じ緑色の瞳をしていた。その上、私が今日のために着てきたのと同じ服装だった。首元の開いた白いシャツ、黒いズボン、黒い靴。彼は私が考えていることを見抜いていた。

「そう、私は窓から何度かきみの姿を見かけていた。父と子のようだと、私はブレア行政官にいったよ。彼は話さなかったか？　たぶんきみが気に入らないと考えたのだろう」彼は逞しいあごと目立つ頬骨をしており、にっこり笑うと、その微笑まで私の微笑にそっくりだった。

「私はブレア行政官に、その類似は島の北のことばの発音のしかたによるものだろうといった。

そのせいで私たちのあごは同じ形になってしまったのだと」

私は微笑したが、非常に大きな優位を失ったことを感じずにはいられなかった。彼はまるで自分の仮面のように、私の仮面をたやすく透かして見ることができるのだ。事実、ちょうどそのとき、彼は私にコーヒーはどうかとたずねた。

「ちょうど飲んできたところです」そういって、いかにももっともらしいふりをした。しかし、私の答えを聞いたときの彼の微笑のし方から、彼がふるまってくれるものを飲むのを私が恐れているのは気づかれているとわかった。彼はなにもいわずに微笑を浮かべ、腕も脚も組んで長椅子にすわっているだけだった――凶悪な罪を犯した男というよりむしろ、客を気持ちよくもてなそうとしている、礼儀正しくて陽気な主人のようだった。

「怒っていないよ、マックスウェル」彼はいった。「きみの気持ちはよくわかる。仕事に専念したいだろうから、取りかかることにしよう。アンナと、保安官と、ミス・バルフォアと、ランキン医師（せんせい）にはインタビューしたね？」

「はい」私はいった。

「これまでのところは順調だ」彼はいった。「しかしきみはまだ、ここでなにが起きているんだろうと考えているにちがいない」彼は立ち上がって寝椅子の前を行きつ戻りつしはじめた。

「知っての通り、すべてははるか以前にはじまった。過去について語るのは非常に難しい。いつになったらそれを過去と考えることが容認されるのか、だれにもわからないからだ。それは吸い取り紙にこぼれたインクに少し似ている。その染みがどこまで広がるかだれにもわからないからだ」

　彼が話しているあいだに、私は彼が自分で書いた物語を彼のうちに見出そうとした。こうして生身の姿を見ていると、まったく邪悪そうには見えなかった。たとえそうだとしても、とても洗練された人殺しだった。彼は窓とその外に広がる公園にちらっと目を向けた。

「ここはあまり魅力的な場所ではないだろう？」

　彼はてっきりキャリックのことをいっているのだと思った。荒涼たる丘に周囲を囲まれ、冷たい湿った風にさらされるキャリック。しかし彼はこの世界全体をいっていたのかもしれない。彼は私が答えるまで待たなかった。

「それでも、ここはきみが仕事を学ぶ場所だ。ここはかつて職人と祭りで有名だった――きみが職業（ミステリウム）の祭りに関するページを読んでくれたことは行政官から聞いている。私があれを送ったのは、われわれがかつて偉大な伝統の一部であったことを、きみも知るべきだと思ったからだ。祭りの開催は何世紀も前に廃されてしまった。理由はわからない。しかし私が子どものときでさえ、キャリックにはまだもっとふつうの祭りがあった――冬の祭りだ。たぶんそこから話をはじめるべきだろう。そうだ、そこからはじめることにしよう」彼はひとつ深呼吸した。

「祭りのあいだにこの町にいるのがどんなものか想像がつくだろうか？」

エーケンの供述書――第一部

（テープから起こして要約したのはこの私、ジェイムズ・マックスウェルである）

天候が雨でも霧でも雪でも、祭りの期間、牡鹿亭は予約で満員だった。辺鄙な地域の農民たちや首都の訪問者たちまでもが、はるかに前もって部屋を予約した。公園は出演者たちのトレーラーとテントでいっぱいになった。

ロバートはそのすべてを愛した。群衆、ほかのどんな音よりも不吉な観覧車の軋み、金ぴかでつやつやした塗装にくっきりとした目の回転木馬、狂ったように回転するワルツァー、ロマの客引きのいるゲーム小屋。そして正当化された暴力。キャリックの子どもたちは巣穴から飛び出すぬいぐるみのモグラを木槌で叩くことができた。あるいは目の前を行進する作り物のアヒルやウサギを弓矢で射たり空気銃で撃ったりすることもできた。午後になると、肉のたるんだふたりのプロボクサーの本番さながらの練習を見ることができた。彼らは毎年やってきて、そのたびにますますたるんでいくのだが、いったん晴れの舞台であるリングに上がると、突然、優美で恐ろしい機械に変身するのだった。

見世物小屋（フリークショウ）も毎年やってきた。それはいくつかの村では許されなかったが、キャリックの男や少年たちのお気に入りだった。ロバートの父はめったに足を運ばなかったが、息子には勧めてくれた。団長は七十代のがっしりしたロマで、幕間（まくあい）の前に、重い鉄の鎖を（観客は確認することができた）胸のまわりに巻きつけると、深呼吸と微笑とともに胸をふくらませて切断することができた。そのあと彼は瓶の木に蛇口をねじ込んで樹液を売るのだった。オーストラリアで買った魔法の木だというのだが、その樹液はスコッチウィスキーそっくりのにおいがした。

ロバートはそのロマがキャリックに連れてくるほかの見世物をいくら見ても飽きることはなかった。そろってリールダンスを踊る男性の結合双生児。ふたりは、最後に、いっしょに着ているチュニックを持ち上げて――心臓の部分で――ふたりを結びつけている動脈の肉の紐を見せた。全力を尽くしている三頭のクライズデール種の馬と綱引きして負けない太った男。八個の乳房のある美しいフランス女性（追加料金を出せば、彼女は観客を自分のトレーラーに案内し、その驚異の肉体を自由に触らせてくれた）。そして、オルバという南海の島からやってきた、血走った目とつんつん髪の男。彼は割れたガラスや火のついた煙草を食べることができた。

ある年、特別公演として、ロマは軽業師（かるわざし）を連れてきた。彼は自分の身体を蛇のようにくねらせて透明な壺の中に入ったり、身体を折りたたんで中ぐらいの大きさの鞄に入ったりすることができた。ロバートもほかの子どもたちもびっくり仰天した。しかし、軽業師にはもっとすごい芸があった。身体を曲げて自分のペニスの先端をくわえることができたのである。彼がそれをやすやすとやってみせると、観客は拍手喝采したが、軽業師本人はこのすばらしい才能にもかかわらず悲しそうだった。

けれども、すべての芸人の中でもっとも人気があったのは、ミュアトンという近隣の丘の町からやってきたふたりの初老の炭鉱夫だった。彼らはその町の炭鉱夫の半数が死亡するか負傷した事故で、それぞれ片脚を失った。ひとりは右脚を失い、もうひとりは左脚を失った。しばらくして、彼らは互いにしがみつけば、両脚が広く離れているとても大柄な男のように、協調して歩けることに気づいた。そこで彼らは外科医を説得して、腰の部分で身体を縫い合わせてもらった。こうして人工的に結合双生児になったふたりは、生まれつきつながっている双生児よりもずっと幸せそうだった。

ロバートはとりわけ毎年やってくるひとりの芸人が好きだった。彼は指の長い痩せた男だった。彼はモデルになる勇気のある人間ならだれでもスケッチした（二回モデルになった人間はかつてない）。群衆はふつう彼のまわりを囲んで、彼の商売を見守るのだった。彼はモデルの顔を数秒間じっと見つめてから、非常なスピードで描きはじめる。彼の鉛筆は、モデル本人が持っていると思っていなかったか、あるいはやっとの思いで隠してきた性格を暴露する――ときには絶望、ときには心の暗闇であった。ある祭りのときに、ケネディの妻が彼のモデルになった。彼が描き終えると、彼女はスケッチに描かれた女性は狂っているように見えると文句をいった。

「これは私の似顔絵じゃないわ。あなた真実には興味がないの？」

芸人はあたりを見まわし、近くに砂のつまったバケツがあるのを見つけた。彼は砂をひとつかみすると、それを長い指の隙間から少しずつこぼした。

「それは真実です」彼はいった。

ロバートの父親のお気に入りは皺くちゃの船乗りだった。彼の身体には船室用の大鞄のように、彼が訪れた世界中の港の名前が刺青されていた。この船乗りはよく結び目（ノット）のつくり方を実演したものだった。それぞれの結び目をつくるたびに、彼はどこでどのようにしてそれを習得したか、そしてなにに使われたか物語るのだった。目をそらしたままで、彼はランニング・ボーラインやスタンズ・ベンドやミドルマンズ・ノット、それに多種多様なひと結び（ハーフヒッチ）、インサイドクリンチ、結び目（ベンド）、ストッパーをつくることができた。

その中でもロバートの想像力をもっともかきたてたのはキャリック・ベンドだった（すべての子どもがそうするように――彼もその名前が陸にとざされた自分の町にちなんで名づけられたものと、誤って思い込んだ）。このベンドは、もっとも美しい結び目のひとつであり、目的はただひとつしかなくて、二本のロープを結びつけるのだと船乗りはいった。美しいがと彼は観客にいった。危険だと。彼のようなベテランですら、目で見ただけでは正しく結ばれているかどうか判断できないのだ。経験豊かな船乗りは、自分で結んだものでないかぎり、キャリック・ベンドを決して信用しない。彼の親友は、恐ろしい嵐の中、ホーン岬を迂回する船の船員仲間だったとき、だれかのキャリック・ベンドに体重をあずけたために船外に投げ出されて死んでしまった。

「その美しさは偽りなのだ」老人はいつもいうのだった。「女の美しさのようにな」観客はこれを聞いて微笑したが、ロバートの父、アレクサンダー・エーケンは微笑しなかった。

ロバートはほかの少年から、その老水夫が偽者だと教えてもらった。彼は一度も海に出ていったことがなく、ほんとうは別の丘の村の元炭鉱夫なのだと。彼がこのことを父親に教えると、彼はロバートがいままで見たことがないほど怒った（アレクサンダーは歳をとればとるほど、くなってしまった。

怒りやすくなった）。

「男の人生は嘘かもしれないが」彼はいった。「その物語は絶対に真実かもしれないのだ」

戦争が終わってから間もなく、祭りは時代遅れになり、キャリックには芸人がまったく来なくなってしまった。

ロバートは成長するに従ってますますアンナ・グルーバッハと親しくなっていった——もはや友情ということばがそれにふさわしくなくなるまで。彼女の父親の、ジェイコブ・グルーバッハは、村の西側の樅の茂みの中に大きな家を買った。それはかつてキャリックの炭鉱所有者の家であり、その茂みは長年にわたって坑道の支柱として使うために切り倒されるのを免れたわずかな生き残りだった。ロバートがはじめてその家で夜を過ごしたのは、彼が十四歳のときの六月の末の金曜日だった。アレクサンダーは仕事で首都に行き、翌日までもどらない予定だったので、グルーバッハ家はロバートに食事に来て泊まっていくように誘ってくれたのである。

その家の壮大さにロバートは感動した。家具は古く、壁にはマスケット銃や、クレイモアやロッホアーバー斧が一面に飾られていた。アンナの両親は家と同じくらい大柄だった。ジェイコブ・グルーバッハは、長い灰色の髪を頭の片側に寄せており、ひどく痩せていた。彼は十九世紀に紳士が着ていたスモーキングジャケットのようなものを着ていた。ヘレナ・グルーバッハはといえば、彼女は悲しい女性だった。宝石を飾り、厚く化粧していたが、その化粧は瞳に宿る傷を強調するだけだった。

夕食後（グヤーシュ――外国人の口に合う料理だと、ロバートは思った）、彼らはみんな居間の暖炉の前にすわって、彼が訪れた過去の四つの戦場の独白を聞いた。ヘレナは彼のすべてのことばに頭をうなずかせていた。十一時になると、グルーバッハ家の三人はロバートにおやすみといって上階の自分たちの部屋に引き上げた。彼のほうは、階下にある客間に向かった。

アンナは真夜中ごろに彼のもとにやってきた。

ああ、ベッドの中の至福。温かい毛布に包まれて、急ぐ必要もなく、ふたりはささやき、愛撫し、呻き、そして身をゆだねた。

そのとき、ドアをノックする音がした！

そのノックはふたりのエクスタシーを粉々に砕いてしまった。そしてふたりは転がるように離れた。寝室のドアの声はやさしく呼びかけていた。それはヘレナ・グルーバッハの声だった。

「アンナ！　アンナ！」彼女は呼んだ。

ゆっくりと、彼女は取っ手をまわしてドアを押し開けた。

ロバートは戸口に佇む彼女の白い姿を見ることができた。なにかいいたそうに、彼女はしばらく立って見つめていた。それから、彼女はドアを静かに閉めた。ふたりはホールを歩いていって、階段をのぼっていく足音に耳をすました。それからなにもかもまた静かになった。

翌朝、ロバートが去ろうとしたとき、ヘレナ・グルーバッハが彼の腕に手をのせた。

「かわいいロバート、あなたが私たちのところに来てくれて、ほんとうにうれしいわ」彼女は厳粛な口調でいった。「いつでも好きなときに私たちの家に泊まりに来てくれなければいけませんよ。アンナにとってとてもよいことなのだから」

彼は二度とその家で眠ることはなかった。彼とアンナが十八歳になって、大学に行く準備がととのったとき、存在しない色で印刷された、彼らのロマンスが終わりを迎えたことを知った。彼女のことを愛していると自分に思い込ませようとしてきたが、彼女から離れられると思うとほっとした。そして彼女も気にしていないようだった。彼女はただの一度も彼に愛しているといったことはなかった。ふたりは自分たちの関係があまりに安易であったと認めた。愛とはこれよりもっとすばらしいものにちがいない。ひょっとしたら来るべきすばらしい演奏のために五指練習をしていただけではないかと彼らは思った。

そこでふたりは別々の大学に進学し、ほとんど会わなくなった。ロバートはアンナの記憶を楽しみ、それを死んだ恋人の遺髪をいれたペンダントのように大切にした。しばしば、ほかのことで頭がいっぱいのときに、切断された四肢の不随意的な痙攣のように、彼女のイメージが心にちらつくのだった。

しかし卒業したあと、彼はしばらく首都で働き、ほかの女性に出会って彼女と結婚した——優しい女性で、アップランドの女たちよりやわらかな顔立ちをしていた。彼女は毎日彼に愛しているといってくれた。

三年間、彼の結婚はどちらかといえば幸福だった。それから幸福が蒸発しはじめた。どうしてなのかわからなかった。まるでおいしい食事のあとで喉にぎざぎざの骨が刺さっているような気分だった。食事の快楽のすべての記憶が消えてしまった。

彼はそのような感情を内に秘めていた。しかし同じころ、まるで必然的な結果のように、彼の妻が病気にかかり、しだいに悪化していった。彼は自責の念に駆られて、入院している彼女を毎日見舞った。しかしある日、死にゆく者の慈悲深い洞察で、彼女は彼に二度と来ないでほしいといった。

「あなたがベッドのそばにいると」彼女はいった。「あなたの目の中で私がすでに死んでいるのが見えるの」

＊　＊　＊

「彼女のいう通りだった、マックスウェル」ロバート・エーケンはいった。「彼女はそれからまもなく亡くなり、私は父にキャリックにもどって暮らし、薬局で働きたいといった。彼女の死があまりにつらかったので、写真も衣類も、彼女のことを思い出させるものはすべて燃やしてしまった。私の父、アレクサンダーは、ただの一度も彼女の名前を口にしたことはなかった。私たちは、まるで彼女が存在しなかったかのように生きつづけた」

その上階の部屋で私が耳にしたのは、台所の蛇口から水が垂れて、ほんの一瞬静寂を破る音だけだった。その瞬間のエーケンは、私の目には世界一悲しい男のように見えた。彼はしばらくすわっていたが、それから立ち上がった。

「しかし、彼女は確かに存在したのだ」彼はいった。「彼女と結婚したとき、私はほんとうに彼女を愛していると思ったのだ。それから世界が彼女のやわらかな顔に上書きされていって、しばらくすると、彼女は消えてしまったも同然になり、見知らぬ人間が彼女と交代してしまった。おかしなものだ。それが結婚の問題なのだろうか？　ふいに現れる見知らぬ人を愛することができるかどうかつきとめることが？」彼は私に向かって顔をしかめてみせた。「しかしきみは若すぎて、まだその質問に答えることはできないだろう、マックスウェル。若者だけがそのような質問に答えることができるというのでないかぎり」彼は窓に目を向けて、まだキャリックに降り注いでいる雨を見つめた。「私は彼女をはっきり憶えている。あることがらをそれほど鮮明に憶えているなんて奇妙なことではないだろうか？　ほかの記憶はそれほど鮮明ではないのに。残されたものといえば、それが起こったにちがいないという知識のみ。遠い昔に死に絶えた星の光がまだ輝いているように」

「アンナはどうしたんですか」私はたずねた。「彼女はいつここにもどってきたんですか？」

「彼女は卒業後しばらく首都の美術館で働いていた。それから彼女はキャリックに帰ってきたが、私がいたからではない。彼女の両親が亡くなって、骨董品店を受け継いだんだ。私たちはまた友人になった。私が彼女を必要とするとき、彼女はいつでもそこにいた。私が自暴自棄になったとき、彼女は傷に巻く包帯のように、彼女自身を私に押し当ててくれた」

彼がとても悲しそうだったので、私は彼女についてたずねたことをすまなく思った。

「そしていまアンナは逝ってしまった」彼はいった。「みんな逝ってしまった——ミス・バルフォアも、ランキン医師も、ホッグ保安官も。きっと寂しくなるだろうな」ふいに、彼は私のほうを向いた。「きみはアンナが好きだったのか?」彼は注意深く私を見つめていた。

「はい、好きでした」私はいった。「ほんとうに好きでした」

「それはよかった」彼は微笑した。「彼女は愛する価値の十分あるひとだった。私たちの愛が、それが愛というものだったなら、どうして枯れてしまったのだろうと思っているにちがいない。しかしもしきみがキャリックのような場所に長いあいだ住んでいたら、そのわけがわかるだろう。ここの恋人たちはお互いを知りすぎるようになる。彼らはそれぞれの共同所有者になる。それから彼らは考えはじめる。この町の外には世界があるが、私たちはそれについてなにも知らないと。彼らはキャリックのようなせまい場所では愛が生まれるはずがないと確信するようになる。お互いに感じているものはあまりに近親交配的なので、それはある種の変形にちがいないと。それについてなにか手を打たなければ、やがて彼らは互いに嫌悪するようになる。ひょっとして私のいいたいことをわかってくれるかな?」

「わかると思います」私はいった。

「よかった。きみには私のことを理解してもらいたいんだ」彼はいった。

「時間切れだ!」階下から兵士が叫んだ。私は立ち上がってコートをとるために手すりに行った。

「今日の午後にはもどってくるのかな?」エーケンがたずねた。

「もちろんもどってきます」私はいった。

「ありがとう」彼は微笑を浮かべていった。

昼食のために兵舎にもどると、心が軽くなった。そうなるべきでないことはわかっている。しかしその瞬間、エーケンはいままで出会った中で、もっとも気持ちがよくて興味深い人間のひとりであると、私はほとんど確信していた。彼が私を信頼して秘密を打ち明けてくれたことに、すっかり気をよくしていたのである。

人生のその時期に、私はまさにそんなふうだった――あまりにも簡単に感心してしまうのだ。わかっていたが、どうしようもないだろう？　私の人格は絵が描かれるのを待っている白いキャンヴァスだった。たとえその画家が凶悪犯罪の犯人だったとしても。

一時には、薬局の上階の部屋にもどって、またエーケンの話を聞いていた。彼は長椅子にすわってコーヒーを飲んでいた。

「そろそろ不思議に思っているにちがいない」彼はいった。「ここで戦争中に起きた事件と、これらの最近の出来事のあいだには、どんな関係があるのかと」

「それこそまさしく知りたいことなんです」私はいった。

彼はゆっくりとコーヒーを口に運んだ。

「私の父、アレクサンダー・エーケンが手がかりだ。私が父について語るのは難しい。まるで歯のない歯茎でしゃべっているような気がする。父は一年前に死に、ここキャリックに埋葬された。父の心は壊れていたが、身体は健康だった。病気が死にたがっている人間を避けるように見えるのはおかしいと思わないか？　もし父がほんとうに死ぬことができるとすれば、それは、残していけるひとり息子がいるときだ」彼は注意深くカップを長椅子のわきのテーブルに置いた。「アレクサンダーがいったりしたりしたことの多くを、私は鮮明に憶えている。それ以外で、私が思い出すことができるのは、会話のほんの一部、出来事の断片だけだ」彼はコーヒーを飲み終えて、またカップを置いた。「きみのお父さんはまだご存命かな、マックスウェル？」

「はい、両親とも存命です」

「それはよかった。私は親が私たちを破壊すると信じるような人間のひとりではない。きみはどうだ？」彼は微笑を浮かべ、私は彼がなにをいいたいのかよくわからなかったが、微笑を返さずにはいられなかった。「私には母がいなかった」彼はいった。「そしてアレクサンダー・エーケンのような衰弱した男にとって、私の父親と母親の両方になるのは大変なことだったにちがいない。しかし彼は私を愛していた——それはわかっている。彼はできるかぎりのことをしてくれた。彼は私が運命の一撃を生き延びてほしいと願い、私が感情を隠すのを学ぶことが大切だと考えた。外見が内心をあらわすのを許してはならないというわけだ」彼は笑った。気持ちのいい笑いだった。「私は彼に自分をあらわすのがどうしてそんなに危険なのかと決してたずねなかった。私は子どもであり、彼のことばを額面通りに受けとめた。私は鏡の前で何時間も費やして、さまざまな顔の表情を練習した——興味を引かれたような、あるいは愛情のこもった、あるいは幸福な、必要な表情はなんでも、いつでも浮かべられるようになるまで。それは俳優の商売だと思うが、私としては人間の感情を真似ている調教された猿になった気分だった」

そのとき私はふと思った。いまこの瞬間もエーケンは私のために演技しているのかもしれないと。しかし、その考えを頭の中から閉め出した。私は彼の話を聞くのが楽しくて、彼を信じたかったのだ。

「思春期にさしかかると、アレクサンダーが私に話しかける回数がどんどん少なくなっていった。そしてしばらくすると、なにかについて助言を求めても、それを拒否するようになった。『親密な会話は避けるべき赤裸の形である』と彼はいった」エーケンは微笑してうなずいた。「ほんとうに、マックスウェル。彼はそういったんだ。そして彼は私たちの私的な会話をその種のわずかな格言にまで切りつめてしまった。私の父はミッチェルにこういった。『唯一の真の終油の秘跡は自殺である』よい格言ではないだろうか？　彼が多弁に近づいたときがあるとすれば、私が大学卒業後一年間海外に旅行したいといったときだけだ。彼はその考えがまったく気に入らなかった。彼はただちにいった。『旅行とはみずから招いた傷だ。自分がどこから来たのか、それを見つけるために旅をする必要のある人間もいる。だが、われわれはそうではない。われわれは自分がどこにいるか、知りすぎるほどよく知っている』」エーケンはそのときのことを思い出して微笑を浮かべた。「彼はほんとうに必死だった。私を島にとどまるように説得しようと懸命だった。彼はいった。『見知らぬ国の魅力は、狂気の魅力とあまり異ならない』そのとき私は、彼がその特定の領域をいかに熟知しているか知らなかった」いまエーケンは微笑していなかった。「あるとき、彼の心が完全にだめになってしまう寸前、彼はいった。『われわれは世界の状態に赤面すべきだ。われわれは世界内にとどまりたいと思う自分自身に赤面すべきだ』」

彼はコーヒーカップをもてあそんでから、顔を上げて私を見つめた。

「私は彼を愛していたんだよ。ここにいる人々はあまり愛について語らないし、彼はそれを話せるようなタイプの父親ではなかったが。しかし、私たちは仲良くやってきた。精神科病院に彼を訪ねていくのはたまらなかった。去年の三月、電話がかかってきてすぐに来てくれといわれた——生きている彼に会う最後の機会だというんだ。その日私がどんな気分だったか想像がつくだろうか?」

エーケンの供述書——第二部

（テープから起こして要約したのはこの私、ジェイムズ・マックスウェルである）

彼はキャリックから首都に向かう朝早い列車に乗った。東駅で、彼は精神科病院に行くタクシーをつかまえるのに一時間待たなければならなかった。駅は混んでいて、彼はもの思いにふけりながらぼんやり立っている気分ではなかったのだ。

だから彼は乗客の流れを胸でかきわけて、向こう側にあるブティックやマガジンスタンドやレストランの前にたどり着いた。頭上では、一万枚の汚れたガラス板が、大きな蒸気機関車が半世紀にわたって煤をまきちらしながら出入りしていたころと同じように効率よく、陽光をさえぎっていた。もしもその場所のドアが十分に大きかったなら、もしそれらがさっと開かれるなら、むっとする空気がどっと出ていって、建物は大きなため息とともに崩壊するだろう。

ロバート・エーケンが広場を横切るときにちらっと見かけた顔はといえば、たとえなにかを伝えていたとしても、お定まりのメッセージにすぎなかった。われわれはいらぬお節介をしない人間だ、だからおまえも同じようにしたらどうだ？　青白い顔をしたこれらの都市住民たちは、敵意に満ちた世界で必要な抑止手段として、まさにぴったりの悪意のオーラを発する価値を知っていた。

ロバートはしばらくマガジンラックを眺めたが、集中できなかったので、コーヒーを一杯飲んだほうがいいだろうと思った。レストランのドアを押し開けた。店内でも、においは広場とほとんど同じだった。代用コーヒー、代用ドーナッツ、代用シチューのすべてが腐臭に染まっているにちがいない。レストランは人々でいっぱいだったが、会話のざわめきはなかった。彼は空いているテーブルを見つけたが、腰をおろすとすぐに、そこが空いているわけに気づいた。彼となりのテーブルでなにかが起きていたのだ。

キャリックだったら、彼がよく知っている田舎だったら、ロバートは立ち去るように警告する本能に従っていただろう。ここでは、田舎の本能はあてにならなかった。彼は好奇心をおぼえた。彼はウェイトレスが、きついカールが唇とマッチした女性だったが、彼の横のテーブルの男性になにをいっているのか聞きたいと思った。

「これが最後よ」彼女が言っているのが聞こえた。「あなたは長居しすぎなの」

男はなにごとかつぶやいたが、立ち去ろうとはしなかった。

「わかった」彼女はいった。「支配人を呼ぶわ」

ロバートは男の背中をじっと見つめた。彼はこの空気のよどんだレストランでは暑いにちがいないと思われる茶色のオーバーを着ていた。それは襟が汚れていた。男の髪の毛は汚い灰色で、長くてもじゃもじゃだった。頭頂部の青白い肌が透けて見えた。支配人らしい、背の低い怒った顔の男が、テーブルにやってくると、レストラン中の人々がそれを見守った。

「あなたは開店してからずっとここにいます」彼はいった。「五分さし上げますから、食べて出ていってください」

客は支配人のほうを向いたので、そのときはじめて、ロバートは彼の顔を見た。ひょろりと細長い顔で、髭をそっていない、背の高い男の顔だったが、その目はアレクサンダー・エーケンの目であり、毎日悪夢の世界に目覚めるすべての人々の目だった。

「その気になったら食べるよ」男の声は穏やかだった。

支配人は厨房に引っ込み、数秒後にもどってきたが、今度はがっしりした駅手もいっしょだった。ふたりは客の腕をつかみ、椅子から引き上げはじめた。テーブルが倒れて、スクランブルエッグとコーヒーが宙に舞った。しかし彼らは男の脇の下に腕を入れて持ち上げつづけ、男は通路のほうに転がり出た。彼らが手を離したので、彼は床に倒れた。

いま、ロバートには見えた。だれもが見えた。男の左脚はひざのところで止まっていた。床に倒れた男は、片脚の男だったのだ。

支配人と駅手は、どうすればいいかわからなかったので、居心地悪そうに立ち尽くしていた。「松葉杖をわたしてくれないか」床の上の男がいった。彼の声はいまだに穏やかだった。そのとき彼らは壁ぎわに置かれた松葉杖に気づいた。支配人がそれを拾い上げた。支配人と駅手は片脚の男が立ち上がるのを手伝い、それからレストランのドアへとひきずっていった。なにもいわずにドアを開けて待っていると、片脚の男はよたよたと出ていった。

外に出ると、男は窓に沿って歩いていき、また振り返って、レストランを覗き込んだ。彼の目がロバートの目をとらえ、彼の唇が動いてひとつのことばを声もなくくりかえした。近くのテーブルの人々はロバートを見つめていたが、彼はそのほっそりとした悲しい顔と狂った目を見つめずにはいられなかった。彼は片脚の男の唇からくりかえしくりかえし、穏やかに発せられる、声にならない声を聞くことはできなかったが、その日には、そのことばが「エーケン。エーケン。エーケン」といっているように思われたのだった。

しばらくして、窓のところにいた男はいまだ口の形でマントラを唱えながらよろよろと立ち去ったので、ロバートはレストランを出てタクシーを拾うことができた。

一時間もしないうちに彼は精神科病院のアレクサンダーの部屋にいて、状況は絶望的であることを知らされた。彼の父は彼のことを識別することもできない様子だったが、彼の恐怖に満ちた妄想の観客として彼を利用した。

「肉体は百万匹の蛆虫（うじむし）の食料にすぎない」彼はロバートにいった。「彼らはわれわれが生まれて死ぬまで、われわれの体内にひそんでいるのだ。鏡を見るがいい。そうすれば皮膚のすぐ下で動き回っているのが見えるぞ」彼は燃える瞳を細めて訪問者の顔を熱心に見つめた。それがだれか確かめるためではなく、彼がそこに隠れていると確信している蛆虫を見つけ出すためである。

はじめて、ロバートは父親が早く死んで、彼がずっと信じているただひとつの確実性である究極の無に抱擁されることを望んだ。

東駅でキャリックにもどる列車を待っていたとき、ロバートは漠然とした恐怖に満たされていた。彼は舗装された広場を鳴らす松葉杖の音が聞こえてくるような気がしてしょうがなかった。列車に乗り込み、首都を離れはじめてようやく、彼はいくらか安心感をおぼえ、コンパートメントの窓から振り返って、遠ざかっていく首都を見つめることができた。危険な崖の下の崩壊堆積物のように、背の高い建物の周囲には家屋が立ち並んでいた。

それから、植民地人のマーティン・カークがキャリックに到着し、すべての安らぎが消え去った。

ロバートは図書館の破壊行為の少し前のある夜、牡鹿亭にいる彼に会いに行った。薬局から、それぞれの店のウインドウを覗き込みながら、公園のへりに沿って歩いていくと、これまで一度もキャリックで感じたことのない形で危惧を感じていることに気づいた。夜と霧がおなじみのものたちですら変身させてしまった。アンナのウインドウに飾られたぬいぐるみの犬、胸に炎のついた子犬――それが邪悪な、血まみれの怪物になった。カフェにすわっておしゃべりしているふたりの町の住民が、共謀の姿勢をとって、通り過ぎていくロバートを見るときの顔は悪意に満ちていた。

彼は牡鹿亭に着いて、バーへと降りていった。彼が足を踏み入れたまさにその瞬間、テープに録音された音楽がつっかえて止まってしまった。カークはすでに席についていたので、ロバートは彼の飲み物を受け取り、暖炉のそばのテーブルで彼の向かいに腰をおろした。それはとても古いテーブルで、アルファベットの戦場のように、イニシャルや矢や心臓が何層にも重なり合うようにして彫り込まれていた。この沈黙のざわめきを乗り越えるように、彼はカークを見つめた。

バーの照明の中でも、カークの顔は、はじめて到着したときよりずっと日焼けしたように見えた。それはロバート自身や、ミッチェルや、その他の屋内にいる男の白い顔よりもずっとキャリックになじんでいるように見えた。ここにいるのは、ルーツを持たないので、どんな場所にも数週間で土地の人になってしまえる男であり、危険なほど適応力のある男だった。

「来てくれてありがとう」とカークがいった。彼は上着の内ポケットに手を伸ばして財布を取り出した。それを注意深く開いて、箱型写真機で写した写真を抜き出した。彼はそれをエーケンに渡した。写真はとても古かったので茶色に変色し、へりが折れていた。写真の中では、てっぺんに鉄条網が巻きついて照明がぶらさがっている高いフェンスの前に、男たちの集団がフットボールチームのように整列していた。フェンスの背後には、低くてはっきりしない丘が頭をのぞかせていた。

「羊飼いのスウェインストンが捕虜の溺死の話をして、この写真を見せてくれました」カークはいった。「私は捕虜のひとりに特別な関心があるんです。そのわけをお聞かせします」

黄昏が大陸全体に急速に落ちようとしていた。若い女性とその夫は何時間も歩きつづけていた。夢のように美しい村をそっと迂回し（それぞれの家には小さな果樹園があった）、道路に近づかず、最後にひんやりとした森に入った。いまが戦時中だとは信じがたかった。

しかしいま、彼らの半マイル後方から、彼らが一日中恐れていたものが聞こえてきた。ウルフハウンドの吠え声である。彼は彼女の肘を取って歩くのを助けた。もはや彼女は走ることができず、落ちている枝に絶えずつまずいていた。

「もうすぐ川に着く」彼はいった。ふたりとも二十歳を過ぎたばかりで、若い夫婦だった――彼女は色白だった。

彼らは森を出た。せまい草地の向こうに川が見えた。この地点では幅が半マイルで、流れはゆるやかだった。

「川に入って泳ぎはじめるんだ」彼がいった。「時間をかけていけば、向こう岸に簡単に泳ぎ着ける。ぼくもあとから追いつくから」

彼女は驚いて彼を見つめた。「いやよ。いますぐいっしょに来て」

「まだあまり暗くない。やつらに狙い撃ちされたくないんだ。きみが渡っているあいだ、ぼくが注意をひきつけているよ」

「いや、いや、いや」彼女はすすり泣いて、ほとんど口がきけなかった。「あなたが来てくれなければ、私も行かないわ」

いまや、軍用犬の吠え声にまじって、あまり遠くないところから兵士の長靴に踏まれて折れる枝の音が聞こえてきた。まっくらになるまで半時間はかかるだろう。彼は彼女の肩をつかんだ。

「赤ちゃんのことを考えておくれ。行かなければならない。約束する、あとできっと合流すると」彼は丸々とふくらんだお腹に手をあてた。「やってみなければならないことはわかっているだろう」彼はいった。微笑を浮かべていたが、恐れていることはわかっていた。彼はまだすすり泣いている彼女を水際まで導いた。彼女は抵抗しなかった。彼は彼女の手を握り締めた。

「急いで」

水は温かく、岸から数ヤード以内で深くなっていたので、まもなく彼女は泳いでいた。スカートが背後で大きく波打っていた。一度かく手を休めて振り返った。彼は身をかがめて、恐怖と暗闇の待つ森の中へと駆け戻ろうとしていた。数秒後、もう一度振り返ると、彼の姿はなかった。

ロバートは聞いていたが、沈黙していた。

「私はこの話をくりかえし聞かされました」カークがいった。「成長期に。どうやって彼女が大陸から逃れて船で植民地にたどり着いたか。その数週間後、赤ちゃんが生まれたこと」

ロバートは沈黙していた。

「私がその子どもでした」カークはいった。「私の両親は自分の国から逃げ出そうとしていました。彼らは子どもをどこか平和なところで産みたいと思う失敗を犯しました。しかし戦争はいたるところで行なわれていました。戦時中には、平和を愛するものは兵士よりも危険です。両陣営にとって敵だから」

ロバートは沈黙していた。

「私の父はつかまって無理やり軍隊に入れられたのでしょう。しかし私の母は父を待つのをけっしてあきらめませんでした」カークはいった。「戦争は終わりましたが、それでも父は現れませんでした。母の手元にあったのは結婚式の写真だけでした——母が何度も見せてくれたので、すべての顔を暗記してしまいました。私は父の顔を知っているんです。母は何年も前に亡くなりました」

ロバートは沈黙していた。

「しかし、このことと私がここに来たこととはまったく関係がありません」カークはいった。

「私がここに来たのは偶然です。たんなる偶然にすぎません。ある調査をするためにキャリックに来たのです。偶然に、私は丘でスウェインストンに会いました。彼は私に第零収容所のことを話してくれました。そして炭鉱での死亡事故のことも。彼は爆発のあった日に監督をしていました。あれは事故ではなかった。だれが背後にいるか疑わしい人物もわかっていると彼はいいました。彼は私に捕虜の写真を見せてくれました。その中に私の父の顔もあったのです」

ロバートは質問した。

「どの人がきみの父親だというのですか?」

カークは二列目の男を指さした。髭のある男だった。

＊　＊　＊

「それがなんの写真かすぐにわかった」ロバート・エーケンは私にいった。「きみも見たはずだ、マックスウェル」

「新聞記事に載った写真ですか? でも、あれではどの顔も識別するのが難しいですよ」

「その写真も不鮮明さではあまり変わりなかった。しかしカークは間違いないといった」エーケンは深く息を吸った。「重要なのはそれだけだ。それに私は、キャリックの人間ならだれでも知っていることを知っていた。私の父が第零収容所の捕虜の殺害に関与したことを」

ああ、またしてもあのパターンだ。この小さな町の歴史を決定づけるかのような、あの奇妙なパターンだ！　その上階の部屋にすわってエーケンの話に耳を傾けながら――彼が明白で論理的なことを口にするのを待ちながら――私はそのパターンに驚嘆せずにはいられなかった。彼がなにもいわなかったので、私がいった。

「カークはあなたの兄弟だったかもしれないんですよ」私はいった。

沈黙の中、鼻を刺すにおいがふいにずっと強くなったような気がした。

「彼に話しましたか？」私はたずねた。

またしても、彼は長いあいだ沈黙していた。それから、「いや」と彼はいった。「たとえそうしたくても、そのときは話すことができなかった。あの髭のある捕虜が私の母の愛人だったことは、カークが死ぬまで知らなかった。そのときになって、ランキン医師がそのことやアレクサンダーの無精子症のことを教えてくれた。私はずっと、あの戦争捕虜はモルド川の橋でキャリックの男たちが死んだ復讐として殺されたものと信じていた」

「アンナはどうなんですか？　彼女は知っていましたか？」

「いや、彼女はなにも知らなかった。それにランキン医師も死んでしまったいまとなっては、マックスウェル、私のほかに謎の一部を知っている生きた人間はきみだけだ」

私は理解したことをはっきりさせたいと思った。

「すると、アレクサンダー・エーケンは実際にあなたのほんとうの父親の殺害に手を貸したのですね？」

彼は長椅子の前を通り過ぎて窓の外を眺めていたので、私に背中を向けていた。

「私に関する限り、アレクサンダー・エーケンが私のただひとりの父親だ。たとえ彼がなにをしようとも、私は彼を愛しており、追悼している」彼の声は静かだったが、その口調は明快で、心からの確信に満ちていた。その時点で兵士が私たちのインタビューを終わらせた。

歩いて兵舎にもどっていくあいだ、さまざまな思いが魚の大群のように心の中でぐるぐると回った。私は理性的になろうとして、聞いたことについて慎重に考えようとした。しかし考えるのは難しかった。私は多くのことを知っていたが、十分ではなかった。ある瞬間には確信に満ちているのだが、次の瞬間には途方に暮れているのだった。状況の結び目の中から、はじめて私は、過去と現在を結びつけているたくさんの糸のもつれを解きほぐそうとしていた。しかしこのキャリックの謎を影から光へと引きずってくれる手がかりは、あまりに多く失われたままだった。

この次のインタビューでは、破壊行為やスウェインストンの殺害やカークの死について、もっと話してくれるようにエーケンに頼んでみようと、私は決心した。もっとも重要なこととして、キャリックの人々に毒を盛ったことについてたずねるつもりだった。彼の友人たちはだれひとり彼の罪を否定しようとはしなかった。それになんといっても、彼だけが毒を免れている町でただひとりの住人だった。しかし私はエーケンが人殺しだとは信じたくなかった。ひょっとしたら彼はまったく無罪かもしれない。私は彼が絶対に無罪であることを私に確信させてほしいと思った。

私はそれについて考えるのをやめた。それよりもむしろ、カークが彼の兄弟かもしれないという発見に至った驚くべき偶然の一致の連鎖についてじっくり考えたかった。この場にブレア行政官がいてくれたらと心から思った。私が発見したことや、私がとても目先の利く見習いであることを聞いてもらいたくてたまらなかった。そして彼に、どうか、どうかすべてが何を意味するのか教えてくださいといいたくてたまらなかった。

その日の午後、あることが起こった。記録する価値がある。なぜならそれはそのときの私の心の状態を示すからである。

ちょうど二時ごろで、風も雨もしだいに衰えていた。長いあいだ部屋にすわってメモを取って、キャリックの謎についてじっくり考えたあと、ストレスを解消する必要を感じたので、ケアン山に登ろうと決心した。兵営の門に立つ衛兵が気をつけるようにといった。彼は丘の裂け目の霧の流れを指さした。

「心配いらない」と私はいった。「長居はしないから」

あとでわかったことだが、それは登山というより、とても険しい丘をがんばって歩いていくのに近かった。予定よりも早く着き、三時三十分には頂上に着いていたが、霧がはっきりと濃くなっていた。私はほんの一、二分間だけあたりを見回した。ほかの三つの丘の頂上がイルカのひれのように霧から突き出していた。北西の方角にモノリスの姿があって、湿地を蛇行する流れがいくつか見えたが、気のせいかもしれない。ケアン山の中腹にはときおり羊の群れも見えたが、色彩がなく、色覚のない人にとって世界はこのようなものにちがいないと思った。

できればもう少しとどまっていたかったが、黄昏がほんの一時間足らずに迫っており、霧が触れることのできる暗闇にならないうちに、ふたたび殴り書きのような小道をたどって降りていくべきときだった。

私はくだりはじめた。足元の地面は、ほとんどがしっかりしていたが、ときおり私のブーツを吸い込み、ため息のような音をたてて太古の悪臭を放つのだった。

さらにくだっていくと、湿原のはずれで、二羽の鳥が貪欲な目で私のまわりを旋回しているのに気づいた。私は叫び声をあげて頭のまわりで腕を振り、ようやく彼らは飛び去った。彼らが攻撃してくるような鳥かどうかさっぱりわからなかった。事実、名前さえもわからなかった。しかし、あまり恐れてはいなかった。ある意味で、名前のない場所にいて、ほとんど闇のような光に照らされているのは、誘惑的だったのだ。

私はできるだけ速く歩きつづけた。砂利道から遠いはずがないことがわかっていたからである。そこにたどり着きさえすれば、たとえ闇と霧の中でも、安全な半マイルをくだっていけば兵舎にたどり着くのだ。

ちょうどそのとき、背後で物音がしたので、私は立ち止まって耳をすました。そのどすんどすんという音は、小道をたどる重くてリズミカルな足音のようだった。私は叫んだ。

「そこにいるのはだれだ？」

かすかなこだまを残して、音はやんだ。

私は足取りを速めて歩きだした。怖がるまいとした。霧の中にいる動物かもしれないではないか。しかし、その丘陵地帯では、常識はあまりに脆弱だった。

私はひたすら歩きつづけ、ようやく私のブーツが砂利をざくりと踏みしめた。それはまるでふたつの世界の境界を越えたようだった。私は小道のほうを振り返った。もうなんの物音もしなかった。しかし、あれは人影では？　それともただのワラビの茂みか？　あるいは湿原のくぼみだろうか？

「そこにいるのはだれだ？」私はそれに向かって叫んだ。

それは動かなかった。それは返事もしなかった。そして私はもどって確かめたいとは思わなかった。私は振り向いて駆け足で道路を下り、五分後には兵営にたどり着いていた。

衛兵は私が闇の中から現れるのを見た。

「きみか？」彼の声は緊張していた。

「はい、マックスウェルです」

頭上の電球からさし込むくさび形の光が、それが確かに私であることを彼に示した。彼はライフルを降ろした。

「あっちのほうはすべて順調か？」

「はい、順調です」

「物音が聞こえたような気がするが」

「物音？　どんな物音ですか？」

「太鼓の音のようだったな」

私は兵営に入った。籠に入った電球が兵舎のドアの上で光を放射していた。ひとつの兵舎からはラジオの音楽が聞こえてきたし、別の兵舎からは太い声が聞こえてきた。ブレア行政官の窓のカーテンは開いていたが、室内の照明は消えていた。

自分の部屋に入ったとき、私は震えていた。ひょっとしたら、ほんの一瞬、私はなにか恐ろしいもの、なにか知りたくなかったものを見てしまったのかもしれない。美は浅薄であてにならない。もっとずっと深遠で永続的なものが恐怖の力であり暗闇であった。私は救急瓶からスコッチを注いで飲みくだした。それから小さな手洗いに入って流しを湯でいっぱいにした。私はシャツの袖をまくりあげて両手を湯に突っ込んだ。アルコールとお湯が私の身体を温めてくれたが、とても長いあいだ震えがおさまらなかった。

その夜、私はよく眠れなかった。真夜中ごろ、風が吠えはじめ、かまぼこ兵舎の梁は北海の嵐に翻弄される船のようにうめき声をあげた。私はうとうととまどろみ、夜明けの光が窓に触れると、それはみじめな灰色の光だったが、うれしかった。

食堂で朝のコーヒーとトーストをすませたあと、私はキャリックに歩いていった。薬局の外で警護している兵士は私の到着を待っていた。

「今朝は立ち入りを許されていない」彼らのひとりがいった。「連中が新しい検査をしているんだ。二時にもどってきたまえ」

だから私は兵舎にもどってテープを文字に起こしはじめた。それによって記憶が新たになり、午前中は忙しく過ごすことができた。

二時に行くと、エーケンは長椅子にすわって私を待っていた。前日ほどくつろいでいるように見えなかった。同じ服を着ていて、私を出迎えるために起き上がると、その身体から立ち上るにおいはずっと強かった。彼は握手するために手をさし出さなかったので、私はほっとした。「キャリックでは」私が腰をおろすと、彼はいった。「欺かれるのはじつに簡単だ。そのことに昨日の登山で気づいたはずだ」話しているとき、彼の目には不愉快なぎらつきがあった。以前は見かけなかった野性だ。私は居心地が悪くなり、彼が天気のことを話してくれるといいのにと思った。いずれにしても、彼はそれ以上登山に触れることはなかった。彼はまた腰をおろした。

「今日の会見は私にとってつらいものになるだろう」彼はいった。「ときには、確かなことについて話せば話すほど、それは確かではないものになっていくような気がする――ことばはほんとうに重要なことがらのあいだに生えている雑草のようだ。ひょっとすると、夢の狂った論理が理性的な世界に導入されるとき、ことばは役に立たないのかもしれない。あるいはひょっとするとある種の感情は――たとえば復讐だが――私たちがそれのために発明したいかなることばよりも何百万年も古いのかもしれない」まるでこの前会ってからまったく時間が経過していないかのように、彼はなんの前置きもなくこの独白をはじめた。

しかしなにかが変化していた。そのことについて私は心から確信している。昨日の、陽気で愉快なロバート・エーケンはいなくなってしまった。それは私にとって当惑すべきことだった。

まるで双眼鏡の離れたレンズから彼を眺めて、ふたつの映像をきちんと重ね合わせることができないかのようだった。

「マックスウェル」彼はいった。「そろそろここで最近なにが起きたのか事実を知るべきときだ。破壊行為、スウェインストンとカークの殺害、そしてもちろん、毒殺だ。私はきみになにもかも話すつもりだ。きみがここに来たのもそのためだろう？」

私はうなずいた。

「まずきわめてはっきりと認めることからはじめよう。私は犯罪者だ。すべての犯罪行為の加害者だ。そのことをこの場で知っておいたほうがいい」

どれほどショックを受けて悲しく思ったかいいあらわすことができない。それはできれば彼の口から聞きたくなかったせりふのひとつだった。

「カークがキャリックに着いたとき」彼はいった。「彼があちこち嗅ぎ回ったり、たずねたりする様子から、厄介事が起こるとわかった。町の人々が彼をここから追い出してほしいと思った。みんな彼を憎んでほしいと思った」

私はその場にすわってひとこともいわなかったが、エーケンは私のために、ついに、キャリックでの最後の謎を明かしはじめたのだ。

「私がどんな気持ちだったか想像がつくだろうか」彼はいった。「あの最初の夜に？」

エーケンの供述書——第三部

（テープから文字に起こして要約したのは、この私、ジェイムズ・マックスウェルである）

風が咆哮し、キャリックの全住民が就寝していた深夜一時に、ロバート・エーケンは窓の外を眺めていた。彼はコートを着て道具の入った袋を取り上げた。冷たい風の吹く中、湿った公園を歩いて横切った——松を鳴らす風の音が彼の立てるすべての音を隠してくれるのがありがたかった。記念碑に着くと、公園のへりに沿って立ち並ぶ街灯の明かりのおかげでよく見えて、見慣れた台座まで登っていくことができた。落ちる可能性は考えないようにしていたが、子どものころに比べると登るのは大変だった。

適切な位置に身体を固定して女性の像に斧をふるいはじめた。まるで湿った粘土でできているかのように、斧の刃はやすやすと音もなく鉛に食い込んだ。彼女の顔がすっかりなくなるまで斧をふるいつづけた。それから注意をふたりの兵士に向けた。ヘルメットの張り出しで顔が保護されていたので、斧をうまくふるうことができなかった。そして作業を終えたころには腕がくたびれていた。仕上げに、地面に降り立つと、飾り板のねじをゆるめて外し、むき出しの大理石に赤い丸をスプレーした。

すべて終わった。だがそのとき、最後のアイディアを思いついた。やっとの思いでふたたび台座によじのぼり、冷たいのみで女性の股間のあたりに割れ目をつくった。兵士のひとりの銃剣に斧をふるってぽきっと折りとると、それをつくったばかりの割れ目に押し込んだ。降りてきたときには汗をかいていた。彼は道具をすべて袋に入れると、こっそりと薬局にもどった。後ろ手でドアに鍵をかけ、上階の寝室に行くと、子どものように眠った。

「私の最初の行為をあまり巧妙にやっては」とロバート・エーケンはいった。「意味がないだろう。耳の聞こえない人間に音を聞かせるようなものだ。私はこの破壊行為を幼稚な、子どもが癇癪を起こして、激怒、苦痛、破壊欲といった、恐ろしい感情を爆発させたように見せたかった。記念碑を破壊したとき、キャリックの人々をおびえさせるために、そのような激情の印象を残したいと思った。

彼らは期待通りおびえてくれた。それはよくわかった。しかし彼らはただちにカークを疑おうとはせず、私もどちらでもよかった。やがて私はふたたび襲いかかった。またしても真夜中過ぎの時間だった」

月が明るくて霧の気配がなかったので、彼は黒っぽい服を着て顔も黒く塗った。スニーカーを履いて足音をやわらげ、西の道路をたどって町を出ると、湿地の前を通り過ぎた。墓地の中に入ったとき、墓地の重い鉄の門は少し開いていた。彼は袋からハンマーを取り出し、通りすがりに目に留まったものをなんでも粉砕しながら、奥のほうに向かって進みはじめた。これらの過去を追悼する試みを破壊するのがひどく簡単であることに驚いた。墓石の多くがひどくもろかったので、一撃で粉々に砕けた。まるでそれを歓迎しているかのようだった。彫像がもっとも壊れやすかったので、彼は手の届くあらゆる突起部を叩き落とした。頭、四肢、翼。いくつかのもっと装飾的な石は、特別待遇するために選び出した。

ある地点で、彼は横倒しにした二体の天使を重ねて猥褻なポーズにすると、そのまわりを瓦礫で囲んだ。一体の天使の背中には、持参した口紅をなすりつけて太い円を描いた。

太い通路のそばに死んだ羊が横たわっているのを見つけたので、空っぽの墓までひきずっていった。墓穴に押し込むと、ちょうど全体をおおうぐらいの土をかぶせた。それから天使の破片をいくつか道路まで運んでいって、通りかかった自動車の運転手が気づきそうなところにまき散らした。満足して、彼はすみやかにキャリックへともどっていった。

「私はその夜、私の父の墓も破壊したが」とロバート・エーケンはいった。「後悔はしていない。彼は死ぬまで群衆を避けていたから、死後も他の連中といっしょにいたくはなかっただろう。

墓地の破壊行為は、予想通り、町の人々に非常なショックをあたえた。彼らは自分たちのひとりがこんな真似をしたとは思わないだろう。そして今度こそ何人かはカークを疑いはじめた。だがそれでも、彼らは彼が仕事をつづけるのを許していた。彼の父親が第零収容所の捕虜のひとりだと確信していると私に告げたとき、ふたたび行動すべきときだと私は悟った」

彼が朝早く公園を横切って図書館に向かったときは、身を切るように寒くて霧も濃かった。彼はゴムのコートとゴムの手袋をしており、大きな細口瓶の重さのせいでよたよたと歩き、ひどく息を切らせていた。階段の下のドアはいつものように開いていた。彼は街灯の光を避けるようにするりとドアをくぐり、暗闇に入っていった。彼は瓶を身体から離したまま、木の階段をぎこちなくのぼっていった。上階に着くと、デスクの常夜灯のおかげで、ガラスのドア越しに内部をとてもはっきり見ることができた。彼はガラスに穴を開けて息をひそめた。その音がとてもやかましかったので、町中の人が起きたのではないかと思ったのだ。

静寂のほかにはなにも起こらなかった。

彼は穴に手を差し入れ、掛け金を回して室内に入ると、そこは奥の読書コーナーの棚の真正面だった。彼は瓶のコルクを抜いて棚沿いに歩き、一冊残らず浴びせるように気をつけながら、本に液体を振りかけていった。瓶が空っぽになると、へたくそな絵と円を描いた。それから瓶を取り上げたが、蒸気が喉に忍び込んできたので、少し咳き込んだ。

彼はドアのところでほんの一瞬足をとどめた。本たちがシューシューといっているのが聞こえた。そこで彼は階段をくだり、すみやかに公園を横切っていった。

「本を愛する人間にとって」とロバート・エーケンはいった。「本を破壊するのはとても困難な行為だった。シューシューという音の記憶は私を何日も苦しめた。あれはわれわれに不利に使われる可能性のある歴史の一部を消すために必要な行為だったのだと、私は自分にいいきかせた。自分は新しい歴史をつくろうとしているのだと。

一度も本を読んだことのない町の人々でさえ、私が行なったいかなる行為よりも、図書館の破壊行為に動揺した。いまや全員がカークを疑っていた――アンナでさえ。しかしそれでも、町の人々は彼が丘を歩いてスウェインストンと話をするのを許した。

したがって、私は計画の新しい段階、もっともスリリングな部分に移行した。ひとりかふたりの殺害が行なわれなければならないと私は判断した。殺害とともに新しい時代がはじまるのだ」


真夜中にスウェインストンのコテージに近づいたとき、彼は霧をありがたく思った。屋内の明かりはまだ点いていた。彼は小道に並んでいる岩を拾い上げてドアをノックした。羊飼いがドアを開けた。犬たちは興奮したように彼のわきでにおいを嗅いでいた。彼は霧を覗き込んで、訪問者を見ると微笑した。岩がその頭に振り下ろされると、その微笑は驚愕に変わった。彼は倒れた。次の一撃が頭蓋骨にひびを入れた。犬たちはうろたえて倒れた主人の顔を舐め、主人を殺した人間には一瞥もくれなかった。

死体をコテージの裏までひきずっていって、羊小屋の壁にもたれさせても、犬たちは邪魔をしなかった。彼は死んだ男の顔を照らすように、懐中電灯を壁の岩の隙間に押し込んだ。それから、メスを使って、唇を慎重に切り取った。おびただしい血があふれ、犬たちは鼻を鳴らして舐めた。

彼は破風の壁にスプレーで大きな円を描き、それからきびきびとした足取りでキャリックへともどっていった。薬局に着くころには、時刻は深夜の二時近くになっており、霧は晴れはじめていた。

「もしもわれわれのもっとも邪悪で、もっとも残忍な行為が」とロバート・エーケンはいった。「有益で進歩的な結果をもたらす行為だとしたら？　そのようなものをあえて信じるだろうか？　私はいまそのような考えについて瞑想するが、あの夜、私はある種の譫妄（せんもう）にすっかりとらわれていたので、原因と結果の問題について考慮することはできなかった。

私は立場を明らかにした。岩が羊飼いの頭に振り下ろされた瞬間から、私は危険で爽快な小道に立っており、そこから立ち去るつもりはなかった。いまやカークが破壊行為をはたらき、スウェインストンを殺したにちがいないと、町の全員が信じていた——任命された法の番人がいまにも行動しようとしていたが——私には私の計画があった。私は最後にそれを成し遂げようと決心していた」

最後の朝、彼は早起きして鉄道の駅までカークのあとをつけていった。ふたりはしばらくプラットホームの左右の端に立っていた。列車の警笛が霧の中から聞こえてきたとき、彼はカークがプラットホームのへりに歩み寄るのを見た。彼自身は轟音が耳を聾するばかりになるまで待った。それから歩いていって近くに立った。カークはなにかいったが、聞き取れなかった。

蒸気機関車が霧を押し分けて姿を現したとき、彼は機関車が心の中に入ってくるのを感じた。彼はカークをその進路に押し込んだ。

「それから、記憶通りなら」とロバート・エーケンはいった。「両足を右左、右左と、ひどく機械的に交互に動かして、私は霧の中をキャリックへともどっていった」

＊ ＊ ＊

これらのことばとともに、エーケンの独白は終わった。

彼から発せられているらしいひりつくにおいを、これまで以上に意識しながら、私は茫然としてすわっていた。それから私は、彼が微笑みかけていることに気づいた。私はじっくりと眺めた。そうだ、まぎれもなく、これは以前のエーケンだ。それは瞳のいろから見て取ることができた。彼が最後の恐ろしいことばを口にするやいなや、彼の内なる野獣は姿を消して、人間がふたたび返り咲いたのだ。一瞬、彼がいまのはすべて冗談だというのではないかとすら思った——そのようなことはなにひとつしていないと。

それは私が望んでいたことだった。だがそれから、彼はふたたび話しはじめ、それが冗談ではないことがわかった。彼は私の理解を懇願しはじめたのである。

「きみは不思議に思っているだろうな、マックスウェル、どうして私がこんな真似をしたかと？　正直なところ、同じことをくりかえし自問していることを認めなければならない。アレクサンダーの思い出やキャリックの名誉を守るためだったというのはたやすい。だが、実のところは、したことをする必要があったのだ。まるで生まれたときからそのために準備していたかのような気がする。カークが自分の兄弟だったかもしれないとわかったいまでも、そこにはまったくなんのちがいもない。私はだれかの兄弟になるような適正な訓練を受けていない」

しばらくして、彼はいった。

「私の書いた手記について説明させてほしい――そもそもきみをキャリックに引き寄せたあれだ。あれを書くことは私にとって啓発的な体験だった。ときには私は思った。あれは私たちが自分のことをいかに知らないか理解するのを助けてくれた。心は玉ねぎのようなもので、中心にはなにもないか、どのみち、虹ほどの実体すらないものだと――われわれは心を調べようとするたびに、心を発明しなければならないのだ。われわれは自分の行動の理由を理解できるほど、自分自身を理解できるものだろうか？　ほかの人間を知ることについても、たとえ親しい人間でも、愛している人間ですら、彼らについて記述しようとすると、彼らがまったくの他人であることに気づくのだ。しかしわれわれはいずれにしても彼らをことばに換えて、彼らの心は彼らの身体と同じくらい実体性があるふりをするわけだ」

またしばらくして、

「ほかのみんなが――アンナやホッグ保安官、ミス・バルフォアやランキン医師が――毒で死にはじめたとき、私は彼らに会いに行った。彼らに自分たちの物語を私が書くのを認めるように説得するのは少しも難しくなかった。そして彼らはその案を気に入ってくれた——それを興味深いものにすると約束するかぎり。いかにも人間らしいじゃないか？　彼らは遠い昔の商人たちのように、自分がなにか首尾一貫したものの一部でありたいと願ったのだ。彼らは自分たちの姿や、口にしそうなことがらについて提案までしたものだ——私はメモを取った。私は彼らを私の手記の登場人物にすると約束した。それはいくつかの煉瓦の山から心地よい建物をつくるのに似ていた」

　またしばらくして、

「それをすべて書き留めるのは簡単ではなかった。ことばはある種の汚い油にまみれた窓のようになって、すっきりときれいにすることができなかった。あるいはピラニアのように、歯を立てたものをなんでも貪欲にむさぼり食うのをやめさせることができなかった」

　またしばらくして、

「ことばはわれわれを自由にしてくれないのではないかと思う。ことばには大きな重量が付属しているのだ。だから、マックスウェル、あまり本をたくさん読みすぎないように気をつけたまえ。若いころ、私はあまりにたくさんの本を読んでしまった。あわれな読書家よ！　われわれはほかのだれよりも早く無邪気さを失うのだ。それからわれわれは美と恐怖と興奮を切望するが、それらは実生活では非常に不足がちなのだ」

　またしばらくして、

「複雑な結び目じゃないか？　より糸はすべて見事により合わさっているように見える。過去と現在が、人生と人生が、生者と死者が、まさにキャリック・ベンドだ」

そして最後に、

「だがきみは、マックスウェル、毒について知りたいと思っている。毒についていったいどうやって話しはじめようか？」


階段から聞こえてくる兵士の長靴の足音が、私たちの面会時間の終了を告げた。室内の空気があまりにひりつくようだったので、私は呼吸に困難をきたしていた。私が階下に行くために立ち上がると、エーケンは私をじっと見つめていた。私がもどってこないかもしれないと心配だったにちがいない。なだめるような口調でこういったからである。

「きみがショックを受けたことはわかっている、マックスウェル。しかしきみは真実を知りたいと思ったはずだ。どうか明日ももどってきてほしい」彼は微笑してうまいことばで私を誘った。「私は毒について説明しなければならない。それが謎のもっともいいところだ」

兵士が口をはさんだ。彼がいうにはいますぐにでも医者がここに来るので、彼らの検査のために部屋の準備をしなければならないのだという。

「お願いだ、マックスウェル。明日は？」エーケンの口調はいくらか必死だった。

「わかりました」私はいった。しかし、彼を見つめることはできなかった。彼が語ったすべてのことにすっかり震え上がっていたのだ。私は階段をよろよろとくだって暗い薬局に降りていった。もうひとりの兵士が店内にいて、窓辺に立っていた。

「ここのにおいは」私はいった。「ひどいな」
彼は当惑した表情を浮かべた。「におい？」

外に出てみると、まだ暗くなっていなかったが、兵営に向かって歩きはじめると、霧がたち込めた。少なくとも、それは霧だと思ったが、そのとき丘がとてもくっきりと見えることに気づいた――霧は私の心の中にしか存在しなかったのだ。

私はエーケンについて考えようとしたが、どのエーケンについて考えたらよいかわからなかった――私は三人のロバート・エーケンに会った。三人とも信頼のおける人物だった。手記に登場する謎めいた観察者、愉快なホストにして話上手、そして今日の狂人である。この人殺しの主な関心は、自分の犯罪について書くという技術的問題のようだった。

ほかの人たちについていえば――アンナ・グルーバッハ、ホッグ保安官、ミス・バルフォア、ランキン医師――彼らはどのくらいリアルなのだろう？　彼らがエーケンに自分たちの役を創作するように頼んだとは！　彼らの中に、信頼に足る人物はいるのだろうか？　さらにいえば、私自身も信頼に足るのだろうか？　確かに、私は初心者だった。見習いにすぎなかった。ブレア行政官がここにいて、私の理解を助けてくれたらいいのに。

兵営に着くと、私は自分の兵舎に向かった。夕食の時間が来て去っていったが、食べる気分ではなかった。気分が悪かったので、兵舎にじっとすわって、過去数日間に聞いたことをとりとめもなく考えていた。八時ごろ、私は救急瓶のウィスキーを飲みはじめた。頭の中で発達した霧にどうにかして謎を追いやり、それからよろよろとベッドに入ってぐっすりと熟睡した。

ドアをノックする音！　最初、私はそれに抵抗した。ちょうど真っ只中だった夢にその音をあてはめた。フードをかぶった男がハンマーでのみを私の頭蓋骨に打ち込んでいる夢だった。そんな夢でも自分が目覚めていることを認めるより好ましかったのだ。しかしついに私は抵抗をやめて目を開けた。まだ夜も明けていなかった――窓の輪郭は黒いままだった。またドアをノックする音がはじまったので、私は起き上がった――胃袋がただちに前夜ウィスキーを過剰摂取して眠ったことを思い出させた。だから吐き気と私はいっしょにドアまで行ってそれを開けた。

身を切るような寒さが押し寄せてきたが、ノックしていた人物であるブレア行政官は外に立ったままだった。

「ジェイムズ、たったいま首都からもどったところだ。エーケンが死んだ。運ばれてしまわないうちに、彼の身体を見に行かなければならない」

私はドアを閉めて服を着はじめた。ロバート・エーケンの死がそれほどショックではなかったのは、自分のことで手いっぱいなのと、二日酔いのせいだったかもしれない。頭をかすめたとすれば、こうして早朝のノックで彼の死を告げるというのは、エーケンのよろこびそうなドラマだなという思いだけだった。それはまさに彼が企みそうな出来事だった。

ブレア行政官に待ってもらって食堂で一杯のブラックコーヒーを飲んだが、あまり効果はなかった。それから私たちは町に向かって歩きだした。夜明けは東の空の細い隙間にすぎず、空気は極寒だった。星までもが縮み上がっていた。

しばらく無言で歩いて、私たちはキャリックに着いた。公園のまわりには衛兵の姿はなかった。例外は記念碑上の三体の人物像だったが、つねに警戒を怠らない彼らは盲目だった。

薬局の外では風船のような煙のかたまりが救急車の排気管から離れるのに苦労していた。ひとりの兵士が私たちのために薬局のドアを開けてくれて、私たちは暖かい店内に入った。私の鼻はただちに防御態勢に入ったが、丘陵の小さな町の薬局の伝統的なにおいのほかに、とりたてて変わったにおいは漂っていなかった。ブレア行政官は店の奥まで歩いていって、おなじみのくたびれた階段をのぼりはじめた。

上階では、さまざまな制服を着た男たちが身を寄せ合って、ひそひそと協議をしていた。彼らは行政官に会釈し、私たちはそのわきを抜けてエーケンの寝室に入っていった。そこでは写真家が作業中で、死者の静物写真を撮影していた。

「数分間席をはずしてくれませんか」行政官がいった。

写真家は居間にいる連中に合流して、ブレア行政官と私とベッドに横たわるエーケンの全裸の死体だけにしてくれた。

私は心を励まして彼、あるいはそれを見つめた。目は軽く閉ざされ、唇は少し開いていた。その顔は死者の顔の特徴である生きる意志の放棄を示していた。身体のほかの部分はといえば、蠟灰色に変わっていた。

しかしブレア行政官がこんな時間に私をここに連れてきたのは、死体を見せるためだけではなかった。エーケンの胴体は手書きの文字でおおわれていたのである。淡い黒インクで書かれた文字は、臨終の汗のせいで薄くなっていた。

「読みたまえ」行政官はいった。「きみ宛だ」

エーケンはどうやら自分の身体を最後の手書き原稿にしたらしい。左半身の肩から腰までがページの上部で、右半身の肩から腰までがページの下部だった。その全体がことばにおおわれていたが、ふたつの乳首と臍だけは小さな円が描かれていて、そこにはなにも書かれていなかった。右の余白は、萎びた生殖器を囲む灰色の恥毛の茂みの上に引かれた線によって区画されていた。胴体の右手前は手を届かせにくかったにちがいない。そこに書かれた文字はずっとぎごちなかった。

「読みたまえ」と行政官がいった。

私はおずおずと顔を近づけていったが、あの鼻を刺すにおいの痕跡はなかった。エーケンの最後のメッセージは、左肩の先端からはじまった。

　マックスウェル。

私は午前三時にこれを書いている。高熱に襲われて、残された時間が尽きようとしているのがわかる——ここに午前のインタビューをキャンセルする！　これが私の最後のページだから、すべてのことばが意味のあるものにしなければならない。見習いジャーナリストが学ぶべきよい教訓として。

キャリックにおける最後の謎はこれだ。なぜ私は他者に毒を飲ませたか？　なぜ自分にも毒を盛ったか？　私は次の予約で答えを告げるつもりだったが、この先はきみが自分で解かなければならないだろう。

いまはひどく熱っぽい。きみともっと知り合えなかったのが残念だ。

エーケンはお辞儀をして退場する。

おやすみ。


筆跡はぎごちなかったが、メッセージはスペースに完璧におさまっていて、最後の「おやすみ」は太陽神経叢のほとんど背中側だった。私は二度三度と読みなおし、そのあいだブレア行政官はベッドのわきに落ちている数枚の紙に目を通していた。

「下書きだ」彼はいった。「信じられるか？　彼はまさに利用できるスペースに書けることを綿密に計算したんだ。ちらっと見てみるかね？　彼ははたして土壇場での変更を行なっただろうか」

私は彼を見つめたが、彼は冗談をいっているわけではなさそうだった。

その日の午後、兵営にもどってから、ブレア行政官は私がロバート・エーケンとのインタビューで録音したテープに耳を傾けつづけた。その顔はほとんどの時間まったくなにを考えているのかわからなかったが、一、二度眉を持ち上げた。とりわけ、エーケンがカークは自分の兄弟かもしれないと発見したことを語っている部分で。エーケンが破壊行為とスウェインストンとカークの殺害を告白したときは、熱心に耳を傾けていた。そして最後に彼がコメントしたとき、それは私が期待した通りのものだった。

「きみはとてもよい仕事をしたよ、ジェイムズ」彼はいった。「きみは彼を話す気にさせたのだ」

いまにして思えば、そのことばに不審をおぼえるべきだったのだが、私はおせじと受けとめそれ以上追及しなかった。残された時間、私は荷造りしながら彼と会話した。私はまたアンナ・グルーバッハに言及した。もう二度と会えないのが残念だと私はいった――そしてそこから、ブレア行政官自身の若いころの年上の女性との恋愛を思い出した。「彼女にはもう二度と会わなかったのですか？」私はたずねた。「つまり、ヴェロニカのことですが」

「それはきみのために決着をつけてもいいと考えている未決事項のひとつだ、ジェイムズ」彼はいった。「確かに、彼女にはもう一度会った。ちょうど五年前のことだ。私は南部である事件に取り組んでいた。そこで彼女が住んでいたところまで車で行った。そのころまでに彼女は海岸沿いの別の町に引っ越していた。彼女は私に会うことを嫌がらないだろうと思った。むかしの日々を回想するためだけなら」

ブレア行政官の初恋（つづき）

（テープから文字に起こして要約したのは、この私、ジェイムズ・マックスウェルである）

彼女は浜辺からあまり遠くない小さな家に住んでいた。そしてその日も、風の強いどんよりと曇った日だった。彼は車を停める場所をさがしていて、通りを近づいてくる彼女に気づいた。彼女は相変わらずすばらしかった――あれからもう二十五年になるというのに、顔はまったく老けていなかった。彼は車を停めて、彼女の名前を叫びながらあとを追った。

「ヴェロニカ！　ヴェロニカ！」

彼女は振り返って彼を待った。彼が彼女に追いつくと、彼女が当惑しているのがわかった。「ヴェロニカ！」彼はいった。「ぼくを憶えていないのかい？」彼はうれしくてたまらなかった。彼女を両腕の中に抱きしめたかった――彼はまだ彼女を愛していたのだ！

「私はヴェロニカではありません」彼女はいった。「それは母の名前です。中に入ってお会いになりたいですか？　母は重病を患っています」

彼はなにをいえばいいかわからなかった。ヴェロニカの娘は母親と同じ黒い髪と、同じ頬骨と、同じよく動く目をしていた。彼女は彼とほぼ同じ年恰好だった。

彼は人違いだといって、彼女の問いかけを待たずに車にもどり、ドアを開けて車内にすわった。彼はバックミラーに映った自分の姿を見つめた――灰色の髪をした四十代の男。こけた頬と目元の皺。いまでも車から降りてヴェロニカの娘とともにあの家に行くこともできるのに彼は気づいた。しかし彼はそうしなかった。訪問するのは悪い考えだと彼は自分にいいきかせた。彼は車のギアを入れて、振り返ることなく走り去った。

＊　＊　＊

「わかるだろう、ジェイムズ、私は長年にわたって歳を取らないヴェロニカのイメージを愛していたのだ。私自身が歳を取って、そのイメージに追いついた。それがヴェロニカの娘の中に具象化するのを見たとき、私はまだそれを愛し、それを求めた。私はそれに会いに行ったのだ――見知らぬ年老いた女性ではなく」彼の声は穏やかで、いつものように抑制がきいていた。「自分の心の中でなにが起きているか気づいたとき、私は裏切り者になったような気分だった。ヴェロニカが愛について語ったことばを思い出さずにはいられなかった。それは実現した予言だった。それが車を走らせながら考えていたことだった」

ちょうどそのとき兵士が兵舎にやってきて、私を首都に連れ戻してくれるジープが到着したと知らせてくれた。だからブレア行政官に彼自身やヴェロニカについてそれ以上たずねる時間はなくなってしまった。私は残ったいくつかの持ち物をすばやく袋に詰めた。テープレコーダーとメモ、それに、いちばん上には、エーケンの手記（私はあとで手を洗った――あの特有のにおいがあらゆるものにしみついていたのだ)。それから、行政官といっしょにジープの待つ兵営の入り口まで歩いていった。私たちは握手した。

「また会いましょう」私はいった。

「必ず会えるとも」彼はいった。彼は私に封筒を手渡した。「キャリックの土産だ」

私はジープの後部座席によじのぼった。その迷彩は暗闇の中では無意味だった。私たちが出発したとき、行政官は食堂の入り口に立っていた。私は別れの手を振り、ジープは兵営を出て町へとくだっていった。

キャリックを通過するとき、私は最後の別れに町を見まわした。アンナの店の窓をおおう木の板が雨にきらめいていた。薬局の上階には明かりが点いていなかった。トラックが図書館の前にとまっていて、焼却される運命の本で荷台が半分埋まっていた。保安官事務所と牡鹿亭のドアと窓は閉鎖されていた。それらすべての中央に記念碑が立っていた。その三体の眼の見えない彫像はいまでも町を守っていたが、その住人たちを見るための眼はもはや必要なかった。

キャリックを背後に、ジープは速度を上げて、北のルートの険しい丘を、高速ギアに入れて猛烈な勢いで走っていった。はるか西のほうでは、スミレ色のくさびが地平線と黒い空のあいだにはさまっていた。私はポケットに手を入れて、クレイグ行政官が私にくれた封筒のなめらかな感触を確かめた。私は頭上のマップランプを点けると、封筒を開いた。それはエーケンの死体のクローズアップ写真だった——そこに書かれたメッセージはとても読みやすかった。

なんという臨終の遺書だろう！　私は思った。人生の最後の瞬間まで、あのロバート・エーケンはなんて奇妙なゲームを演じるのだろう――まるで彼のことばへの執着や、それを書きとめようという執着が、彼の体内の毒の承認されていない症状にすぎないかのように。

私は写真を封筒にもどした。長い一日とジープの車内の熱気のせいで、私は疲労をおぼえた。窓越しの、東方数マイル先に、夜の暗さよりもいっそう暗いケアン山が、ぬうっと浮かび上がった。そして私は、遠い昔にとても狂気じみて実行された殺人について考えた。

頭上の山を支えている木の支柱が呻いているのを聞いたとき、そしてむき出しの身体に岩石片のシャワーを感じたとき、捕虜たちはさぞかし恐ろしかったにちがいない。私は彼らが背筋を伸ばし、何人かはつるはしにもたれている姿を想像する。彼らは顔を見合わせる。静寂。静寂。彼らはまた呼吸する。深々と。彼らはまたぎざぎざの石炭層につるはしをふるう。静しかしいま、漆黒の闇が頭上と背後の電球の列を飲み込む。十五個のヘルメットの明かりだけがシャツのない身体の肋骨の壊れやすさをたどる。彼らの目の白さが象徴になる。

そしていま彼らは雷など鳴るはずのない地下深くで雷の音を耳にする。彼らの周囲でトンネルが振動する――十五人の男たちは待つ。何人かはほかになにをしていいかわからないので、まだつるはしを握りしめている。

咆哮とそれを発した怪物の両方が同時に到着して彼らの青白い肉体を粉砕する。彼らがつくり出したぎざぎざのへりが、いまや彼らを串刺しにする。それから完全な静寂。

ジープが道路の穴ではねて、これらのイメージを私の心からふるい落としてくれた。私は蒸気に曇った窓をぬぐった。西のほうでは、スミレ色の時間は過ぎて夜が最高位についた。ジープのヘッドランプの中で、道路は着実に北へ北へとすべっていった。あと二時間もすると、私たちはアップランドから平地に降りてきて、この道路はほかの道路と合流し、さらにますます多くの支線道路や細い道路と合流して、しまいにはハイウェイとバイパスの迷路に入り込み、そしてふたたび無名となって首都の巨大な解決不能の結び目にすべり込んでいくのである。

第四部

この世界はとてもたくさん欠けているので、
もしあとひとつでもなくなってしまったら、もはや
失う余地がなくなってしまうだろう。
――マセドニオ・フェルナンデス

さて、これで事実は出そろった。ロバート・エーケンの手記、キャリックでのインタビューの文字起こし、ブレア行政官との対話とあの三月の寒い朝にエーケンの死体を見たときの私の反応。いまはもう何年も前のことだ。新聞に連載された私のキャリックに関する記事は、島中にいきわたった——あなたもそのとき読んだかもしれない。その成功がきっかけとなって、私は大学の研究をやめてヴォイス紙でフルタイムで働きはじめた。もう市議会を取材する必要はなく、私の書いた記事はふつう手つかずで掲載された。

それから首都のある出版社から、キャリックで起きたことについて深く掘り下げた回顧的な本を書いてみないかという提案があって、私は同意した。本物の著者になれるという考えに心の底からわくわくした。

私はすべてについて真剣にとりくんだ。古いメモをすべて探し出し、十二か月間空き時間の大部分を費やして独立した情報源から検証できるものをすべて調査した。たとえば、モルド川の橋だが、目撃者による三つの別々の報告を発見したが、すべてキャリックで読んだパンフレットと同じく兵士たちが川に落下するのを見たといっていた。

第零収容所の戦争捕虜の溺死についていえば、何週間も地域公文書館で過ごして、調査委員会の報告書の現存する唯一のコピーを見つけ出した。それは簡潔で断定的だった。地下ガスの閃光爆発がキャリック炭鉱で発生し、岩石層を粉砕したので、セント・ジャイルズ池の水が地下坑道に流れ込んだ。人間の介入があろうとなかろうと違いはないというものだった。

その報告書は出来事の起こった順に関するドクター・ランキンの主張も裏付けてくれた。事実、調査委員会はそれを問題にしていた。炭鉱の捕虜はキャリックの住民が別件の溺死（すなわち、モルド川の橋におけるキャリックの男たちの溺死）を知るきっかり二十四時間前に死亡したと、彼らははっきり述べていた。したがって、捕虜がキャリックの人々によって復讐の行為として故意に殺害されたと疑うのはまったくなんの根拠もないと、彼らは述べていた。

その報告書のコピーには一点だけ失われているものがあった。捕虜の名前のリストが添えられているはずだったが、どこにもなかったのだ。私は公文書保管人にたずねたが、長年にわたる公文書の整理のうちに、どこかに紛れてしまったのかもしれないということだった。きっといつかは見つかるだろうと彼女はいった——おそらく偶然に。

調査の一環として、カークの背景を調べるのが賢明かもしれないと思って、植民地まで足をのばした。島を離れるのははじめてだった。私は船で行った。何世紀にもわたって亡命者が植民地に定住するために出ていったのと同じ方法である。むやみに広大な海を渡っていくのはなかなかの体験だったが、私にとってははるかに信じられなかったのは、植民地の大河をさかのぼる旅であった。実際に陸塊の内部に何千マイルも入り込んでようやく川幅がせまくなり、両岸の広大な常緑の森が見えてくるのである。

船は湖港のひとつに停泊し、そこからカークが拠点としていた研究所を訪れるために列車に乗った。私は彼の部門の長に会った。背の高い感じのいい男で、斜視だったので、ウサギのようにに一度にふたつの方向を見ることができそうだった。つねづねカークの仕事を高く評価していたが、個人的にあまりよく知らないと彼はいった。カークの同僚の何人かは彼が孤独好きで友情を求めていなかったといった。しかし彼らはみな、彼のキャリックの調査の結果を心待ちにしていた。

私はつづく数週間を、湖水地方で観光と調査を半々にして楽しく過ごした。その地方の首都で、私は記録保管所に行ってカークの母親を調べた。それは役に立った。彼女は難民として植民地に入国したときに「マーサ・カーク」という名前で登録されていたが、その当時の記録係の手書きのメモが、「カーク」というのは本来の名前ではないことを示していた——それは彼女が上陸したときに割り当てられた名前だった。

私は副記録係とこのことについて話した。彼の話では、当時、大陸からの亡命者に綴りの簡単な名前をあたえるのはごくふつうの慣習だったという。彼らの大半は書類がなく、とりわけ戦時中はまったくなかったので、いまとなっては彼女の本名がなんであったかつきとめる方法はなさそうだった——それがカークの出生証明書に記載されていないかぎり。

副記録係はとても協力的だった。彼はさまざまなファイルの目録を探して、ついにカークの誕生登録を見つけ出してくれた。しかしまたしても、母親の名前として「マーサ・カーク」が登録されていた。父親の名前の欄には、クエスチョンマークが記載されていた。

一か月後、出発したときと知っていることがほとんど変わらないまま、私は島にもどってきた。結局のところは、すべてはアンナとホッグ保安官とミス・バルフォアとランキン医師とエーケン本人の証言の信憑性にかかっていると、これまで以上に確信するようになっていたが——いまでは全員死んでいるので、発言の真偽を確認することもできないのだった。

キャリックで死んだ人々のうち、何人かの親族をどうにかして見つけることができたことは、ぜひ触れておくべきだろう。たとえば、ケネディの成長した娘である。彼女はずんぐりした黒い髪の女性で、首都の表通りに小さな店を構えるケーキ職人だった。私が客でケーキを注文しに来たのだと思っていたあいだは、彼女はじつに友好的だった。しかし、キャリックと彼女の父についていくつかたずねたいことがあるといったとたん、とても敵対的になった。「人のことに口出しするな」彼女はいった。「私の店から出ていけ。二度ともどってくるな」ほかの町の住人の親族の訪問について詳しくのべることもあるまい。ケネディの娘との一件が、彼ら全員から受けた扱いをじつに見事に要約している。彼らの態度は決して驚くべきことではなかった。

それ以上の調査の有益な可能性を使い果たすと、私は腰を落ち着けて本を執筆しはじめた——「キャリックの野獣」——ここまであなたが読んできたのとほとんど同じものである。最後の章で、後知恵がもたらしてくれる利点をたよりに、パズルのピースをひとつにまとめようとした。並大抵ではなかった。キャリックの複数の謎の中でも、いくつかはほかのものより不可解なように思われた。どうして、その手記でカークに罪をかぶせようとしたあとで、エーケンはインタビューのあいだに自分の有罪を告白したのだろう？　どうして彼は、町の住民全員に毒を盛ったのだろう？　どうして（私にとって、これがなによりも不可解だったのだが）町の人々はだれひとり彼を非難しなかったのだろう？

私の本のその最後の章で、狂人の行動や動機について筋の通った説明を見つけようとするのはおそらく不毛だろうと論じた。エーケンはとても人間らしくなることができたし、感じがよくなることもできたが、彼はまた父親の息子でもあった。彼の心の世界は悪夢であり、自分自身を正気と見なしている私たちによる探検に素直に従ったりしないのだ。私はアンナ・グルーバッハによるエーケンの人物評に言及した。「彼はいつも水中の棒みたい。曲がっているのか、それとも曲がっていないのか？」

そして私はロバート・エーケンがほんとうに曲がっていたという結論を下した。

だからその年の末には、「キャリックの野獣」の最終稿はほとんど仕上がっていた。私はそれに費やした時間を後悔しなかった。キャリックでの出来事について大局的な観点に到達したことと、ついにそれを書き留めることができたことにほっとしていた。私は見直しを終えて原稿を出版社に手渡そうと計画した。

それからキャリックファイルの束を処分して、人生を前向きに生きていくのだ。

それが私の計画だった。

それはよい計画だった。とてもよい計画だった。そして多くのよい計画と同じように、それは長続きしなかった。計画を立ててからちょうど二日目の午後に、私はオフィスのデスクにすわっていた。ときおり窓の外の共同墓地（ネクロポリス）を眺めながら、「キャリックの野獣」の最後の見直しに取り組んでいた。ひょっとするとついには死だけが、存在の混沌に秩序をもたらすことができるのだろうかと考えていた。いずれにしても、ちょうどその瞬間、電話が鳴った。

「ジェイムズ。ブレア行政官です」

「ブレア行政官！」もう何か月も彼から便りがなかった。「なにか私にできることがありますか？」私の口調が陽気で気楽なのはわかっていた。彼はすぐに返事しなかったので、私は気になった。キャリックを体験して以来、私は以前ほどおめでたい人間ではなく、複雑さというものを少しはわかるようになったつもりだった。だから、電話線の反対側での沈黙は私を身構えさせた。

「ひょっとすると、ジェイムズ、むしろ私がきみになにかしてあげるケースかもしれない」彼の声は穏やかだった。「きみの本はどうなっている？」

「とても順調です。これが決定版になればいいなと思っています。私の調査は有意義だったと思います」私の声には説得力がなかった。「いまは最後の見直しの真っ最中です。でも、かまいません。なにか問題でも？」

「残念ながら、きみはすべての事実を手にしているわけではない。あれからいくらかの進展が見られたのだ」彼の穏やかな、ゆったりとした声にもかかわらず、この簡潔な官僚的ことばには背筋が冷たくなった。「今日にでも会えないだろうか、ジェイムズ？　いや、ぜひ今日会うべきだ」

三時に、旧市街まで歩いていくと、ファース湾からのひんやりとした風と激しい雨に出迎えられた。「最後の吟遊詩人」に着くと、ドアを押し開けて中に入った。このバーのことはよく知っていた。埃をかぶったプラスチックのクレイモアと盾（ターージ）が、煙の層におおわれてぼやけたタータン柄の壁紙の上部に飾られている店だ。しばしばヴォイス紙の後輩の記者たちが夜そこに集まって酒を飲んだ。しかしいま常連客といえば、いつもの暗い顔のわずかな肖像画と、さらに暗い顔のわずかな顧客だけだった。薄暗い照明の片隅にすわったブレア行政官は、その場所にじつによく似合っていた。確かに外面から見ると、痩せた顔と短く刈られた灰色の髪のせいで、彼はとても禁欲的に見えた。彼は立ち上がって私と握手した。

「すわりたまえ、ジェイムズ。きみのために飲み物を注文しておいたから」私たちは飲み物が来るまで少しおしゃべりした。私たちは互いの健康に乾杯し、それから私は単刀直入に要点を切り出した。

「ブレア行政官、じらさないでください。私が知るべきだと思うことをずばりおっしゃってください。テープレコーダーを使ってもいいですか？」

彼はうなずいた。私はスイッチを入れた。そして彼は、いつもの秘密を打ち明けるような口調で、彼が知ったことを私に話しはじめた。

「アトキンソン」彼はそのことばを投げ縄で口の端にくくりつけた。「アトキンソンが責任者だった」

アトキンソンは公安委員会のメンバーで、キャリックでさらにもうひとつの検査を行なっていた。毒のしるしが消えていたので、委員会はその地域をふたたび釣り人に開放すべきかどうか考えはじめていた。

検査の午後は、いうまでもなく、雨だった。アトキンソンは丘陵に分け入って、セント・ジャイルズ池周辺の地域を調査していた。南側のモノリスの前を通り過ぎたときにはじめて、足がかりとなるくぼみが刻まれていることに気づいた。好奇心をおぼえて、彼はとても気をつけてのぼりはじめた。すっかり摩耗して苔におおわれていたからである。

彼はへりをずるりと乗り越えて、頂上のくぼみの大半を満たした浅い水たまりにあやうく転げ込みそうになった。水たまりに半ば浸かるようにして、革の肩ひものついた黒い箱があることに、彼はただちに気づいた。彼は身を乗り出して箱を引き上げた。それは一本のとても濡れたロープで縛られていた。彼はペンナイフを取り出してロープを切ったが、箱はまだどうしても開かなかった。彼は鍵が壊れるまで力ずくでねじり、それから蓋を持ち上げた。

箱の中身をざっと眺めただけで、アトキンソンは重要なものを発見したと確信した。彼は箱をふたたびロープで縛ると、モノリスのへりから下に投げ落とし、それにつづいてモノリスを降りた。それから彼はすぐにそれをキャリックに運んできた。

ブレア行政官がアトキンソンの発見について私に話したあと、私たちは長い会話を交わした——私にとってきわめて重要な会話である。以下において、その重要性から、会話を逐語的に文字に起こした。ブレア行政官の発言に対する私の反応の大半は省略したが、想像するのは簡単である——当惑、失望、そして、なによりもまず、キャリックの謎を説明しようという私自身の哀れな試みに対するきまりの悪さである。

最後の吟遊詩人における対話

ブレア（上着の内ポケットに手を入れて一通の封筒を取り出す）……アトキンソンはとても探究心が旺盛だ。百人あまりの男たちがあの地域全体を捜索したが、モノリスにのぼってみようと思うものはひとりもいなかった。アトキンソンが見つけた黒い箱には関心をひくものがふたつ入っていた。そのうちのひとつがこの封筒だ。

マックスウェル……まさか、もうひとつの手記じゃないでしょうね。

ブレア……我慢できるといいんだが（彼は封筒を開けて一枚の黄ばんだ便箋をマックスウェルに手渡す。それは線が引かれていて、片側に穴が開いている）。

マックスウェル（声を出して読む）……

発見者に

署名者である私は、キャリック記念碑と共同墓地と図書館の破壊を告白する。しかし、私はアダム・スウェインストンを殺していない。彼のコテージにいっしょにいたときに、彼は発作に襲われて昏倒して死んだ。私はすでに疑われていたので報告しなかった。ただひとつ後悔しているのはアンナ・グルーバッハを不幸にしてしまったことだ。私はもはや彼女にも、私自身にも、屈辱をあたえるつもりはない。

第零収容所の跡地でもある物件が見つかるはずだ。

マーティン・カーク

ブレア（まだ便箋を見つめているマックスウェルに）……筆跡はカークのものだった。彼がなぜそれを箱に入れてモノリスの上に置いたのかはわからない――永遠にわからないかもしれない。きみも気づいたように、彼は破壊行為の責任を認め、スウェインストンの死は自然死だと主張している。

マックスウェル……しかしエーケンは……。

ブレア……つづきを聞くまで待ちたまえ、ジェイムズ。さっきもいったように、箱にはふたつのものが入っていた。これが残るひとつだ（彼はふたたび上着に手を伸ばし、今度はオフホワイトのハンカチで包まれた固体物を取り出した。彼はそれをマックスウェルの目の前のテーブルにそっと置いてから、結び目をほどいた。ハンカチにはふたつに割れた蹄と、灰色の羊毛がついたままの長さ数インチの羊の後ろ脚が包まれていた。ぎざぎざの腱と骨が切断面から突き出していた）。墓地に半ば埋もれていた羊のことを憶えているだろう？　われわれが掘り出したとき、脚の一本が第一関節から切り取られていた。これがそれだ。エーケンはきみに羊を墓に投げ込んだといったが、脚を切り取ったとはまったくいわなかった。ほんとうの犯人だけが知っていることだからだ。

マックスウェル……しかし、これは細部のひとつにすぎ……。

ブレア……ああ、だがこれだけではない。カークのメモにもとづいて、われわれは調査隊を第零収容所の跡地に派遣した。それほど時間はかからなかった。ワラビの茂みの下からキャンバスの袋を見つけたのだ。その中には、墓地で盗られた数枚の小さな真鍮のネームプレートとともに、記念碑の飾り板が入っていた。図書館のだめにされた区画から盗んできた本もあった。それにまだあるぞ。数缶の赤いスプレー式塗料、のみ、口紅容器、斧、そのほかの道具だ。

マックスウェル（なにかいおうとして）……な……なるほど。

ブレア……スウェインストンの死については、だれにわかろう？　たぶんエーケンが着いたときには、彼はすでに死んでいたんだろう。それはエーケンの証言を信用できるかという問題だが、あまり説得力がないだろう？　おそらく死体を傷つけたかもしれないが、彼がスウェインストンを殺したといっても信じられるか？　ついでにいえば、彼がカークを列車の前に突き落としたといっても信じられるか？　ひょっとしたら、カークは転落したのかもしれない。あるいは飛び込んだのかもしれない。可能性は十分にあるだろう？　ひょっとすると、それがメモの最後のことばの意味なのかもしれない。

マックスウェル……そう思います。

ブレア（わずかに前かがみになって、まるで聖杯のように、両手で捧げ持ったグラスのウィスキーを口に運ぶ）……可能性ならいくらでもあげることができる——きみにもきっとわかると思う、ジェイムズ。このキャリックの謎では、ひとつの可能性が別の可能性へと溶け込んでいくのが、なんとも奇妙だとは思わないか？　まるで上に書かれているテキストをこすり落とすと、その下から別のテキストが現れる中世の手稿みたいじゃないか。たぶんその下にも、そのまた下にも。これが私のいいたいことであり、きみに考えてもらいたいことだ。確かにキャリックで何年も前の戦時中におぞましいことが起きた。それは否定できない。戦争捕虜が溺死した。それも事実だ。あれは殺人だったのか？　もしわれわれがアンナ・グルーバッハとホッグ保安官とミス・バルフォアとランキン医師を信じることができれば、確かに殺人だ。だが、たとえそうだとしても、いまとなってはどうすることもできない。それでは、もっと最近の出来事は——きみと私が去年捜査した出来事は——どうだろう？　そろそろわれわれは、ジェイムズ、自分に非常に重要な質問をしなければならないと思う。あの下劣な破壊行為を別にして、死体の一部を切り取った事件を別にして——もしも、去年キャリックで、実際には大きな犯罪が行なわれていなかったとしたら？

マックスウェル……ぼくには理解できません。

ブレア（手にしたグラスを羊の蹄のすぐわきに置いて）……はっきりいって、われわれが直面しているのは大きな謎かもしれない。だが、それはそれにふさわしい大それた犯罪のともなわない謎かもしれないのだ。

マックスウェル（ふいに興奮して）……ちょっと待ってください、ブレア行政官！　なによりもいちばん大切なことをお忘れじゃないですか？　エーケンは嘘つきかもしれませんが、毒はどうなんです？　なにものかがすべての人間に毒を盛ったことに議論の余地はありません。それがエーケンかカークかほかのだれかは問題ではありません。キャリックで大がかりな犯罪が行なわれたという事実だけが残ります。キャリックのだれかが大量殺人者なのです。

ブレア（ゆっくりと頭を振りながら）……いや。残念ながらそうではないんだ、ジェイムズ。エーケンもカークも、ほかのだれも毒殺犯ではなかった。今朝私は医務部長と会ってきたばかりだ。彼と話したあとで、きみに連絡をとらなければならないと思ったのだ。

＊　＊　＊

医務部長は人間の悲惨を食べて肥満しているとブレア行政官は思った。彼の腹は最後に会ったときよりもさらに大きくなっており、まるで新たにより大きなサイズの風船をシャツの前に押し込んだかのようだった。しかし彼はいつものようにこざっぱりと仕立てのよいスーツを着ていた。油っぽい髪の分割線は切開のように正確だった。彼らが席についているこのテーブルは、医務部長のお気に入りのレストランのどまんなかにあった。まわりのテーブルのランチタイムの常連客たちは、ブレア行政官のホストのように肥満していた。行政官はみすぼらしくて場違いな気がした。

医務部長は彼に短い講義を行なっていたが、さっきからそわそわしていた。食事の注文にとりかかりたくてたまらないのだ。

「部下たちが注目したのは——誤った注目だったが——キャリックで季節外れの蠅や狩人蜂が存在したことだった。彼らは狩人蜂の行跡をたどってケアン山の中腹のせまい穴に入っていった。その穴は一連の自然の洞窟につながっており、こんどはそれがさらに下に伸びていって、数百フィート深いセント・ジャイルズ炭鉱の地下坑道までつながっていた。

これでわかっただろう、ブレア！　もうひとつの謎も解けたぞ！　昆虫たちが冬の間も生き延びることができたのは、地下深くの熱のおかげだったのだ。

さて、部下たちはずっと狩人蜂を疑っていた——毒が彼らの針を通じて運ばれたかもしれないと考えたのだ——知ってのとおり、キャリックのほとんど全員が刺されていた。

まあ、それについては誤っていた。だが、地下まで降りていって水没した坑道の水を調べていたとき——**ビンゴ！**」——医務部長はやかましい音を立ててこぶしでテーブルを叩いた。やかましすぎるとブレア行政官は思った。「彼らは毒の原因を発見した。水だ！　地下水が完全に汚染されていたのだ。見ただけですぐにわかったという。実験室に持ち帰り、ただちに分析した。それは劇症化膿菌（スプラタ・グラヴィッシマ）の変異体であるバクテリアで充満していた。腐敗する動物性物質で成長するバクテリアだ——多湿な熱帯地域で洪水や地滑りのあと、多数の死んだ動物が放置されて腐敗しているところではごくありふれた細菌だ。キャリックでは、長い年月をかけて、溺死した捕虜たちの腐敗した死体と地下の熱が結びついて、同じような現象がもたらされたわけだ。その中でもとりわけ毒性の強い菌株が、飲用水を供給している湿原地帯（ムアランド）の小川に入り込んだらしい。それはほんの数週間だけ生息して死滅した。いまわれわれがそれを嗅ぎつけたわけだ」

彼はメニューに手を伸ばした。

「こういった専門的な話がきみに難しすぎなければいいが、ブレア。要するに、自然の病原体が町の人たちを殺してしまったんだよ。きみがキャリックで探していた大量殺人者は、大昔から世界中を自由に活動していて、いずれわれわれもそれにもどっていくんだ。私がいっているのは、いうまでもなく、自然のことだ」

医務部長はメニューを開き、注意を前菜（アントレ）選びに向けた。

最後の吟遊詩人での対話（つづき）

ブレア……ロバート・エーケンもキャリックの人々も毒が自然のものだということを知らなか

った。しばらくすると彼らはだれかが毒を盛ったにちがいないと思うようになった。それは暴力に対する暴力のパターンにぴったりあてはまった。われわれもそう思った。エーケンは粉末を手にして水源にいるカークを見かけ、彼こそが毒殺犯だと確信した。しかしわれわれの捜査官はエーケンと彼の薬草とか根茎とかエリキシル剤のことをすべて知っていた。毒を盛られていないのが彼ただひとりだけと思われたとき、彼らは彼こそ毒殺犯だと確信した。だが実際には、最初から、毒殺犯は存在しなかったのだ——詩的正義の可能性がある事例にすぎなかったわけだ。

マックスウェル……（笑おうとする）

ブレア……なにひとつ見かけと同じではなかったのだ。カークは破壊者で自殺したのかもしれない。スウェインストンは発作のために死んだのかもしれない。そして町の残るすべての住人を殺した毒はごく自然なものだった。いいかえれば、ジェイムズ、まるでロバート・エーケンは無罪のように見えるのだ。彼はすべての罪を告白した——友人たちの殺害さえも——そしていまわれわれは、彼がそのような真似をしていなかったことを知っている。われわれに残された謎はただひとつだ。どうして彼は告白したか？

マックスウェル（やけくそなのか望みを抱いているのか）……彼がじつは、罪を着ることによって父親の罪の償いをしようとしたという可能性はあるのでしょうか？

ブレア……きみは正しいかもしれない。おそらくきみは、私よりもこれらの人々をずっと理解しているだろう。だが、どうしても思ってしまう。カークがどうにかして彼ら全員に毒を飲ませることに成功したと思ったとき、彼らがよそ者にその手柄（クレジット）をあたえたくないと思ったなどということがありうるだろうか？　事実、彼らは彼にどんな手柄もあたえたくなかった。たとえそれが破壊行為であろうとも。彼らは自分たちの仲間のひとりが、キャリックの人間が、すべての手柄をひとり占めすることを望んだ——そしてロバート・エーケンはよろこんでそれに従った。

マックスウェル……彼はどうしてわざわざ手記を書いたり、私を呼び寄せたり、その後のあらゆることをしたんでしょう？　あなたが彼を告発したとき、それが彼の望みだとしたら、どうしてすぐに告白しなかったのでしょう？

ブレア……どうやら彼はそれ以上のことを望んでいたらしいな。彼は大いなる謎をつくり上げたかったにちがいない。彼はほとんどそれに成功し……。

＊　＊　＊

私のテープはこの時点で尽きてしまったが、そのつづきもよく憶えている。ブレア行政官の「手柄（クレジット）」ということばの使い方がとても奇妙に聞こえたので、冗談をいっているのだと思った。しかし彼の顔には微笑の気配もなかった。そのあと私は静かにすわって——落胆による沈黙だった——彼の理論の意味するところについて考えていた。

しかしやがて、ウィスキーが私の口の機械仕掛けにオイルをさしてくれたので、その日はさらに数時間、最後の吟遊詩人にすわって、キャリックの謎についてさまざまな角度から語り合い、罪悪感、無垢、疑念と確実性について語り合った。

「ブレア行政官、彼を告発したとき、あなた自身はエーケンを有罪だと信じていましたか？つまり、彼は破壊者で人殺しだと？」

「私が決して結論に飛びつかないことは知っているはずだ、ジェイムズ。彼が告発されたがっているのがわかったので、願いをかなえてやっただけだ」

いまでは彼のことがよくわかっていたので、彼の答えを変だとは思わなかった。私は会話をつづけた。「もしほかの人たちも最初からずっと関わっていたとしたら、彼らのいうことを信じられるでしょうか？」

「よく考えているな、ジェイムズ」彼はうなずいた。「それも考慮しなければならない」

「すると、すべてが嘘だったのですか？」

「この件の場合、真実を嘘から切り離すことは不可能ではないかと思う。ひとつの話が真実のように思えて、それを疑う術（すべ）がなかったら、信じるしかないだろう？　エーケンの父親が祭りの老船員について同じようなことをいわなかったか？」

「はい。『男の人生は嘘かもしれないが、その男の話は絶対に真実かもしれないのだ』」私はそれについて少し考えてから、その皮肉にはっと気づいた。「少なくとも、それは父がそういったとエーケンがいったことばだ！」

去らなければならないときが来ると、ブレア行政官は私と握手した。

「キャリックの人々が南部の人間を好まないことは知っている」彼はいった。「だが正直にいうと、彼らはじつに魅力的だ」

「ブレア行政官」私はいった（そのときにはもうすっかり飲みすぎていた）。「彼らが思っているほどあなたが彼らに似ていないとは思いません」彼はいつもよりずっと厳しい目つきで私を見つめたが、それは私のコメントに対する喜びを隠すためだったと私は思う。大量のウィスキーのせいで、私はいつもより大胆になっていた。「ところで」と私はいった。「私がキャリックでずっと嗅いでいたにおいですが、お気づきになりましたか？」

「ああ、あのにおいか。さすがだ、ジェイムズ。やはり私は仕事にふさわしい人物を選んだのだな」それから、立ち去るために背中を向ける前に、ほとんどささやくような声で、彼はいった。「私はこれまでずっと、小さな謎で腕を鍛えてきた。まさかこんな大きな謎に——ミステリウム・ミステリオルムに——思いがけず出くわすほど幸運だとは夢にも思わなかった。ありがとう、ジェイムズ・マックスウェル、きみが私とともに参加してくれたことに感謝する」

私は本を出版しなかった。キャリックとエーケンに関する私の理論が救いようもないほど誤っていたからではない。私は若かったのでその痛手を克服し、詳細な改訂版の作成にとりかかった。原稿をブレア行政官に送るような真似までした。彼はそれを読んで、いかにも彼らしい几帳面な手書きで、以下のようなメモを添えて送り返してきた。

ジェイムズ

ちらっと眺めただけだが、コメントする。

㈠キャリックでのきみのインタビューの文字起こしと要約は、きわめて選択的だ。どうしてより扇動的な部分を選んでその他を省略したのかわからない。証拠を編集するのは賢明なことだろうか？　編集者に対するきみ自身の意見を思い出す必要があるのでは？

㈡仕上がった作品から私を（すなわち、「ブレア行政官」という登場人物を）すべて削除してもらえるとありがたい。

㈢どうやらきみは私の「犯罪理論の講義」をまったく理解していないようだ。すまない。親切心からでたことなのはわかっている。

ブレア

そのメモがなにを意味するかわかっても、私はまだあきらめなかった。そうではなくて、「キャリックの野獣」を出版する計画をあきらめさせたのは、私自身の父親との会話だった。父のいったひとことで、私はプロジェクト全体を断念したほうがいいと感じたのだ。

私たちは生まれた家の暖炉の前にすわり、父はパイプをふかしていた。父の煙草の煙のにおいを嗅ぐと私はいつも幼年時代へのいいしれぬ郷愁に襲われるのだった。私たちが心から愛していた母の死後、私はしばしば父を訪ねた。彼はふいに老け込んだように見えた。まるで母が生きているあいだは年齢が身体の中に隠れていたが、もう出てきても大丈夫だと判断したかのようだった。私は自分の本について話し、それを書き直すつもりであると説明していた。

「このキャリックの薬剤師だが」と父がいった。「エーケンとかいったな。ひょっとして、彼はわれわれの血縁ではないだろうか？」

「ええっ？」私は窒息しそうになったが、それはパイプの煙のせいではなかった。

「私の叔母は――つまりおまえの大叔母だが――アップランドからやってきた専門職の男と家を飛び出した。歯科医だったか薬剤師だったか憶えていないが――なにかそういう職業だった。当時私は五歳か六歳にすぎないからな。彼女が一家の厄介者だったという印象がある。彼女は家族のだれとも連絡を取らなかったので、私が知っているのはそれだけだ」

「父さん！　どうしてもっと早く教えてくれなかったの？」

「おまえが話しているのを聞いているうちに、ふと脳裏をかすめたんだ」父はいった。「いずれにしても、ありそうもない話じゃないか、そうだろう？　だが、そのつもりなら調べることはできるだろう」

　ヒキガエルを飲み込むほうがましだった。その考えそのものにぞっとした。私が彼にとても似ていると、エーケンが冗談をいったことまで思い出さずにはいられなかった。それにはじめて私に会ったとき、何人かがじろじろと私を見つめたことも。もしもエーケンが実際に私たちふたりの可能性のある関係に気づいていて、だから私を指名したのだとしたら？　もしもアンナとホッグ保安官とミス・バルフォアとドクター・ランキンもそれを知っていたとしたら？　もしもそれが私と話すことに同意してくれたたったひとつの理由だったとしたら？　もしもブレア行政官が知っていて――そしてもちろん、なにもいわなかったとしたら？　もしもエーケンとカークと私が血縁だったなら？

もしも？　もしも？　もしも？

それほどパターン化した世界、それほどわざとらしい世界――謎のない世界――に生きることを思って、私はぞっとした。それはアンナ・グルーバッハが語った、動機がなく、プロットもない宇宙のヴィジョンよりさらに悪質だった。まさにその瞬間、私はそれ以上知りたくないと決心したのである。無知のほうがずっとましだった。

第五部

わからないことがわからなければ
　わかっていると思うが、
わかっていることがわからなければ
　わからないと思うものだ。
　　――R・D・レイン

すべてはもう遠いむかしのことだ。

ブレア行政官は（私の原稿に対する気乗り薄な講評にもかかわらず）亡くなるまで私のすばらしい友人だった。それも遠いむかしのことだ。あるひどい雨の日に共同墓地（ネクロポリス）で彼の埋葬に立ち会った。会葬者の中に（おもに行政官仲間とその他の警察官で、だれひとりあまり死者を悼んでいないようだった）、彼の妹がいた。これまで会ったことはないが、よく話を聞かされていたのである。彼女は彼と同じくらいの身長で、ほっそりと控え目な印象だった。彼女は黒いコートと帽子を身につけていたが、白髪にベールはかぶっていなかった。葬儀の終わりに、私は自己紹介して哀悼のことばを述べた。彼女は私に感謝してくれた。

「ご存じのように、私たちは子どものときに引き離されました」彼女はいった。「のちに兄は私を探し出してくれて、いつでも優しくしてくれました。でも、私たちはあまり似ていません」私は愉快になった。彼女の唇には彼と同じような独特の動きがあった。ことばを唇の端に集めてから解き放っていたからである。「私は人生に安心感が必要でした。しかし兄はそうではありませんでした。世界の成り立ちを暗記することによって知りたくはないと兄はいいました。謎を楽しむつもりだったのです。兄は謎に恋していました」彼女は私の手を握ると、待っているリムジンに歩み去った。

今夜早く、私は例の市民晩餐会に出席した。今回は、私自身が主賓席にすわり、例の退屈なスピーチを行なった。いつものように、こういう行事に参加すると、またキャリックのことを考えてしまった（この長い年月のあいだに何度も、私は「キャリックの野獣」の最終稿を書こうとしてきた――それは勝手な思い込みであり、決して書かないと固く決心していたにもかかわらず）。帰宅すると書斎に入り、キャリックから持ち帰ったロバート・エーケンの古い手記を引っぱり出した。

それは相変わらず謎めいており、筆者も謎めいていた。原因と結果を探し求めることの無益さについてのべたとき、アンナ・グルーバッハは（それにしても、彼女は美しかった）正しかったのだと、いまでは私も信じている。思うに、後知恵というやつは、しばしば過ぎたことに原因をあたえてその意味を理解するが、それらは架空であるか、まったく表面的なのである。

こうして書いているが、いまはちょうど真夜中過ぎである。

いま私は非常に高齢で、妻と、成人した子どもたちと、孫がひとりいる。妻と私はいまでも愛し合っている（確かに、奇跡だ）。はじめて会ったとき、彼女の緑の瞳にアンナ・グルーバッハを思い出した――私が妻に惹きつけられたのもそのせいだったが、そんなことは決して口にしたことがない。あるとき「キャリックの野獣」の原稿を見せたことがあって、彼女は読もうとしたが、最後まで読みとおすことはできなかった。

「どちらかというと幸せで、どちらかというとごくふつうの、私たちみたいな人たちのお話が読みたいわ」と彼女はいった。「ねえねえ、ジェイムズ、どうしてこんな人たちについて書いてみようなんて思ったの？」

そのときどきで、お金のためだといったり、名声のためだといったりした。キャリックで過ごした一週間は（はっきりいって）私の人生でもっとも興味深いことであり、あそこで私が出会った人たちは、私が出会った中でもっとも興味深い人たちだった。もっと正直にいってしまえば、こう問い返したいぐらいだ――私たちの人生と同じような、とてもふつうで、とても退屈な人生なんか、どうして書かなければならないんだ？

しかしもちろん、私を愛してくれて長年にわたって私に耐えてきてくれた、私の愛する人にそんなことを質問したりはしなかった。その上、実をいうと、もはや自分でもなぜ書いたのか、さらにはなにについて書いたのか、わからなくなっていた。わかっていることといえば、人生のあるときに確かにそれを書いたことと、それゆえに私にとって大切なものであるということだけだった。川の向こう岸の人物を眺めていて、奇妙だが具体的な形で、その人物が若いころの自分であるがゆえに、それが見えなくなるのを望んでいない人間のように。

いま私はヴォイス紙の編集長であり、この首都の、事実上はこの島全体の（あるいは少なくとも北部の）「著名な市民」と見なされている。けれども、いくら著名人でも、去年二度にわたって軽い心臓発作に襲われるのを妨げることはできなかった。三度目はそれほど軽くないかもしれないと主治医は釘をさした。それどころか、命にかかわるかもしれないと。

他人が死ななければならないという考えにはすっかりなじんでいるが、自分自身の死を受け入れるのは難しいものだ。その点では、私は見習いだったときと同じくらい未熟者だ。はっきりいって、知恵とあきらめが臨終に間に合ったためしはない。

たとえば、賢者なら、エーケンの変色して皺だらけの手記に身をかがめて、そのにおいを嗅ぎたいという誘惑に抵抗できるものだろうか？　いまにおいを嗅いでみても、黴臭い紙のにおいしかしない。それはこの手記がもはや汚染されていないことを意味するのだろうか？　それともこの私が、遠い昔にキャリックであの不快なにおいに気づかなかった人たちの仲間になったことを意味するのだろうか？

私はいまでも、ブレア行政官が死の少し前の曖昧な予言のような瞬間に、私にいったことばを憶えている。

「ジェイムズ」彼はいった。「まことの賢者とは、おのれの無知をしっかり保ちつづけるくらい賢くなった人々のことだ」

私がそれを完全に理解するとき、私はようやく見習い期間を終了することになるのだろうか？

不可能ゆえに確かなり（ケルトゥム・クィア・イムポッシビレ）

座りの悪さのよさ

『二〇〇X年文学の旅』（柴田元幸・沼野充義　二〇〇五年　作品社）所収の同名の文章を再録させていただきました。
――編集部

柴田元幸

バスター・キートンが自伝のなかでこんなことを言っている。物語がクライマックスに近づいて、観客の関心がもっぱら主人公の運命に向けられているときには、いくら面白いギャグを作っても、それが主人公の運命と関係なければ観客は笑ってくれない。ある映画で、海中で魚の群れを交通整理するという、本人には傑作に思える、だが物語の展開には関係ないギャグが全然受けなかったとき、キートンはそのことを思い知ったという。

スコットランド出身のカナダ作家エリック・マコーマックの『ミステリウム』（一九九二）を読んでいて、この話を思い出した。

小さな田舎町で、人々が言語に関する奇病にかかった末に（寡黙な人が異様に饒舌になる、いくつもの喋り方が交代で現われる、逆さに喋る［me see and come to you of nice ＝うとがりあてれくてきにいあにしたわ］等々）次々に死んでいく。警察が調査に乗り出し、それらの症状が列挙されるとともに、ドイツ軍捕虜たちの謎の死をはじめ、町の暗い歴史が徐々に明かされていく。そして、いよいよ真相が見えてくるかというあたりで、突然、犯罪学に関する講釈がはじまる。この数年間で、犯罪学は一変したというのだ。

反逆の創始者はフレデリック・ド・ノシュールという人物である。その著『一般犯罪学講義』においてノシュールは、次のような簡単な陳述によって、犯罪理論界をあっと驚かせた――「犯罪の本質はまったく恣意的なものであり、新しい分析体系を必要としている」。彼によれば、これらの体系が生まれるためには、調査者が犯罪を記述する言語そのものが仔細に吟味(ぎんみ)されねばならない。ノシュールはそのために、まったく新しい用語群を導入することを提唱した。その用語群の幹となるのが、犯罪するもの(CRIMINIFIER)―犯罪されるもの(CRIMINIFIED)―犯罪(CRIME)という三つ一組の用語である。

いうまでもなく、フェルディナン・ド・ソシュールの『一般言語学講義』のパロディである。そして、ソシュールの〈意味するもの(英語ではSIGNIFIER)―意味されるもの(SIGNIFIED)―記号(SIGN)〉という三位一体がその後の言語研究や文芸批評に大きな変化をもたらしたように、ノシュールの犯罪学も、ジャスパー・ドレイミの『犯罪と差異』(これまたいうまでもなく、ジャック・デリダ『エクリチュールと差異』のもじり)でひとつの頂点に達する新しい犯罪研究の流れを(むろんそれに加えて〈犯罪の解釈学〉や〈フェミニズム犯罪学〉とも言うべき理論も)生んだというのだ。

この後、小説はふたたび町の人々と歴史の記述に戻り、犯罪学の話は二度と出てこない。いったいこの講釈は何だったんだ、と首をかしげる読者もいそうである。まあ一応、町の人々が死ぬ前にかかるのがどれも言語に関する病ではあるから、まったく無関係な話ではないとも言えそうだが、やはりこの部分が全体の流れに奉仕しているという印象は薄い。まさにキートン映画での、主人公の運命に関係ない名ギャグを思わせる。

とはいえ、考えてみればこのマコーマックという作家、もともと〈部分が全体に奉仕しない〉とまでは言わないが、〈部分がその異様さにおいてまずみずからを主張する〉感のある、不思議な逸話や奇談を挿入しながら話を進めていく人なのである。やや極端にいえば、それら不思議な逸話や奇談の連なりこそマコーマックの長篇である、とさえいえる。

たとえば一九九七年に刊行された『女たちのおぞましき支配に異を唱える喇叭(らっぱ)の最初の一吹き』(*First Blast of the Trumpet Against the Monstrous Regiment of Women*)でも、主人公が自分の生まれた日について語るなかで、こんな記述がある。

広場の南西隅で、町民の集団はもうひとつの行進を避けるため足下に用心して進まねばならなかった——千の毛深い芋虫たちが、何か芋虫なりの用事で、暑い目抜き通りを這っていたのである。町民の一人として、こんな光景を見たことがある者はいなかった。

唐突に現われた芋虫の群れは、その後二度と姿を見せず、言及もされない。あれは何だった

ている。そのため、しばしば読者にはただの部分的な気持ちの悪さが残るのみであり、「それがどうした」という話だろう

んだ、という居心地悪さだけが残る。ひょっとすると、E・F・ベンスンの古典的怪奇譚「いも虫」へのオマージュかとも思えるが、それとて「それがどうした」という話だろう（ちなみに『女たちの……』という奇怪な書名は、十六世紀スコットランドの宗教家ジョン・ノックスが、なぜ女性は王になるべきでないかをえんえんと説いた実在する怪文書のタイトル。主人公はその regiment［支配］という古語を現代風に「連隊」の意だと勘違いし、女たちのおぞましい行進姿を何度も悪夢に見る）。

とすれば、先の犯罪学講釈も、エピソードのノリはふだんのマコーマックとは少し違うもの（ふだんは、たとえば医者が妻を殺してその遺体をバラバラに切り刻んで子供たちやペットたちの体のなかに縫い込むといった、〈身体が損なわれる〉エピソードが多い）、部分がその異様さにおいてまずみずからを主張している点において、むしろマコーマックらしいといっていいかもしれない。

このように部分が全体に奉仕しないというのは、小説としてはたぶん弱点なのだろう。が、僕はマコーマック作品のこういうぎくしゃくしたところにとても惹かれる。エピソード一つひとつの面白さもあるが、この、どうもいまひとつ落着かない座りの悪さこそ、マコーマックの味である気がする。これがもし、それぞれの部分が素直に全体に奉仕するよう上手に組み合わされ統一されていたら、こうした座りの悪さも消えてしまうだろう。

ところで、マコーマックはスコットランドの小さな炭鉱町で育ち、六六年、二十八歳でカナダに移って、大学で十七世紀文学と現代文学を教えながら小説を書いている。彼の小説がスコ

ットランド的かカナダ的か、一言で決めるわけには行かないだろうが、macabre（薄気味悪い、死を想起させる）という言葉がぴったりの、身体をめぐる奇怪なエピソードへの嗜好はやはりどちらかといえばスコットランド的といえるだろう（といっても、『トレインスポッティング』のアーヴィン・ウェルシュのような、アメリカ風消費文化の浸透を感じさせる今ふうスコットランド小説ではなく、むしろ、ジェイムズ・ホッグの怪作分身小説『義とされた罪人の回想と告白』〔一八二四、邦訳題『悪の誘惑』〕に近い）。同じく成人してからカナダ経由でアメリカに移ったイングランド出身のパトリック・マグラアがアメリカのことはほとんど書かず、むしろますますイングランド的な雰囲気を打ち出すようになってきているのと同様に、マコーマックもカナダに染まっている感じはあまりしない（と同時に、〈純文学系ゴシック〉というレッテルで二人ともひとまず括（くく）れても、イングランド出のマグラアはエレガントに形の定まった作品を書き、スコットランド出のマコーマックはいびつに部分部分が突出した作品を書くあたりはいかにも対照的）。

ただし、前出の『女たちのおぞましき支配に異を唱える喇叭の最初の一吹き』では、スコットランドの小さな炭鉱町で生まれ育った主人公が、数奇な運命を経た末にカナダに行き着き、幼なじみの女性と再会して幸福な生活を見出す。怪奇小説が結末でにわかに愛の小説に変容するわけだが、この唐突さもマコーマック的に座りが悪く、悪くないと思う。

訳者あとがき

本書の原題の mysterium は「秘密」「奥義」「秘儀」といった意味のラテン語で、これが英語の mystery の語源となりましたが、その間に本来のラテン語の意味だけでなく、いまでは古語ですが、「手仕事、技術」「同業者組合（ギルド）」といった意味ももつようになりました。本書はそれらのさまざまな意味を下敷きにした作品であり、しかもミステリとしても十二分に楽しめるのではないかと思います。

本書の舞台はスコットランドを思わせる「島の北部」の炭鉱町キャリックです。低い丘が連なり、ワラビの生えた湿原（ムア）と湿地（マーシュ）が広がり、しばしば霧に覆われるこの町には、「牡鹿亭」という名前のホテルを除けばほとんどの店や施設に固有名詞がありません。主人公のひとりで薬剤師のロバート・エーケンの店は「薬局」、彼の幼馴染のアンナ・グルーバッハの店は「骨董屋」、そして町の図書館は「図書館」といった具合です。この時間の停まったような町にアメリカを思わせる「植民地」からひとりの男がやってきます。水の循環を研究する水文学者と称するその男マーティン・カークは牡鹿亭に長期滞在して、毎日のように湿原にでかけて小川の水を調べたり、廃坑になった炭鉱や町の歴史に興味をもったりするばかりでなく、アンナの心まで奪ってしまいます。しかし、カークが町にやってきて間もなく、戦死者の記念碑や共同墓地の墓石がおぞましい形で破壊され、図書館の本には強い酸性の液体がかけられて台無しにされ、ついには殺人事件まで発生します。

ここで語り手の「私」が登場します。彼は学業のかたわら「首都」の新聞社でアルバイトをしている記者見習いですが、行政官ブレアの鶴の一声でキャリックの事件の取材を許されます。じつはそのころキャリックでは、住民たちが正体不明の病に侵されてつぎつぎに死んでいたために、全面的に隔離されて報道管制が敷かれていたのです。はたしてそれは伝染病なのか、あるいは飲料水に毒が投げ込まれたのか。「私」はその鍵を握る人物たちにインタビューして事件の真相に迫ろうとします。

どうです。おもしろそうでしょう? しかし拙訳の『パラダイス・モーテル』(一九八七)や『隠し部屋を査察して』(一九八九)、そして柴田元幸さんが訳された『雲』(二〇一四)など(すべて東京創元社刊)でエリック・マコーマックの作風をご存じの方ならすでにおわかりだと思いますが、本書もただのミステリではありません。住民たちの証言はことごとく信憑性に欠けており、ひとつの謎が解決したかと思うやいなや、それはたちまちひっくり返されて新たな謎が生まれるのです。さらに、訳者もお気に入りの登場人物であるブレア行政官の妙に冷静な発言がその混乱に輪をかけてくれるのです。とりわけ柴田さんが「座りの悪さのよさ」で言及している「犯罪学に関する講釈」は最高ですので、どうぞお見逃しなく。

本書の作者のエリック・マコーマックは、一九三八年二月三日にスコットランドはグラスゴー郊外の貧しい鉱山町ベルズヒルで生まれ、グラスゴー大学で英文学を学んだのち、ミュアカークという鉱山町の高校教師になりましたが、一九六六年にカナダのウィニペグにあるマニトバ大学に進学してロバート・バートンの『憂鬱の解剖学』で博士号を取得し、一九七〇年にカナダはオンタリオ州のウォータールー大学付属セントジェローム大学に職を得て英語学を教えるかたわら、本格的に創作活動に入りました。その作風をひとことでいうと奇想天外で波乱万丈であり、途方もない旅と冒険の物語やおぞましい犯罪と暴力の物語でありながら、ほとんど不快感や嫌悪感をもたらすことなく、その不思議な酩酊感と現実を突き抜けた明るさゆえに、しばしばメタフィクション、あるいは、マジック・リアリズムとよばれることもあります。

マコーマックは本書を発表した五年後の一九九七年に*First Blast of the Trumpet Against the Monstrous Regiment of Women*『女たちのおぞましき支配に異を唱える喇叭（らっぱ）の最初の一吹き』という長い長いタイトルの小説を発表しています。これは『隠し部屋を査察して』の一短編『海を渡ったノックス』に描かれたスコットランドの宗教改革者ジョン・ノックスが一五五八年に発表した宣言文の表題で、スコットランド女王メアリー・スチュアートやイングランド女王エリザベス一世について、神の創造の秩序において女性に支配する権威はないとするものですが、それとはまったく関係なく（笑）、スコットランドの貧しい炭鉱町ストローヴェンに生まれた主人公の波乱万丈の人生を、文字どおり奇想天外に描いたものです。さらにその五年後の二〇〇二年には*The Dutch Wife*『ダッチ・ワイフ』という長編を発表していますが、これは戦場から帰ってきた夫が他人であることを知りながら、そのまま結婚生活をつづけた女性の運命と、ほんとうの父親を求めて世界をめぐる息子の旅を、奇想と精妙な言葉遊びで紡ぎあげたすばらしい作品です。そして二〇一四年には前述の『雲』を発表しましたが、とても残念なことに、今年の五月九日に八十四歳でお亡くなりになってしまいました。

最後になりましたが、二〇一一年に国書刊行会より出版された本書が創元ライブラリの一冊として復活することになりました。『パラダイス・モーテル』、『隠し部屋を査察して』、そして『雲』の仲間入りをすることができて、うれしくてなりません。これからもマコーマックの作品をよろしくお願いいたします。

本書は二〇一一年に国書刊行会より刊行されたものの文庫化です。

創元ライブラリ

ミステリウム

二〇二三年十二月二十二日　初版

著　者◆エリック・マコーマック

訳　者◆増田まもる

発行所◆㈱東京創元社

代表者　渋谷健太郎

郵便番号　一六二―〇八一四

東京都新宿区新小川町一ノ五

電話　〇三・三二六八・八二三一　営業部

〇三・三二六八・八二〇四　編集部

URL http://www.tsogen.co.jp

DTP・キャップス

印刷・暁印刷　製本・本間製本

ISBN978-4-488-07088-5　C0197